惡魔

악마

신동휘 新무협 판타지 소설
FANTASTIC ORIENTAL HEROES

악마 1

신동휘 新무협 판타지 소설

초판 1쇄 찍은 날 § 2008년 5월 21일
초판 1쇄 펴낸 날 § 2008년 5월 26일

지은이 § 신동휘
펴낸이 § 서경석

편집장 § 문혜영
편집책임 § 정서진

펴낸곳 § 도서출판 청어람
등록번호 § 제1081-1-89호
등록일자 § 1999. 5. 31
어람번호 § 제2-1491호

주소 § 경기도 부천시 원미구 심곡1동 350-1 남성B/D 3F (우) 420-011
전화 § 032-656-4452 팩스 § 032-656-4453
http://www.chungeoram.com
E-mail § eoram99@chollian.net

ⓒ 신동휘, 2008

ISBN 978-89-251-1324-1 04810
ISBN 978-89-251-1323-4 (세트)

도서출판
청어람

신동휘 新무협 판타지 소설
FANTASTIC ORIENTAL HEROES

죽음[死]을 죽음[死]으로 받아들이지 못하는 방황하는 망혼(亡魂)들아.
네 존재 의미에 있어 가장 귀한 것들을 맞이할 준비를 해라!
세상[世]으로부터 격리된 지독한 원념(怨念)들과
세상[世]으로부터 낙오된 늦어버린 한탄(恨嘆)들을!

나는 아직 살아 있다. 아직 나는 살아 있는 것이다.

네 속에 자리한 그 작은 티끌까지도
너는 나를 위해 바치거라!

惡魔
악마

풍뢰문

1

目次

작가의 말 ... 6

서(序) ... 9

제1장　그녀는 바로…… ... 15

제2장　잠룡객잔 ... 29

제3장　설희의 꿈 ... 67

제4장　마궁(魔宮)과 빙궁(氷宮) ... 83

제5장　강호십객(江湖十客) ... 101

제6장　빙옥검(氷玉劍) ... 123

제7장　어쨌거나 강호행 ... 135

제8장　악마의 힘 ... 175

제9장　과거의 기억 ... 217

제10장　부어라. 마셔라. 죽어라 ... 243

제11장　옥봉(玉鳳) 모용혜 ... 275

제12장　북천 비무대회 ... 315

전 언제나 꿈꾸었습니다. 이 현실에서 벗어나는 꿈을… 작은 날개를 얻어 드높은 하늘을 훨훨 나는 꿈을. 그 희망을 끝내 버리지 않고 여기까지 왔습니다.

제 글이 당신의 손에 닿기를 간절히 원했습니다. 그리고 그것이 마침내 이루어진 것입니다. 희망을 버리지 않았기에 찾아온 기적, 당신의 실망으로 연결시키지는 않겠습니다.

제가 드릴 수 있는 건
감동도 아니고,
전율도 아니며,
환희도 아닙니다.

제 작은,
제 모든 것이 들어간 작은 정성입니다.

한 사람의 땀과 노력이 만들어낸 창작이라 불리는 선물입니다. 드리겠습니다. 받아주시겠지요?

죽은 사람과의 약속. 그것은 언제나 두 어깨가 감당하지 못할 무게로 다가온다.

죽어버렸기에 그런 것이다. 더 이상의 협상도 없고 타협도 없다. 너무 힘들다고 불평할 수도 없고, 지키지 못하겠다는 투정도 부릴 수가 없다.

남겨진 자에게 주어진 것이란, 지켜야만 하는 약속을 거부할 수 없음과 약속에 대한 지킴을 보상받을 수 없다는 것뿐이다.

그것은 지독한 것이다.

"이것이었습니까……?"

싸늘하리만큼 굳어버린 표정의 장천휘가 중얼거렸다.

"이것이 당신이 원하던 것이었습니까?"

그의 주위에는 아무도 없었다. 알고 있었다. 그 누구도 자신의 말을 듣지 못한다는 것을. 하지만 신경 쓰지 않았다. 처음부터 그런 것 따위는 아무래도 상관없었다.

미지근한 공기의 흐름이 주위에 흐르고 있었다. 그 평범함 속에서 평범하지 못한 존재가 눈에 들어왔다.

인형 같았다. 마치 어떤 절대적인 존재가 튼튼한 실로 지금 눈앞에 보이는 것들을 매달고 장난을 치고 있는 것만 같았다.

그들에게서는 아무런 표정도 찾을 수 없었다. 하지만 자세히 본다면 알게 된다. 그들은 웃고 있었다. 그 소름 끼치도록 부조리한 웃음에는 분명 죽음의 냄새가 함께하고 있었다.

무표정과 웃음. 그 두 가지의 경계를 넘나드는 인형들이었다. 빠끔하게 뚫린 눈은 암흑과도 같은 빛깔이었고, 덜거덕거리며 움직이는 모습은 어딘지 모르게 괴괴하고 오싹했다.

스아아아아.

어디선가 바람이 불어온다. 죽음을 기억하는 흙이 그 바람에 휩쓸려 이리저리 흔들린다.

환영인가? 그 뿌연 먼지 안개 사이로 부패되고 앙상해진 뼈들이 금방이라도 일어날 듯이 넘실거리고 있었다.

눈을 돌릴 수도 없었고 감을 수도 없었다. 집요하게 현실을 물고 늘어지던 괴인들이 장천휘를 향해 다가오기 시작한다.

끼이익. 끼긱.

낡은 쇳소리와도 비슷한 소리가 들렸다. 인상이 절로 찡그려지는 소리다. 그 쇠를 긁는 소리는 인간에게 강한 거부감을 들게 한다.

질식되어 버릴 듯한 기운이 세차게 몰려왔다. 하지만 장천휘는 인상을 쓰거나 두려워하지 않았다. 뒤로 물러서지도 않았고 앞으로 나서지도 않았다.

"정녕… 이것이 당신이 원했던 것이란 말입니까?"

끝내 허망한 웃음이 터져 나왔다. 비통한 마음이 들었다. 그리고 그 뒤로 다가오는 허탈하기까지 한 상실감이 스스로를 무력하게 만들었다.

무엇이 이토록 허무한 심정을 안겨주는 것일까? 무엇이 그를 이렇게까지 무력하게 만들어 버리는 것일까. 그는 여전히 움직이지 않고 있었다. 괴인들은 어느새 저만치 다가와 있었다. 죽음을 각오하고 있는 걸까? 아니다. 그런 것 같지는 않아 보였다. 그가 천천히 자신의 손을 바라보았다.

"제가 거두어 가겠습니다."

손금이라도 보는 듯 그는 세심하게 자신의 손을 바라보았다. 그 와중에도 괴인들은 조금씩 그에게 가까워지고 있었다.

'내 손. 그래, 이게 바로 내 손이었지.'

꽈악 주먹을 힘껏 쥐고는 시선을 들어 자신에게 다가오는 괴인들을 바라보았다.

"이것이 당신이 원하던 것은 아니었다고 믿겠습니다. 그러기에 제가 거두어 가겠습니다. 진정 당신이 원하던 것은… 이것이 아니었다고 믿겠습니다!"

천천히 읊조리던 장천휘가 순간 마지막 말에 강한 힘을 실었다. 그의 눈빛이 날카로워졌다. 지금껏 그에게서 느껴지던 기운이 순식간에 변해 버렸다. 괴인들을 맞이할 준비를 하는 것인가?

가아아아아아아아.

짙은 잿빛 어둠이 장천휘의 몸에서 피어올랐다. 인간? 이게 정말 인간의 힘? 아니면 장천휘가 진정 인간이란 말인가?

지독히도 공포스러운 기운이었다. 그것은 강렬하지 않았다. 거센 해일이 아니라 심해의 아득함과도 비슷했다. 딱히 무엇이라 단정하기 힘든 힘이었다. 하지만 하나만큼은 확실했다.

악마(惡魔)의 힘!

그의 몸에서 뿜어져 나오기 시작해 스멀스멀 피어오른다. 점차 그 누구도 막을 수 없는 거대한 손이 세상을 지배하려 한다!

"죽음[死]을 죽음[死]으로 받아들이지 못하……."

간절한 염원이 담긴 소리가 장천휘의 입에서 새어 나왔다. 주문과도 같은 그 중얼거림은 넓게 퍼지던 어둠에 더더욱 힘을 실어주고 있었다.

무엇을 부르는 것일까? 무엇을 그토록 간절히도 원하는 것
일까? 극강의 기운이 자신의 힘을 표출시키길 원하고 있었
다. 장천휘가 그 부름에 답했다.

"…바치거라!"

쫘아아아아아아아아앙!

거대한 대지가 요동쳤다. 그 파동은 몇십 장 밖에서도 선명
하게 느낄 수 있었다. 도저히 믿기 힘든 격돌음이 하늘을 쩌
렁쩌렁 울리고 있었다.

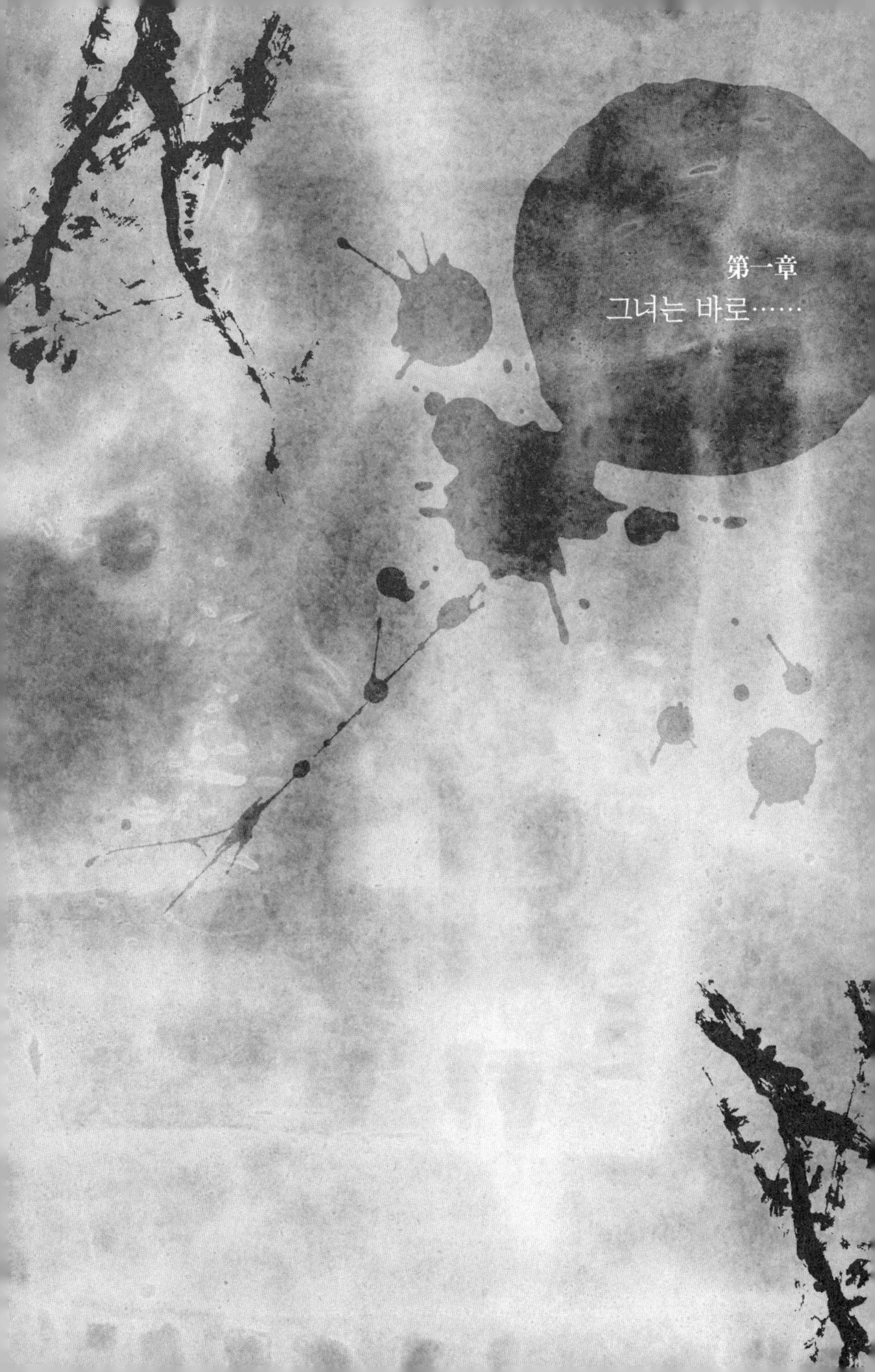
第一章
그녀는 바로……

악마

"허허……."

관사우는 자신의 수염을 쓰다듬으며 맥 빠진 웃음을 지었다. 얼마 전에 들은 믿기 어려운 이야기가 그를 그렇게 만들어 버렸다.

눈을 뜨고 생각해도 믿을 수 없고, 눈을 감고 생각해도 믿을 수 없다. 사실 눈을 뜨고 감는 건 애초부터 중요하지 않았다.

중요한 건 믿고 싶지 않은 마음과 믿을 수밖에 없다는 사실이 조화롭게 어우러져 혼란이라는 결과물이 생성된 다는 것이다.

그렇다. 바로 그게 문제다. 그 누구도 아닌 자신의 제자가 전해준 이야기였다. 자신의 제자는 거짓말을 할 이유가 전혀, 아주 눈곱만치도 없었다.

전혀 할 필요가 없는 거짓말을 할 정도로 제자는 유쾌한 성격이 아니었다. 게다가 웃음이 나올 정도의 농담도 아니지 않는가.

"……."

들리지 않는 한숨을 몰아쉰 관사우가 고개를 들자 수련을 하고 있는 사마철이 눈에 들어왔다. 그 이야기를 전해준 장본인이자 자신의 제자.

"으아아압!"

옷은 땀으로 뒤범벅되어 있었다. 하지만 사마철은 전혀 신경조차 쓰지 않는 듯 보였다.

거친 숨을 몰아쉬며 휘두르고 있는 검에서 거친 예기가 느껴졌다. 멀리서 지켜보는 관사우에게까지 전해지는 투지(鬪志)와 집념(執念). 지금껏 단 한 번도 보인 적 없는 모습이었다. 하지만 그 모습을 바라보며 관사우는,

'에휴우.'

허탈한 한숨만이 새어 나왔다. 지금껏 자신의 제자는 단 한 번도 저 정도의 엄청난 열정을 가지고 수련을 한 적이 없었다. 그러니 지금 자신은 기뻐해야 한다. 그것이 옳은 것이다.

'진정 사실이란 말인가?'

하지만 전혀 기쁘지 않았다.

만검천리(萬劍千里).

그것은 관사우가 강호에서 활동했을 당시 얻은 이름이었다. 존경과 질시를 한 몸에 받는 강호십객(江湖十客)의 일인(一人). 그 어떤 문파에도 속하지 않은 채 오직 자신의 힘 하나로만 강호의 정점에 도달한 무인(武人).

그런 무인이 말년에 얻은, 눈에 넣어도 아깝지 않은 제자이다. 십 년이라는 긴 세월 동안 아끼고 아낀 보배와도 같은 제자이다.

'어째서 이렇게 된 것일까?'

낮게 흐르는 신음과도 같은 한숨 소리. 나이가 들면 한숨이 는다지만, 자신에게는 해당되지 않았다. 적어도 얼마 전까지만 하더라도 말이다.

자신조차 놀랄 만큼 빠른 성취를 보인 제자가 십 년이 지난 어느 날 강호를 질타할 모습. 그것을 남몰래 상상하며 기뻐했던 적이 얼마나 많았던가.

한데 그런 자신의 제자가 희대의 촌극을 일으켰다. 많은 사람들이 동일하게 부르고, 많은 사람들이 실행에 옮긴다는 그것.

가출(家出).

혈기왕성한 나이였다. 그런 나이에 십 년간 산속에서만 했던 수련. 그것이 독이 되었을까? 답답했을 마음은 관사우도 이해할 수 있었다.

제자가 남긴 한 장의 편지를 천천히 읽었다. 곰곰이 생각해 보니 크게 걱정되지는 않았다.

어떤 면에서 바라본 사마철은 적지 않은 나이였다. 한 번쯤 강호라는 곳을 알 필요도 있지 않을까? 겪어보지 않은 채, 자신이 전해준 이야기로만 느끼기에는 부족하다. 아니, 턱없이 부족하다. 그것이 강호라는 세계였다.

'그것도 괜찮겠지.'

관사우는 고개를 끄덕였다. 제자의 무공 수위는 자신이 가장 잘 알고 있었다. 그렇기에 큰 걱정이 되지는 않았다. 오히려 흐뭇한 미소가 슬며시 떠오르며 사람들의 감탄 소리가 들리는 것 같았다. 자신의 이름이 더욱 드높아가는 장면이 자꾸만 떠올랐다.

한데 아쉽게도 그 생각은 일각도 가지 못했다.

강호가 어떤 곳이던가. 음모와 계략이라는 환상적인 조합이 판을 치는 세상이다. 만에 하나 독에 중독되기라도 한다면 하늘을 바라보며 한숨을 쉬고는, '내 열두 명의 첩을 어찌한단 말인가?' 라는 말을 뱉을 여유조차 가지지 못한 채 끝나 버리는 곳이었다.

그런 불건전(?) 생각에 관사우는 안절부절못했다. 앉아도 앉은 게 아니었고, 누워도 누운 게 아니었다.

—사마철이 가출한 당일, 밥을 먹던 관사우가 말했다.

"어떤 놈이 쌀에 모래를 섞었단 말인가!"

—사마철이 가출한 지 이튿날, 맑은 하늘을 바라보며 관사우가 말했다.

"천살성(天殺星)이라도 깨어난 것인가? 어찌 하늘이 이리도 어두운 것인가."

—사마철이 가출한 지 삼 일째 되는 날, 검을 휘두르던 관사우가 말했다.

"어떤 놈이 나에게 산공독을 먹였단 말인가!"

—사마철이 가출한 지 사 일째 되는 날, 한적한 산속에 자리한 자신의 집에서 잠을 자려던 관사우가 말했다.

"그놈의 파도 소리 때문에 도저히 잠을 잘 수가 없구나!"

—사마철이 가출한 지 오 일째 되는 날.

"도저히 안 되겠구나. 내 직접 철이를 찾아보는 수밖에!"

스스로를 납득시킨 관사우였다. 급히 얼마의 돈과 의복을 챙겼다. 그리고 방에서 나오는 순간, 자신의 머리를 울리는 사실이 있었으니……

'설마……?'

관사우가 손으로 머리를 감쌌다.

'철아, 돈 한 푼 없이 집을 나가면 어쩌란 말이냐.'

*   *   *

집을 나서던 관사우는 '그곳' 에 있을 수 없는 '그것' 을 바라보았다. '그곳' 에 있던 '그것' 이 말했다.

"…제자, 차마 사부님을 뵐 면목이 없습니다. 죄송합니다."

화가 나지는 않았다. 오히려 땡전 한 푼 없이 나간 제자가 무사히 돌아왔음에 안도감이 들었다. 하지만 가끔은 매섭게 혼을 내주는 것도 괜찮겠지 하는 생각이 들었다. 순간 그의 표정이 거짓말처럼 사나워졌다.

"이놈! 여기가 싫다고 떠난 놈이 무슨 볼일이 있다고 다시 돌아온 게냐!"

말과 함께 들고 있던 짐 꾸러미를 슬그머니 방 안으로 던졌다. 물론 내공을 이용해 소리없이 던져 버렸음은 말할 필요도 없다.

"…죄송합니다."

사마철이 더욱 고개를 숙였다.

"……."

"……."

그 후로 이어진 침묵은 꽤 오랜 시간이 지나도 깨지지 않았다. 그 끝날 것 같지 않던 침묵을 깬 사람이 있었다.

"제자… 사부님의 무공과 사부님의 이름에 먹칠을 하였습니다.”

사마철이 아랫입술을 질끈 깨물었다. 관사우는 처음과 같은 표정으로 서 있었다. 무슨 일이 있었던 것일까?

무인의 이름에 먹칠을 하였다 함은 한 가지 이유밖에 없다. 하지만 그것은 결코 단순하지 않은 한 가지였다. 복잡한 상념들이 관사우의 머리를 스쳐 지나갔다.

“못난 제자… 사부님께 배운 무공을 제대로 펼쳐 보지도 못한 채 패배하였습니다.”

패배하였다고 말하는 사마철의 음성에는 비참함이 섞여 있었다. 하지만 관사우는 그리 나쁘지만은 않았다고 생각했다.

젊은 나이에 경험한 패배란 오기와 집념을 불러일으킨다. 강한 무공 수련의 욕구는 더 빠르고 더 높은 성취를 보장하는 자산이 되는 것이다.

“그만 일어나서 들어오너라.”

실보다는 득이 많을 것 같다. 관사우가 방으로 들어가며 생각했다. 잠깐 머뭇거리던 사마철도 이를 악물고는 자리에서 일어나 그를 따라 방으로 들어갔다.

약간 초췌해 보이는 외모. 하지만 사마철의 몸 어디에서도 다친 구석이 보이지는 않았다.

천천히 손을 뻗은 관사우가 사마철의 손목을 잡았다. 슬쩍 운기한 내공이 거부감없이 사마철의 전신을 파고들었다. 그의 표정이 살짝 어두워졌다. 내상을 입지도 않았다?

이건 쉽게 생각할 문제가 아니었다. 관사우는 비무나 대결 등을 떠올렸었다. 하지만 이건 그렇게 말할 수준도 아니었다.

상처 하나 입히지 않고 끝나 버린 대결. 사마철이 그 어떤 대응도 하지 못한 채 제압당했다는 뜻이다.

"면목이… 없습니다."

관사우는 대답하지 않았다. 사마철은 약하지 않았다. 현 강호에 이름을 떨치는 천하사패(天下四覇). 그중 어디에 가더라도 부대주 정도는 어렵지 않게 얻을 수 있을 것이다. 그것이 사마철의 현 무공 수위였다.

누구일까? 내심 구파일방의 장문인들을 한 명씩 떠올렸다. 약간의 시간이 지나 관사우가 확신을 내리고는 입을 열었다.

"어디로 갔었느냐? 소림(少林)이었느냐?"

사마철은 가출을 시도한 지 닷새 만에 돌아왔다. 결국 가장 가까이에 위치한 소림이 가장 먼저 떠올랐다.

물론 소림에서 무림 초출, 비린내 물씬 풍기는 청년의 비무에 응할 리 없다. 하지만 거기에 자신의 제자임을 더해진다면 가능했을지도 모른다.

만검천리라는 이름. 거기에는 그만큼의 무게가 있다. 또한 그렇기에 관사우의 이름에 먹칠을 하였다는 소리를 했겠지. 고개를 끄덕이는 그의 귀에 기어들어 가는 목소리가 들렸다.

"…구파일방이 아닙니다."

구파일방이 아니란다.

'그럼 강호칠대세가인가? 뭐, 충분하기야 하지.'

십 년 전 칠대세가의 가주들을 떠올렸다. 충분하다. 너무나 충분해서 넘치지 않으면 다행이었다.

"칠대세가도… 아닙니다."

사마철은 관사우의 생각을 예상이라도 한 듯 곧바로 이어서 말했다. 그리고는 고개를 숙였다. 아까부터 습관처럼 깨무는 아랫입술에서 피가 조금 배어 나왔다. 점차 관사우의 얼굴이 눈에 띄게 어두워졌다.

자신의 제자를 단숨에 제압할 만한 고수. 넓은 강호라 할지라도 그리 많지는 않았다. 관사우의 목소리에는 진중함이 조금 사라져 있었다.

"천하사패에 갔었느냐? 거긴 꽤나 거리가 먼데… 아니면 독에 당했느냐?"

"…아닙니다."

고개를 들지 못한 채 작게 말하는 사마철. 관사우가 복잡한 표정을 지었다.

'누구인가? 누구란 말인가? 설마 마교?'

하지만 이내 고개를 저었다. 그것이 불가능하다는 것을 그 누구보다 잘 알고 있는 사람이 자신이었다.

"답답하구나. 혹 은거기인을 만났더냐?"

"아닙니다."

사마철의 주먹에 힘이 들어갔다. 떠올리는 것만으로 감정이 흔들렸다. 그 흔들림을 수습할 방법이 없었다.

"제자는……."

사마철은 그 말을 여러 번 되풀이했다. 관사우는 조급해하지 않고 기다렸다. 나이를 먹는다는 건 기다려야 할 때를 조금씩 알아가는 것이다. 관사우는 재촉하지 않았다. 사마철이 늦게라도 스스로 말해주기를 기다렸다. 그리고 그 기다림은 길지 않았다.

"제자는… 여인에게 당하였습니다."

'옳거니!'

관사우는 직감했다. 왜 기억해 내지 못했단 말인가.

세외 빙궁(氷宮)의 궁주(宮主).

강호십객(江湖十客)의 일인(一人).

빙화옥검(氷花玉劍) 북궁연.

관사우가 조금 애석한 눈으로 사마철을 바라보았다.

"첫 패배를 여인에게 당했다고 낙심하는 게냐? 북궁연은 나에게도 쉽지 않은 무인이다."

관사우는 항상 준비했던 말을 기억했다. 언젠가 이런 상황이 오면 멋들어지게 사마철에게 해주리라 생각하고 오랫동안 준비했던 말이다.

"하나, 이번의 패배를 발판 삼아 더 큰 세상이 존재함을……."

순간 사마철에게서 수치심이라고 보일 표정이 떠올랐다. 말을 하던 관사우가 그것을 발견했다. 설마 또 아니란 말인 가?

"뭐가 잘못되었느냐?"

"그녀는 빙화옥검이 아니었습니다. 제자를 패배시킨 여인 은 저와 비슷한 나이였고, 그녀는……."

관사우는 침착하게 들으려고, 이해하려고 노력했다. 노력 이란 언제나 인간을 지탱하는 원동력이 된다.

'비슷한 나이?'

그렇다. 침착하게 말이다.

'뭐? 비슷한 나이?'

하지만 시간이 지날수록.

'비슷해? 비슷해?'

그리고 결국,

'비슷하다고오오?!'

전혀, 아주 조금도 이해가 되지 않았다. 세상에는 노력만으 로 이루어지지 않는 것도 있었던 것이다.

'이건 모략이다. 필시 누군가가 나를 음해하려고 공작을 펼치는 중이다!'

만약 그런 것이 있었다면 관사우는 제대로 낚인 것이다. 끊 어지려는 이성을 간신히 붙잡았다. 그리고는 제자를 바라보

았다. 무언가 해명을 요구하는 눈빛이었고, 사마철은 거기에
응했다.
  "그녀는 바로… 객잔의 숙수였습니다."
  툭 하고 무언가 끊어지는 소리가 났다.

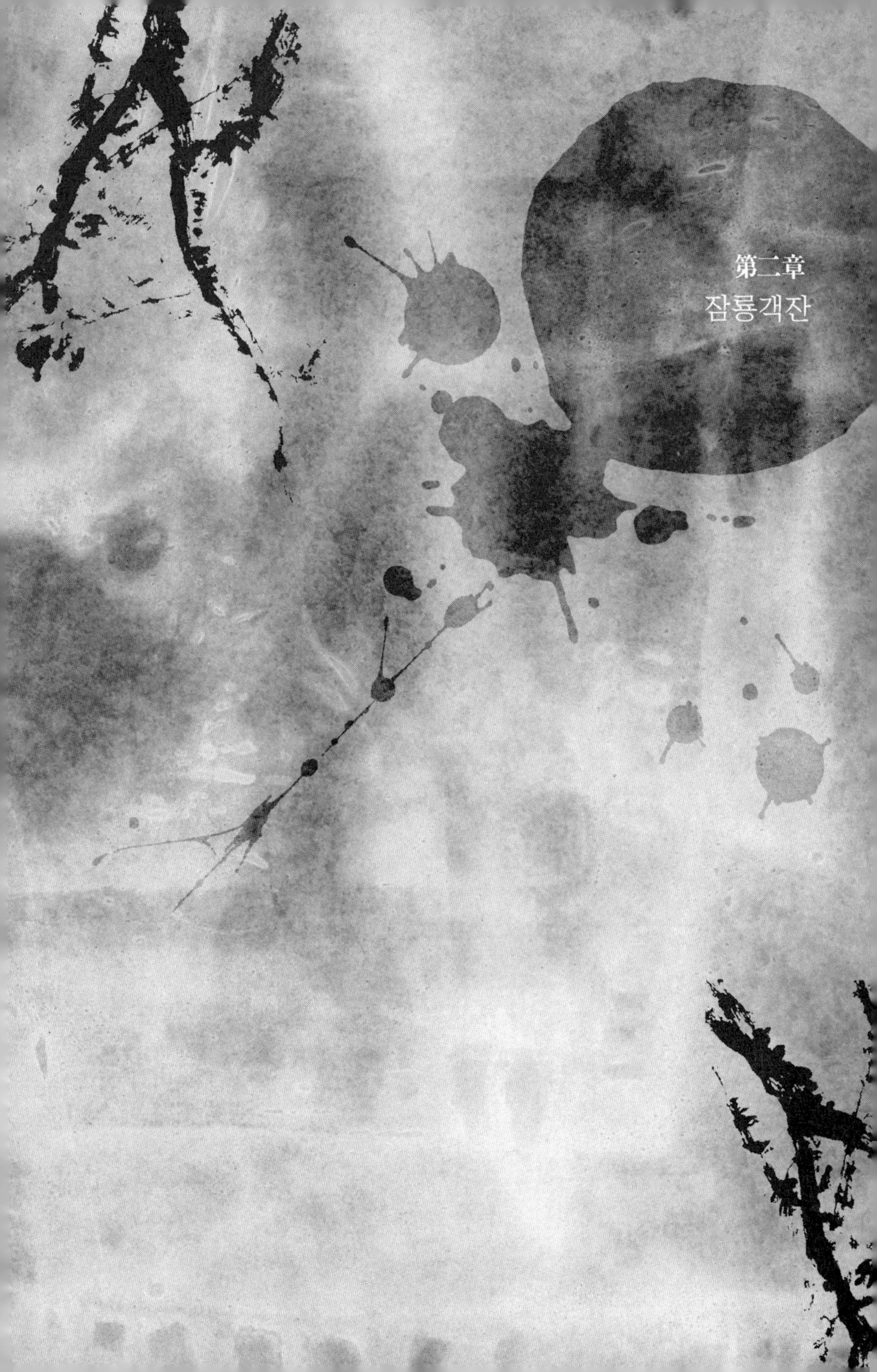
第二章
잠룡객잔

악마

관사우는 진지하게 생각했다. 지난 팔십(八十) 년의 세월을 되짚어보았다. 오랜만이었다. 지난 시간을 되돌려 기억하는 건 말이다.

'이처럼 당혹스러웠던 적이 있었던가?

꽤나 오랜 시간 동안 비교 분석을 했다. 그리고 그 비교 분석이 끝나고…….

'단연코 없었다!'

서른다섯 살의 젊지 않은 나이로 강호에 나왔다. 수많은 고비와 사선을 넘나드는 전투. 치졸한 음모와 모략. 참으로 많은 일을 겪었다.

별의별 일을 다 겪었다. 다시 생각해도 허무맹의 극치에 달하는 일을 수도 없이 겪었다. 하지만 이런 경우는 없었다. 처음이었다. 믿을 수 없지만 믿어야만 한다는 사실이 관사우의 가슴으로 파고들었다.

*　　　*　　　*

내용인즉, 가출에 성공한 사마철은 근처에 이름 좀 알려진 문파에 찾아갔다. 그리고는 당당하게도 장문인에게 비무를 신청했다.

물론 그렇게까지만 했다면 그 누가 출신 불명, 얼굴도 모르는 약관의 청년이 신청한 비무에 응했겠는가만은…….

만검천리의 제자라는 신분.

그것을 붙인 이상 비무를 받아들이는 건 시간문제였다. 태선문(太善門)의 장문인은 결국 비무에 응했다. 인시 초(寅時初)에 벌어진 그 비무는 백여 초의 공방 끝에 사마철이 승리했다.

태선문의 장문인은 크게 감격했다. 자신의 패배를 그나마 끌어올리기 위함이었는지는 모르겠다. 그는 한 마리의 용(龍)이 강호에 발을 내디뎠다고 외쳤다.

승리의 기쁨과 환희! 그것을 느껴 버린 사마철은 두근거리는 가슴으로 쉬이 잠에 들지 못했다. 거의 뜬눈으로 밤을 지

새우다시피 했다.

그 후로 두 군데의 문파를 더 찾아갔다. 또한 어렵지 않게 승리할 수 있었다. 사마철은 그리 약하지 않았던 것이다.

하지만 그 연속된 비무의 승리. 그것은 '오만과 방자' 라 불리는 아기를 잉태하게 된다. 무(無)에서 유(有)가 창조되는 그 놀라움! 태초(太初)의 신(神)과 악마(惡魔)가……

음?

…조금씩 올라가던 오만과 방자는 결국!

사 일 만에 십이성, 대성이라는 믿기 힘든 전설을 만들어낸다. 그 전설을 만들어냄과 동시에 사마철은 한 가지 결심을 하게 된다.

'이번에는 소림의 방장에게 비무를 신청해야겠군.'

어울리지 않았다. 전혀 어울리지 않는 흐뭇한 웃음을 지은 사마철의 눈이 골목에서 나온 고양이를 발견한 것마냥 커졌다.

객잔이 보였다. 객잔을 보고 사마철이 놀란 건 아니었다. 그가 놀란 이유는 그 객잔의 이름 때문이었다.

잠룡객잔.

"아아! 이 얼마나 나에게 딱 맞는 이름이란 말인가!"

사마철은 사뭇 심각해 보일 정도로 고개를 끄덕였다. 얼굴에 여실하게 드러나는 만족감이 그의 기분을 알려주고 있었다.

'역시! 하늘도 나의 비상을 방해하지 않는구나!'

하늘의 뜻을 인간이 해석하기에는 정말이지, 조금 무리가 있다.

끼이익.

작은 소리와 함께 문이 열렸다. 사마철이 객잔 안으로 들어가자 점소이로 보이는 청년이 인사를 하며 다가왔다. 자리를 안내하는 그를 따라가며 언뜻 살펴본 계산대의 노인은 물끄러미 한곳을 쳐다보고만 있었다.

"무엇을 드시겠습니까?"

웃으며 묻는 점소이에게 사마철은 간단한 음식과 술을 시켰다. 생각해 보니 가출을 한 이후 처음으로 들르는 객잔이었다. 기분이 묘했다. 확실히 가출이라는 건 세상을 다른 눈으로 바라보게 만드는 미지의 힘을 가지고 있었다.

잠시 후 음식이 나와 사마철이 한 젓가락 집어 먹었다. 그 순간 퍼지는 향기와 부드러운 감촉이란…….

'오오! 음식이 너무나도 맛있구나! 역시 점소이가 준수하게 생긴 이유가 있었어!'

점소이가 잘생긴 것과 음식이 맛있다는 것이 어째서 일맥상통(一脈相通)하는지는 모르겠다. 어쨌거나 사마철은 감탄했다. 지금껏 자신에게 대접한 문파들의 음식과 비교해 봐도 객잔의 음식에 한 손을 올려주고 싶은 심정이었다.

“정말 맛있군.”

솔직한 심정으로 자신도 모르게 말했다. 그 소리를 들었는지 점소이가 빙긋 웃었다. 저 점소이 청년은 잘도 웃는군. 사마철은 생각했다.

입 안에서 살살 녹는 고기 맛을 음미하며 술을 들이켰다. 그러자 어디서 본 건 있다고 주장하는 소리가 사마철의 입에서 울려 퍼졌다.

“캬아!”

‘역시 강호는 좋은 곳이란 말이야!’

객잔 안은 왁자지껄했다. 그곳에는 약간의 들뜸과 소란함이 있었다.

늦은 밤, 그런 객잔에서 멋진 음식과 술을 마시는 사람들. 평범한 사람들이 평범한 삶을 살아가는 모습. 그것은 어딘지 모르게 평화스러움과 안락함을 선사했다.

어느새 주문한 술과 음식을 거의 다 먹었다. 약간의 취기와 기분 좋은 포만감에 노곤해짐을 느끼던 사마철. 그가 문득 의아한 표정을 지었다.

‘뭔가 빠진 것 같은데?’

잠시 고민하던 사마철이 오른 주먹으로 왼 손바닥을 쳤다. 경쾌하게 탁 하는 소리가 들렸다.

‘왜 악인(惡人)들이 나타나서 행패를 부리지 않는 거지?’

라는 얼토당토않은 생각을 제법 진지한 표정으로 했다.

'어서 나타나거라! 이 사마철 대협께서 너희들을 멋지게 물리쳐 주시겠다!'

은근한 기대심을 가지고 객잔의 문을 바라보았다. 약간의 시간이 지났다. 그런 일은 일어나지 않았다. 아쉽게도 말이다.

탁!

마지막 한 잔의 술을 마신 사마철이 슬슬 일어날까 생각했다.

'이 정도로 괜찮은 객잔이면 하루쯤 묵어가는 것도 나쁘지 않겠군. 어차피 밤도 늦었고 잠을 잘 곳도 없었…….'

그 순간, 사마철의 머리를 스쳐가는 사실이 있었으니.

'맞다!'

돈이 없다. 이제야 생각한 게 오히려 더 대단하다. 그 중요한 걸 이렇게나 늦게 깨닫다니.

처음 가출할 때부터 돈이 없었다. 다행스럽게 그동안 자신이 비무를 했던 문파에서 숙식을 해결해 주었던 것이다.

사마철은 고민했다. 하지만 그것도 잠시, 그간 잠자고 있던 '오만과 방자'를 깨움과 동시에 그가 자리에서 일어났다. 아주 힘차게.

'얼마 지나지 않아 전 무림(武林)을 뒤흔들 나, 사마철 아닌가! 오히려 이 객잔의 주인은 나를 고마워해야 할 것이다. 미래의 천하제일인이 첫 발걸음을 옮긴 객잔이라니! 영광으로

생각해야지. 아암, 그렇고말고!'

착각은 자유라는 미명하에 바보들의 대량 생산이라는 결과물을 만들어낸다.

*　　　　*　　　　*

"철전 일곱 문입니다."

"……."

실전은 연습과는 다르다. 상상과도 전혀 다르다. 그 사실이 사마철의 머릿속을 울렸다.

'입을 열려고 하니 조금 부끄럽군.'

그래서 조금 우회해서 말하기로 했다. 객잔 주인에게도 그 정도의 눈치는 있겠지 하며.

"험험, 본인은 사마철이라고 하네."

그 말과 동시에 객잔 이곳저곳에서 탄성이 새어 나왔다.

"소문보다 훨씬 젊잖아."

"저 젊은이가 요새 근처 문파 장문인들과의 비무에서 승리한 사람인가?"

"대단하구먼."

사마철은 가슴을 펴고 당당하게 보이려 노력했다.

'첫인상이 중요한 거다. 좀 더 멋진 옷을 사두지 못한 게 아쉽지만.'

하나 아쉽게도 사람들의 탄성은 객잔 주인에게까지 미치지는 못했다. 조금은 아니꼽다는 표정이 역력한 객잔 주인의 입에서 퉁명스러운 목소리가 나왔다.

"아, 그러시군요. 사마철 소협이셨군요. 철전 일곱 문입니다."

"……."

치밀하지 못한 계획이란 언제나 의외의 전개에 막히게 마련이다. 그런 변수를 예상할 수 있는 능력이 사마철에게는 없었다.

'이런 눈치없는 노인네를 보았나!'

자신이 예상했던 건 이런 반응이 아니었다.

'감사합니다. 다음에도 꼭 저희 객잔을 찾아와 주시기 바랍니다.'

이런 반응이 나타나야 정상이다. 하나 객잔 주인은 귀를 후벼 파면서 귀찮다는 표정만 지을 뿐이었다. 사마철은 급히 작전을 바꿨다.

"음… 주인장, 유감스럽게도 돈을 집에 두고 왔네. 내 잊지 않고 다음에 와서 셈하면 안 되겠는가?"

순간 노인의 표정이 일그러졌다.

"손님, 죄송하지만 저희 객잔에서 외상은 불가합니다."

노인에게서는 묘한 박력이 느껴졌다. 하지만 사마철에게는 물러설 공간이 없었다. 한 발 앞으로 내디뎠다.

“허허, 내가 안 주겠다는 것도 아니고, 반드시 가져다주겠다 하지 않았는가! 나를 믿지 못하겠다는 것인가? 내가 사마철이네, 사마철!”

그 노인도 물러서지 않았다. 팽팽한 신경전이 이어졌다.

“손님을 믿지 못하는 게 아니라 요즘 같은 험한 세상을 믿지 못하겠다는 것입니다.”

사마철은 답답했다. 너무나도 답답했다. 가져다주겠다는데도 이렇게 몰인정하다니! 자신도 모르게 목소리에 내공을 실어서 탄식했다.

“허허, 세상이 이리도 각박해진 것인가!”

순간 노인의 눈에 살기와 비슷한 것이 떠올랐다. 하지만 그것은 사마철이 눈치를 채기도 전에 사그라졌다. 어느새 원래의 눈빛으로 돌아온 노인이 말했다.

“죄송합니다. 외상을 하면 제가 혼이 난단 말입니다.”

“음?”

사마철은 고개를 갸웃거렸다.

“혼난다? 노인장이 주인이 아니란 말인가?”

장백은 슬슬 올라오는 짜증에 터지려는 성질을 간신히 억눌렀다. 자신의 인내심을 시험받는 기분이었다. 그렇잖아도 요새 자신의 처지가 가뜩이나 불만족스러워 기분이 좋지 않았다.

‘웬 햇병아리 한 마리가 짜증나게 성질을 박박 긁어!’

마음 같아서는 뒤통수를 한 대 시원하게 날리고 한결 나아진 기분으로,

'돈이 없으면 옷이라도 벗고 가든가!'

라고 말하고 싶었다. 하나 그랬다가는 더 큰 봉변(?)을 당하는지라 참았다. 정말이지, 참고 참고 또 참았다.

좋은 게 좋은 거라고, 치솟는 화를 꾸욱 누르고 외상은 안 된다고 했다. 그랬더니 이 햇병아리 놈이 가랑비만도 못한 내 공으로 자신의 성질을 툭 건드는 게 아닌가!

장백은 눈을 감고 참을 인(忍) 자를 세 번 그렸다.

忍―참자.

忍―참아야 하느니.

忍―내가 안 참으면 누가 참으리.

크게 심호흡을 하고는 입을 열었다.

"죄송합니다. 외상을 하면 제가 혼이 난단 말입니다."

"음? 혼난다? 노인장이 주인이 아니란 말인가?"

'이 노무 자슥이……."

그동안의 노력이 수포로 돌아갔다. 장백의 부릅뜬 눈 위로 세 개의 주름이 가지런히 잡혔다. 참을 인(忍) 자는 개뿔! 이젠 기억도 나지 않는 글자가 되었다.

자신의 손자뻘 정도의 어린놈이 자꾸만 하대를 하는 게 아닌가! 한두 번도 아니고 처음부터!

장백은 분노로 인해 자꾸만 떨리는 손을 움직였다. 안 돼.

여기서 이성을 잃으면 안 돼. 스스로를 다독였다. 그리고는 객잔 중앙을 가리켰다. 지금의 자신의 처지를 만들어 버린 장본인.

장천휘.

"저… 사람과 해결을 보십시오."

뿌드득!

'앞으로 밤길 조심해라, 아가야.'

사마철은 의아한 표정으로 장백의 손이 가리키는 곳을 바라보았다. 그곳에는 음식을 나르는 점소이가 있었다.

'희한하군. 여기는 점소이가 주인이란 말인가? 거참, 신기하기도.'

"어이, 젊은 친구."

사마철은 한 손을 까닥거리며 장천휘를 불렀다. 거만과 오만이 섞인 손짓은 어린아이가 의젓한 표정으로 수염을 쓰다듬는 것과 비슷해 보였다.

"무슨 일이십니까, 손님?"

확실히 이런 말이 부끄러운 건 사실이었다. 사마철은 헛기침을 하고는 입을 열었다.

"내가 오늘 돈을 두고 와서 그러네. 다음에 와서 주면 안 되겠나?"

"아! 죄송하지만 저희 객잔은 외상이 안 됩니다. 정히 그러시다면 가지고 계신 것 중에 돈이 될 만한 것을 맡기시고 다음에 돈을 가져오셔서 찾아가시기 바랍니다.”

사마철은 슬슬 화가 났다. 하나같이 꽉 막혀서는 융통성도 없고, 세상 살아가는 법을 모르는 것만 같았다.

자신 같은 사람에게 미리미리 잘 보이는 게 얼마나 좋은 건지 모르다니. 그래 가지고 이 험한 세상 어떻게 살아갈지 걱정이 되는 사마철이었다.

“지금 내가 가지고 있는 건 이 한 자루의 검(劍)뿐이네. 설마 무인에게 검을 두고 가란 말을 하려는 건 아닐 거라고 믿네.”

믿음이란 언제나 그렇듯이 주는 사람보다 받으려는 사람이 많다. 확실한 절대불변의 법칙은 이런 것인가 보다. 장천휘가 고개를 끄덕였다. 자신을 믿으라는 듯이.

“그 검을 맡기고 가십시오. 제가 안전하게 보관해 두겠습니다.”

“……”

사마철은 성난 표정으로 외쳤다.

“정녕 나를 화나게 할 생각인가!”

아까와는 확연히 다른 양의 내공이 실린 외침이었다. 이에 객잔 안의 사람들은 가슴이 답답해짐을 느꼈다. 몇몇 사람은 눈살을 찌푸렸다. 하지만 대부분의 사람들은 기대가 섞인 표정으로 그들을 지켜보았다.

“어이, 왠지 오늘도 무슨 일이 나도 단단히 나겠는데?”

"그러게 말이야. 저 젊은 친구는 이곳이 어딘지 모르는 모양인데."

"설마 이곳에 대한 소문을 전혀 듣지 못한 건가?"

그들은 작은 소리로 중얼거렸다. 하지만 무공을 익힌 사마철에게는 똑똑하게 들렸다. 이곳?

'뭐야? 지금 무슨 소리를 하고 있…….'

사마철의 잡념은 거기까지였다.

"왜 이렇게 시끄러워요! 하루도 조용히 넘어가지 못하는 거예요?"

분명 옥구슬이 굴러가는 듯한 맑고 아름다운 목소리였다. 여인의 목소리임이 분명한 그 소리. 하지만 그 속에 담긴 기운은 무척이나 살벌하게 느껴졌다.

"사형, 제발 이런 거 다 때려치우면 안 돼요? 성질나서 못 해먹겠다고요!"

한 손에는 국자를 들고, 한 손은 허리 위에 떡하니 올려놓은 여인. 그녀는 점소이를 쏘아보고 있었다.

'헉!'

사마철은 몇 번이고 눈을 껌벅이다 손등으로 자신의 눈을 비벼보았다. 하지만 분명한 현실이었다. 이 현실 속에서 그는 좀처럼 정신을 차릴 수가 없었다.

석양을 마신 보옥(寶玉)처럼 빛나는 머리카락이 허리까지 내려와 흔들리고 있었다. 맑고 아름다운 두 눈은 달빛보다 깊고 촉촉했다.

인간이되 인간으로 보이지 않았다. 그렇기에 동경하는 마음까지 생길 지경이다. 미(美)라는 단어로도 설명이 부족하지 않을까?

갸름한 얼굴에 붉고 선명한 입술, 곱고 새하얀 손은 눈부심이라는 감각으로 사마철의 이성을 마비시켰다. 정말이지, 너무나도……

아름다웠다.

사마철은 자신도 모르게 발걸음을 옮겼다.

"소저, 소저의 방명을 여쭤봐도 되겠소? 아아! 가까이서 바라보니 눈을 뜰 수조차 없을 정도로 아름답구려. 세상에 이런 아름다움이 존재할 줄 내 미처 예상하지도 못했소. 혹, 하늘에서 내려온 선녀가 아니시오? 대답이 없는 걸 보아하니 역시 내 짐작이 틀리지 않은 모양이오. 하나 나 사마철, 포기하지 않을 것이오. 소저와 내가 만난 건 운명이오. 그대가 언젠가 옷을 찾아 하늘로 다시 올라가야 한다고 해도 난 그대를 놓치지 않을 것이오. 절대 포기하지 않을 거란 말이오. 그곳이 지옥이라 해도 반드시 따라가 우리의 사랑을 영원토록 이어갈 것이오."

"……."

"소저, 부끄러우신 것이오? 아! 어찌하면 좋단 말이오. 그대가 부끄러워하는 표정마저도 이리 아름답고 사랑스럽다니. 난 이제 그대 없이는 단 하루도 살아갈 수 없는 사람이 되어버……."

픽!

설희는 어이가 없었다. 자신의 신세타령을 하는 것이 버릇이 되는 게 아닐까 걱정하며 요리를 하던 중, 밖에서 들리는 시끄러운 소리에 주방에서 나왔다. 그랬더니 웬 얼빠진 한 남자가 자신을 발견하고는 얼빠진 표정으로 다가와 얼빠진 소리를 하는 게 아닌가.

'선녀? 옷? 운명? 누가 부끄러워한다는 거야?'

삼류 소설에서나 나올 법한 대사를 얼굴색 하나 변하지 않고 읊어대는 남자라니. 살짝 내공을 실은 국자로 뒤통수를 후려쳐 기절시켰다. 도저히 인상을 쓰지 않을 수 없었다.

"장 노야, '이건' 뭐예요?"

설희는 장백을 바라보며 물었다.

"무전취식(無錢取食)을 계획하고 실행시키던 병아리."

장백의 설명은 단순하지만 명확했다. 설희의 고운 아미가 찌푸려졌다. 장천휘에게 다시금 사정했다.

"사형, 제발 부탁인데, 이 짓 좀 그만두면 안 돼요? 누가 들으면 웃는다고요. 세상에 우리 같은 사람들이 객잔 따위를 운영하고 있다니요. 이게 말이 된다고 생각하세요?"

절대로 말이 안 된다고 생각했다. 설희는 그렇게 생각했다. 한데 지금은 그렇게 되어 있지 않은가. 가만히 바라보던 장천휘가 웃었다.

"이게 어때서 그래. 그리고 여기서는 사형이라고 하지 말랬잖아. 그런데 어디서 탄내가 나지 않아?"

"…으, 미워요, 진짜!"

설희는 다시 한 번 장천휘를 힘껏 노려보고는 주방으로 뛰어갔다.

"그런데… 이걸 어쩐다?"

장천휘는 설희가 국자로 기절시킨 '이것'을 바라보며 뒷머리를 긁적였다.

"뭐, 어려 보이니 한 번만 용서해 줄까? 노야, 밖으로 끌어내 주세요."

장백은 한숨을 쉬며 고개를 끄덕였다.

질질, 휙!

'이것'의 한쪽 다리를 잡고는 문 앞까지 끌고 간 장백은 문을 열고 밖으로 던져 버렸다. 그리고는 상황 종료.

이 사건이 바로 만검천리(萬劍千里) 관사우의 애제자 사마철의 첫 무림행의 마지막이었다.

*　　　*　　　*

관사우는 자꾸만 새어 나오는 옅은 한숨을 막을 수가 없었다. 십 년이다. 무려 십 년이고, 자그마치 십 년이다. 그 시간 동안 강호십객의 한 사람인 자신이 손수 수련시켰다.

사마철의 자질 또한 나쁘지 않았다. 오히려 너무 좋아서 문제였다. 가끔은 자신의 기쁨을 감추기 위해 근엄한 표정을 지으려 노력했던 적도 많지 않았는가.

물론 자신의 제자가 또래의 아이들 중에 최고다! 뭐, 그런 건 아니었다. 다만 제자와 비슷한 나이의 사람이 자신과 비교할 수 있는 경지에 달했을 수도 있다는 사실이었다.

현실적으로 생각해서 사마철이 너무 당황했고 방심을 한 사이에 일격을 당해 기절했다고 생각할 수도 있다. 그렇다. 그렇게 생각할 수도 있다. 세상에 그 정도의 일이란 흔하다고 평가받을 수 있다.

하지만 상대가 무슨 방법으로 기절시킨지도 모른다? 게다가 객잔의 숙수가 무공을 익혀? 그것도 자신의 제자가 눈치채지도 못하게 기절시킬 정도로?

가슴속에서 걷잡을 수 없는 위화감이 불타오르고 있었다. 강호에서 활동하면서 얻은 무인의 감. 그것이 말해주고 있었다. 삼십오 년간 강호 밥을 먹으며 키워온 감이 말해주고 있었다.

큰일이 벌어지고 있다.

이 정도의 위화감은 쉽게 나타나지 않는다. 은거한 지 십 년이 지났어도 자신의 감을 믿는다. 그것 덕분에 가까스로 살아남은 경우가 얼마나 많았는가!

관사우는 알아봐야겠다는 생각이 들었다. 며칠 전, 시도하다 중지되었던 강호행을 다시금 떠올렸다. 그리고 마음먹었다.

만검천리(萬劍千里) 관사우.

십 년 만에 나서는 강호행이었다.

*　　　*　　　*

“빌어먹을, 빌어먹을, 빌어먹을, 빌어먹을, 빌어먹…….”

“양 노야!”

설희는 자신의 옆에서 주절주절거리며 설거지를 하는 양철음에게 소리를 질렀다. 그냥 못 들은 체하려고 해도 벌써 꽤 오랜 시간 동안 끊임없이 들려오는 소리였다.

“집중을 할 수가 없잖아요. 요리를 할 때만큼은 아무 말씀 말아달라고 제가 몇 번이나 부탁드렸잖아요.”

“미안하구나. 한데 내 신세를 생각하다 보니 나도 모르게 그만.”

미안함이 담긴 양철음의 말에 설희의 입이 닫혀 버렸다. 자신이 손에 들고 있는 국자. 그것을 바라보는 순간 양철음과 같은 심정이 되어버리고 말았기 때문이다.

맥 빠지고 힘 빠져서 기운마저 빠져 버렸다.

어째서 이렇게 되어버린 건지 모르겠다. 자신의 사형이자 이제는 문주가 된 장천휘. 그를 따라 세상에 나온 지 어느덧 일 년이 지났다. 한데 지금껏 문도들이 한 일이 무엇이냐고 묻는다면…….

객잔 설립 및 운영.

…장난하냐!

라고 외치고 싶은 설희였다.

"전부 어쩔 수 없다 생각하고 포기하려고 해도 도저히 참을 수 없는 건… 왜 장가 놈은 계산대고 난 설거지란 말이냐!"

그가 말하는 장가 놈은 장백이었다. 원래 같은 직책의 두 사람이었다. 한데 이제는 전혀 다른 직책의 두 사람이다. 설거지 담당과 계산대 담당이라니.

양철음이 분노에 몸을 맡긴 채 손에 힘을 주었다. 그러자 싱그럽고도 맑은 소리가 들렸다.

쨍!

충격의 한계를 넘어버린 접시가 비명을 지르며 산산조각이 났다. 양철음의 눈이 눈부신 속도로 급격하게 커졌다. 긴장감없는 설희의 말이 들렸다.

"또… 깨졌네요."

"헉!"

"사형… 아니지. 문주님!"

"헉!"

설희는 주방 밖에 있는 장천휘를 불렀다. 하지만 그보다 빠르게 손을 쓴 사람이 있었으니, 양철음은 재빨리 내공으로 주위의 기파(氣波)를 차단시켰다.

다행히 설희가 장천휘를 부르기 직전에 손을 쓸 수 있었다. 정말이지, 기적 같은 한 수였다. 조금만 늦었더라도 하루 종일 잔소리를 듣는 영광을 얻을 뻔했다.

명색이 문주가 맞긴 맞다. 그래서 대들 수도 없고 빠져나올 수도 없다. 안도의 한숨을 내쉰 양철음이 설희에게 사정했다.

"설희야, 제발 비밀로 해주면 안 되겠니? 죽는 사람 소원도 들어준다는데 산 사람 소원 들어주는 게 뭐 어렵겠니. 제발 부탁한다."

설희는 예상했던 양철음의 반응에 빙긋이 웃으며 말했다.

"아무 대가도 없이요?"

"알았다. 예쁜 노리개 사다 주마."

"고마워요, 양 노야."

설희가 웃으며 말했다. 교섭에 성공한 양철음은 주위에 펼쳐 두었던 내공을 거두었다. 갑자기 온몸에 기력이 빠지는 느낌이 들었다. 나이 탓은 아닌 듯했다.

"아이고, 내 신세야."

쨍!

"커헉! 설희야, 내가 그런 게 아니다! 내가 그런 게 아니야!"

자신의 결백을 주장하는 절규하는 양철음의 모습에 설희가 가볍게 한숨을 쉬었다.

"정말이지, 하루도 조용히 넘어가지를 못하네요."

'……?'

자신이 깬 그릇이 아니라고 외치던 양철음은 그제야 상황 파악이 됐다. 그리고 상황 정리를 해보았다.

일(一).

밖에서 난 소리였다.

이(二).

그렇다는 건 누군가가 객잔에서 소란을 피운다는 뜻.

삼(三).

소란을 피운 사람이 객잔 식구는 아닐 것이다.

사(四).

그럼 소란을 피운 놈을 잡아다가 허벌나게 패고 내쫓아도 된다는 결론이다.

오(五).

마치 부모의 원수를 향한 듯한 무지막지한 살기(殺氣)가 양철음의 몸에서 피어올랐다.

육(六).

"어떤 놈인지 죽었다고 삼백 번 외치기 전에는 끝나지 않을 것이다!"

라고 양철음이 말한다.

칠(七).

순식간에 주방에서 사라지는 양철음.

팔(八).

설희는 또다시 한숨을 쉰다.

*　　　*　　　*

사람들은 잠룡객잔을 이렇게 말하기도 한다.

광룡객잔.

광룡객잔에는 미친 용이 세 마리가 산다. 지금껏 강호에서 내로라하는 고수들도 그 미친 용들에게 걸리면 결코 사지육신을 멀쩡히 나올 수가 없다고 한다.

그래서 매일같이 이름 좀 알리는 고수들이 못미더운 심정으로 객잔에 온다. 그리고는 소문에 대한 진실을 파악하기 위해 일부러 행패를 부리곤 한다.

오늘도 어김없이 그런 고수 한 명이 잠룡객잔을 찾았다. 그리고는 준비된 연극마냥 행패를 부리기 시작했다.

"자리가 없으면 만들어야 될 거 아냐!"

쿠당탕!

마침 그 고수 근처에서 밥을 먹던 애꿎은 사람이 피해를 입었다. 그러자 거의 동시라 할 수 있는 속도로 광룡(狂龍) 세 마리가 그의 앞에 현신했다. 간발의 차이로 가장 먼저 도착한 장백이 외쳤다.

"저놈은 내가 처리한다!"

"장가야, 네가 내 앞에서 그렇게 말할 수 있느냐? 양심이 있으면 뒤로 물러나거라."

양철음의 말에 장백이 내심 찔끔했다. 자신이야 계산대에 앉아 하루 종일 죽치고 앉아 있으면 된다지만, 양철음은 그렇지가 않다. 매일같이 하는 설거지라니……. 장백은 그것을 떠올리는 것만으로도 오한이 났다.

하나 어디까지나 그건 그거고 이건 이거다. 분리해서 생각해야만 하는 것이다.

"삼 일 연속 네놈이 했으니 한 번쯤은 나에게 양보해야 하지 않느냐!"

"그럼 넌 한 번쯤 나를 위해 설거지를 할 생각은 없느냐?"

순간 장백의 말문이 막혀 버렸다. 마침 그때를 놓치지 않은 나머지 광룡 한 마리가 재빠르게 끼어들었다.

"선배님들, 이번에는 제가 맡으면 안 될는지요."

그 말을 들은 두 마리의 광룡이 소리를 질렀다. 양잿물에도 위아래가 있는 법이거늘!

"뭐야?!"

"시끄러워, 이놈아!"

채영후는 인상을 찌푸렸다. 하나 그 이상 할 수 있는 행동
은 자신에게 없었다. 아쉽게도 자신보다 윗줄에 있는 사람들
이고, 성격도 괴팍하게 변해 버렸다. 그전의 성격이 좋았다는
말은 아니지만, 어찌 되었든 이제는 예전처럼 개길 수도 없게
되어버린 것이다.

나이도 자신보다 많은 둘이다. 그래서 곤란한 게 이만저만
이 아니었다. 매일같이 장작만 패고 잔심부름만 하다 보니 울
화가 치민다. 자신에게도 희생양이 필요했다. 정신적인 피곤
을 해소시켜 줄 희생양.

하지만 불행히도 저 두 사람이 있는 한 자신에게까지 기회
가 온다는 건 드물었다. 드물다기보다 거의 없다시피 했다.

"뭐 하는 짓거리들이야!"

진석향은 어이가 없어졌다. 그리고 그 없어진 어이의 자리
에 화가 들어왔다. 그래서 진석향은 화가 났다.

저놈들이 하는 이야기를 곰곰이 듣다 보니 자신이 꿔다 놓
은 보릿자루가 되는 게 아닌가.

'이것들이 내가 누군지 알고!'

꿔다 놓은 보릿자루가 분노의 외침을 토했다.

"야, 이 자식들아! 내가 누군지 알고 감히 떠드는……!"

'어어억!'

순간 누군가가 보았다면, '이제부터는 눈빛만으로도 사람
을 죽일 수 있다는 말, 믿을 거야' 라는 말을 서슴없이 할 수

있을 정도의 눈초리가 모였다. 그것은 분명 살기라 일컬어지
는 시선이었다.

덜덜덜덜.

진석향의 몸이 수전증 걸린 사람마냥 사시나무처럼 떨리
기 시작했다. 그 살기 어린 시선에는 미지의 기운이 담겨 있
었다. 그 기운은 지금껏 진석향이 겪은 그 어떤 힘보다도 강
력했다. 그냥 그런 고수가 아니었다. 이런 절대적인 기운이라
니!

'고… 고수.'

"조용히 하고 있어라. 중요한 협상 중이니."

채영후가 나지막하게 말했다. 하지만 진석향에게 향한 힘
을 거두지는 않았다.

'이, 이건 말도 안 돼. 어째서 저런 놈들이 이런 객잔에 있
는 거냐고!'

냉혈마검(冷血魔劍) 진석향.

산동(山東)에서는 그 이름만으로도 수많은 사람을 벌벌 떨
게 만든다는 고수. 그 고수가 광룡들 사이에서 초라한 지렁이
가 되어 있었다.

"이번만큼은 나도 양보 못한다!"

장백이 외쳤다.

"네놈이 한번 해보자는 거냐!"

양철음도 지지 않고 외쳤다.

“선배님들, 후배도 한번 생각해 주시지요.”

채영후 역시 외쳤다.

“아아악! 요리할 때 시끄럽게 하지 말라니까요!”

설희가 국자를 들고 나와 외쳤다.

네 명의 목소리가 아름답게 연주되고 있었다. 해탈의 경지라는 건 참으로 오묘하고 현묘하구나. 진석향이 객잔의 천장을 바라보며 생각했다.

“휴우!”

결국 그들을 제어할 수 있는 사람이 한숨을 쉬며 나섰다. 바로 장천휘였다. 그는 조용히 그들에게 제비뽑기를 추천했고, 모두가 동의했다.

“반드시 이기고야 말겠다.”

살기가 가득 담긴 양철음의 목소리가 들렸다.

“흥! 그렇게는 안 된다!”

절대 지지 않겠다는 목소리로 장백이 외쳤다.

“저에게도 드디어 기회라는 것이 생겼군요!”

조금이나마 가능성이 생겼다는 사실이 기쁜 채영후.

마치 생사결을 하는 듯했다. 제비를 뽑는 광룡들의 모습은 마치 생사대적을 맞이해 죽음마저 불사르겠다는 의지가 내비쳤다. 세 개의 제비가 차례로 뽑혔다. 그리고 마침내 승자가 나왔다.

“드디어! 드디어 나의 차례가 돌아왔구나!”

채영후는 기쁨에 몸을 맡긴 채 눈을 질끈 감았다. 두 주먹에 저절로 힘이 들어갔다. 이 감격스러움을 말로 표현할 수가 없었다. 전율스러운 감동은 그의 온몸을 휘감았고, 믿기지 않는 희열에 몸을 떨었다.

그리고 그 앞에 서 있던 지렁이도 몸을 떨었다.

*　　　*　　　*

천하사패(天下四覇).

당금 무림에 있어 그것을 모르는 강호인이 있을까? 삼십 년 전, 마교의 침략에 의해 호북(湖北)까지 밀리던 무림맹(武林盟)은 한 명의 방문객을 맞이하게 된다.

장후량이라고 밝힌 무인.

그는 무림맹주와의 협상에서 마교를 중원에서 밀어내 주겠다고 했다. 그 대신 자신의 문파를 중원에 뿌리내릴 수 있게 도와달라고 했다.

무림맹주는 속으로 콧방귀를 뀌었다. 이런 말도 안 되는 소리를 듣기 위해 독대를 허락한 것이 벌써부터 후회되었다. 될 대로 되라는 심정으로 그는 허락했다.

구파일방과 칠대세가의 합공조차 어렵지 않게 뚫어버리는 마교였다. 그런 마교를 단순히 하나의 문파가 막아낸다고? 그런 건 있을 수 없다고 생각했다. 하지만 그것은 완전한 형태의 오판이었다.

　장후량이 무림맹과 협상을 마친 지 열흘 정도가 지났다. 그리고 마교는 하나의 사신(死神)과 만나게 된다. 정체 모를 무인들의 습격. 그것은 그 누구도 예상하지 못한 결과를 낳게 된다.

　파죽지세(破竹之勢).

　그것 이외에 다른 단어로는 그들을 평가 내릴 수 없었다. 그 어떤 무인도, 그 어떤 마교도도 그들을 막을 수가 없었다. 그들의 앞을 막는다는 건 도저히 불가능해 보였다.

　당시 마교주.

　지옥마제(地獄魔帝) 소천홍.

　그가 장후량의 일격에 심각한 부상을 입었다. 마교주가 도망쳤다는 소식은 마교도들의 기세를 끝없는 나락으로 떨어뜨렸다.

　결국 삼 년여에 걸친 전쟁으로 호북(湖北)까지 전진했던 마교는 고작 반년이라는 시간 만에 신강(新疆)의 끝자락인 천산(天山)까지 밀려가게 되었다.

　전쟁은 수많은 사람의 피와 생명을 앗아갔다. 하지만 그 대신에 하나의 이름을 만들어내게 된다. 그 이름은 바로,

　일검무적(一劍無敵) 장후량.

그의 일검은 그 누구도 막을 수 없다. 그의 일검을 막는다는 것, 그것은 오직 신(神)만이 가능할 것이다. 그래서 사람들은 입을 모아서 말했다. 모든 인간의 정점. 무(武)의 최고봉. 모든 무인들이 꿈에 그리는 단어. 그 단어를 모든 무인들이 허락했다.

천하제일무인(天下第一武人).

이백 년이었다. 그 까마득한 세월 동안 그 누구에게도 허락지 않았던 이름이다. 천하제일인, 그 영광스러운 이름이 마침내 장후량에게 붙여졌다.

삼 년에 가까운 시간 동안 이어지던 전쟁이 반년 만에 끝났다. 그리고 그들은 약속대로 중원에 문파를 세웠다. 무림맹은 맨발로 마중 나가는 심정으로 그들을 도왔다. 이미 그들은 모든 무인의 하늘이었다.

육천문(六天門).

여섯 개의 하늘이 모인 문파라는 뜻이었다.

호북(湖北)의 중천(中天).

안휘(安徽)의 동천(東天).

사천(四川)의 서천(西天).

하북(河北)의 북천(北天).

호남(湖南)의 남천(南天).

그것이 천하오패(天下五覇)의 시작이었다. 하지만 하늘의 수는 다섯이었다. 사람들은 또 하나의 하늘을 궁금해했다. 하지만 그 누구도 대답해 주지 않았다.

그리고 이십 년의 시간이 흐른 어느 날, 중천주(中天主) 장후량이 암살 아닌 암살을 당하는 사건이 발생했다.

여섯 명의 복면인이 장후량을 급습했다. 그들의 싸움은 그야말로 경천동지(驚天動地). 아무도 그들의 싸움에 끼어들 수가 없었다.

결국 장후량은 복면인들의 합공에 죽임을 당했다. 하지만 부상을 입은 듯한 여섯 명의 복면인을 그 어떤 중천 무인도 막을 수 없었다. 부상을 당한 것이 맞는지조차 의문이 갔다. 그 소식을 전해 들은 사패(四覇)의 천주(天主)들은 극도의 불신과 함께 분노했다. 중천주의 복수를 위해 모든 일을 중단했다. 그러나 복면인의 신분조차 파악할 수가 없었다. 그들은 눈물을 삼키고 다짐했다. 절대로 잊지 않겠다고. 절대로 잊지 않겠다고 피로 맹세했다.

그리고 이 년 전 장후량이 없는 중천이 단 하룻밤 만에 전멸하는 사건까지 발생했다.

경악이었다. 사패 사람들뿐 아니라 전 무림이 들끓었다. 이유는 하나였다. 중천 무인의 시신을 조사하던 나머지 사패 사람들이 입을 모아 한 말 때문이었다.

"흉수는 단 한 명이다."

　　그 충격적인 사건이 지나고, 천하오패(天下五覇)는 천하사패(天下四覇)가 되었다.

*　　　　*　　　　*

　　동천주 철무심은 근 십 년 만에 만나는 친우를 보며 미소를 지었다.

　　"아니, 이게 얼마 만이란 말인가?"

　　철무심의 말에 관사우도 마주 보며 웃었다.

　　"잘 지냈는가?"

　　"잘 지내긴, 과분한 자리에 앉아 있는 바람에 늙은 나이에 쉬지도 못하고 죽겠네그려."

　　"허허허."

　　"그간 무얼 하고 지냈기에 연락 한번 안 하고 살았는가?"

　　"제자를 키웠네."

　　관사우의 말에 철무심의 눈이 커졌다.

　　"하하하! 그랬구먼. 자네의 제자라니 한 번 보고 싶군그래."

　　철무심은 은근한 기대심이 담긴 눈빛을 보냈다. 관사우가 쓴웃음을 지었다.

　　"아직 멀었네."

　　"그거야 자네 생각이겠지. 사실 따지고 보면 나 역시 자네에게 인정받지 못하였으니."

"예끼, 이 사람아. 누가 들으면 진짜인 줄 알겠네. 천하에 그 누가 무정일검(無情一劍) 철무심을 무시한단 말인가. 허허허."

"그런가? 하하하!"

둘은 그렇게 지나간 십 년 동안의 세월을 이야기하며 시간을 보내고 있었다.

"한데 말이야, 이번에 제자가 잠시 강호에 나갔는데 신기한 일을 당했다고 하더구먼."

관사우는 차마 가출이라는 말을 할 수 없었고, 또한 여인에게 일수에 참패했다는 말도 할 수 없었기에 돌리고 돌려서 말했다. 그리고 그런 그의 모습을 바라보며 철무심이 고개를 갸웃거렸다.

"신기한 일이라니?"

"그… 그게 차마 믿기지 않은 이야기인데……."

관사우가 조심스럽게 입을 열자, 철무심은 의아함을 느끼며 그를 바라보았다.

"내 제자가 잠룡객잔이라는 곳을 갔던 모양이네."

십 년 만에 강호에 나와 여기저기에서 소문을 들었다. 그 소문에 의하면 잠룡객잔이라는 곳은 꽤나 유명했다. 꽤 정도가 아니라 아주 유명한 곳이었다.

관사우의 말에 철무심이 소탈하게 웃었다. 대충 무슨 일인지 알 것 같다. 자신도 처음 그곳의 이야기를 들었을 때 전혀 믿지 못했으니 말이다.

"그곳에 관한 것이라면 우리 동천에서 조사한 것도 있으니 그것을 보면서 이야기를 나누세."

철무심은 수하를 시켜 무언가를 가져오게 했다. 그리고 일각이 지나자 몇 장의 서류가 도착했다.

"자, 읽어보게나."

철무심이 건네준 서류를 바라보던 관사우의 눈이 커졌다. 서류의 맨 앞에 쓰인 특일급(特一級)이라는 글자 때문이었다.

"아니, 이런 걸 나 같은 외부 사람이 보아도 되는 건가?"

관사우의 말에 철무심이 웃었다.

"사실 그것이 특일급이 된 건 이유가 있어서라네. 자네가 읽어도 문제될 건 없으니 한번 살펴보게."

특일급(特一級).

하남성(河南省) 허창(許昌)의 잠룡객잔.

장백―항시 계산대에 앉아 있는 인물로 예순 정도의 나이. 초절정고수.

양철음―주방의 설거지 담당. 나이는 장백과 동일한 것으로 추정. 초절정고수.

채영후―대부분의 시간을 마당에서 장작을 패면서 지내고, 잡일을 하면서 지냄. 마흔 후반의 나이. 초절정고수로 추정.

위의 세 사람을 광룡이라고도 부름.

설희—잠룡객잔의 숙수로 요리 실력이 일품. 뛰어난 외모를 가지고 있으며, 나이는 이십대 초반. 절정고수로 추정.

장천휘—잠룡객잔의 점소이. 나이는 이십대 초반. 무공 수위를 짐작할 수 없음.

항시 사고가 끊이지 않는 객잔.

고수들도 행패를 부릴 수 없는 객잔으로 유명해진 것은 장백, 양철음, 채영후가 수많은 고수들을 제압한 것이 원인.

그들의 손속을 본 사람들은 광룡이라 부르는 것에 주저하지 않음.

또한 설희의 미모에 관심을 가졌던 수많은 청년들이 그녀의 일격에 기절하는 일도 다반사.

가장 중요한 것은 이들 네 명을 완벽하게 통제하는 사람이 장천휘라는 점.

간혹 설희가 장천휘를 사형이라고 부른다는 소문도 있음.

현재까지 객잔에서 제압당한 무인은 절정고수 열여덟, 일류고수 서른다섯, 그 외 다수의 무인.

또한…….

"……."

"어떤가? 재미있지 않은가?"

철무심의 말에 관사우의 표정이 굳었다.

"이게… 사실이란 말인가?"

"나도 처음에는 믿지 못했지만 내 수하들도 많이 당했네. 하하하! 그리고 나도 직접 가본 적이 있는데 사실이더군."

"이게 도대체 무슨……."

"정히 못 믿겠으면 한번 가보게나. 재미있을 거야."

철무심은 자신의 친우를 바라보면서 웃었다. 진정 재미있을 것이라 생각했다.

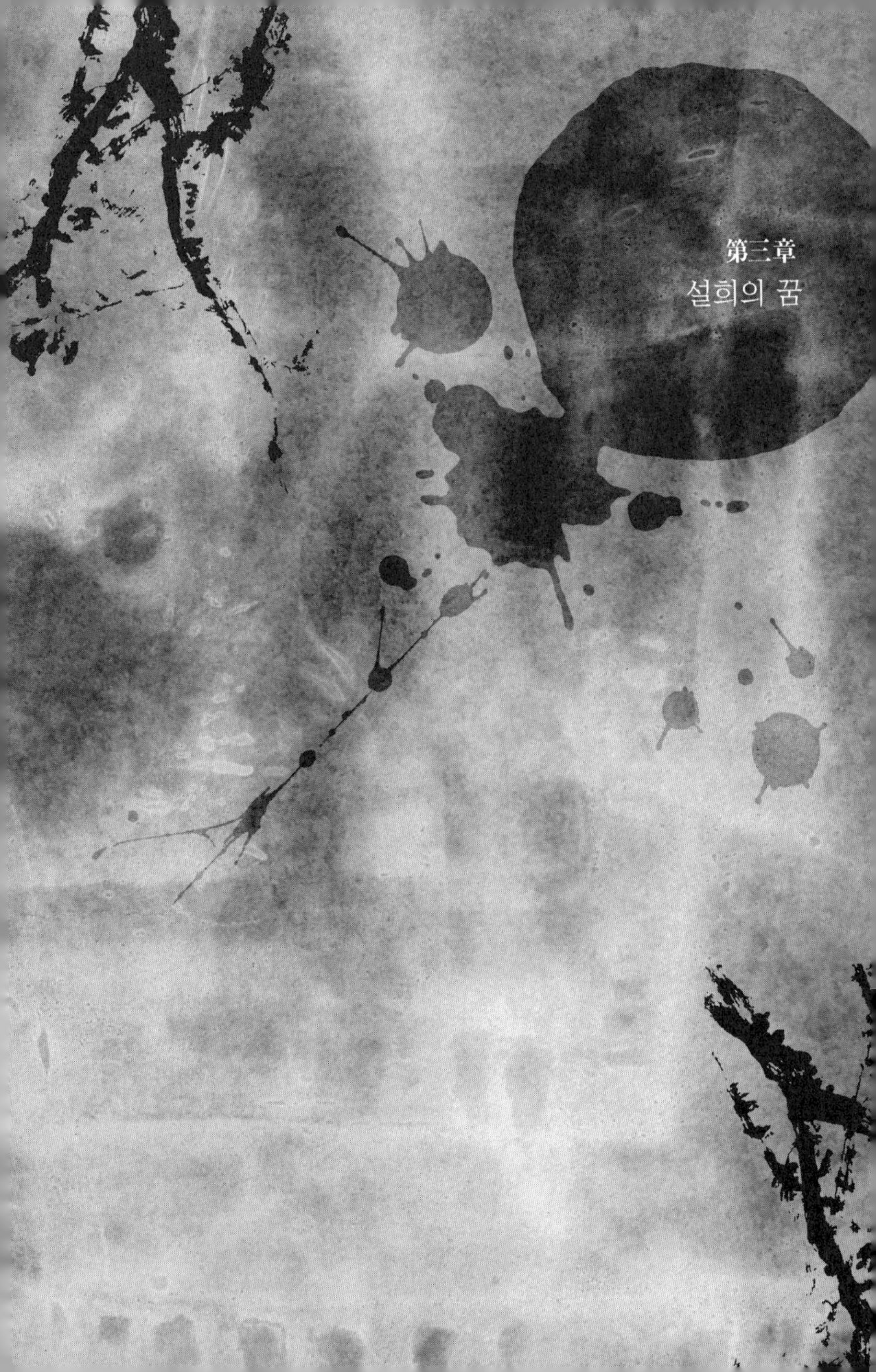
第三章
설희의 꿈

악마

살랑거리는 바람이 귓가를 간질인다. 눈을 감아도 사라지지 않는 환상은 여전히 나를 따라다녔고, 나를 괴롭히고 있었다.

얼마만큼의 세월이 흐르고, 또 얼마만큼의 시간이 지나야 모든 것이 망각의 이름으로 바뀌게 될까?

'어쩌면 내가 죽을 때까지도 잊을 수 없겠지.'

바람결에 스치는 희미한 안개가 느껴진다. 그 흔적을 따라 눈길을 옮겼다.

"제발, 제발… 나를 죽여주게."

"이렇게 살아가는 건 싫어! 그만 나를 죽여달란 말이야!"

"죽여줘. 죽여줘. 죽여줘. 죽여줘."

인간임이 분명하지만 인간으로 보이지 않는다. 인간이기 때문에 나에게 죽여달라고 말한다. 피를 토하고 영혼을 깎으면서 애원한다.

죽여달라고,

나에게 죽여달라고 말이다.

과거의 조각들. 그 지독한 피비린내 사이에서 들려오는 목소리가 있었다.

"만약에 말이야, 세상에 태어남과 아님을 선택할 수 있었다면, 나는 절대 이 세상에 태어나지 않았을 거야. 처음부터 나라는 사람은 이 세상에 존재하지도 않았다면 좋았을 텐데."

달빛으로 비춰지는 은색의 대지는 눈부셨다. 하지만 거기에는 피로 물든 적색이 숨겨져 있었다.

그 둘의 조화는 아름다웠다. 절대 현실에서는 있을 수 없는 아름다움. 나는 그렇게 느꼈다. 그 아름다움은 공포를 생성했고, 불안함을 증폭시켰다.

내 품에 안긴 그녀가 밭은기침을 토했다. 피가 섞여서 나왔다. 하지만 그녀는 피로 물들어가는 옷은 신경 쓰지 않고 침착하게 말을 이었다.

"괴로움밖에 남지 않은 세상. 지독한 증오만이 남은 세상. 다시는 하고 싶지 않아. 이제 다시는 이런 세상에서 살아가고 싶지 않아."

그녀가 천천히 나를 바라보며 웃었다. 그녀의 눈은 무척이나 슬펐지만 그녀의 입은 즐겁게 웃고 있었다. 부자연스러웠다. 그 어느 것 하나 정상적이지 못했다.

"고마워. 내 부탁을 들어줘서."

말을 하는 것조차 굉장히 힘겨워 보였다. 끊이지 않는 기침에서 점점 더 많은 피가 섞여 나온다. 붉었다. 그 피는 너무나 붉었다.

"안녕, 내 사랑."

"사… 형?"

"……?"

"울고 있는 거예요, 사형?"

설희가 놀라서 눈을 동그랗게 뜨며 말했다. 장천휘는 씁쓸한 기분을 지워 버리고 웃었다.

"언제 온 거야? 그나저나 들켜 버렸네."

"방금 왔어요. 장 노야가 술을 주시면서 올라가라고 하시기에 어딘가 했더니 지붕 위에서 청승을 떨고 계셨네요."

설희는 술병을 들고 장천휘의 눈앞에서 흔들었다.

"고맙다고 해야 하나?"

"그런 말씀은 저보다 장 노야한테 하셔야죠."

설희가 한쪽 눈을 깜빡이며 말했다.

"그래야겠어."

장천휘는 눈을 감고 몸을 뒤로 눕혔다. 차가운 지붕의 느낌이 그대로 전해졌다.

"그나저나 놀랐잖아요. 다 큰 남자가 눈물이라니."

장천휘는 아무런 대꾸도 없이 여전히 눈을 감고 있었다. 고개를 저은 설희는 술병을 옆에 두고는 자신의 무릎을 손으로 감싸 안았다.

아무런 대화도 없었다. 대화가 없어도 시간은 흘러갔다. 한참의 시간이 흘러도 장천휘는 눈을 감은 채 죽은 듯이 있었고, 설희는 하늘만 바라보고 있었다.

"달빛이 참 곱네요."

설희의 말에 장천휘가 눈을 떴다. 달빛은커녕 먹먹한 어둠이 존재하는 하늘만 보였다.

"달이 어디 있다는 거야?"

"조오기~ 있잖아요."

설희의 손을 따라 장천휘가 시선을 옮겼다. 여전히 그의 눈에는 짙은 어둠만이 보였다. 고개를 돌려 그녀의 얼굴을 유심히 쳐다보았다.

"아직 노망들 나이는 아니라고 생각했는데. 요즘 아이들은 성장만 빠른 게 아니라 퇴화도 빠른가 봐."

장천휘의 말에 설희가 회심의 미소를 지었다.

"사형은 모르시나 봐요? 원래 착한 마음을 가진 사람에게만 보이는 게 있어요. 저에게는 분명하게 보이는데 사형은 안 보이시나 봐요."

"스스로 착하다고 말하는 사람치고 진짜로 착한 사람은 못 본 거 같은데?"

"순수한 사람은 거짓말을 하지 않는 법이에요. 전 거짓말을 하지 않으니까 착한 게 맞아요."

"……."

장천휘가 할 말을 잃자 설희가 승리한 듯한 표정을 지었다.

"대단하구나. 이렇게 이지적이고 혁명적인 말은 일찍이 들어본 적이 없어."

장천휘가 감탄하는 듯한 표정으로 말했다.

"순수한 사람이 거짓말을 하지 않는 것과 거짓말을 하지 않으니까 착하다는 건 도대체 어떻게 연관이 되는 거야?"

"사형은 머리가 나쁘네요. 그러니까 결론은 전 착하고 순수하다는 거잖아요."

설희의 말에 장천휘가 심각한 표정을 지었다.

"그러니까 사매가 하는 말은, 순수한 사람은 거짓말을 안 하고, 사매는 거짓말을 안 하니까 착하고, 사매는 착하니까 저 달이 보인다?"

"정답! 역시 사형은 이해력이 빨라요."

"……."

장천휘는 이 괴상망측한 대화를 이어갈 자신이 없어졌다. 설희가 쿡쿡거리며 웃었다.

“술, 안 마실래요?”

그렇게 말한 설희는 술병을 입에 가져가면서 말했다.

“모름지기 술은 이렇게 마셔야 한다고요.”

그러면서 술병을 들어 몇 모금 마시려다가 바로 뱉어버리는 설희였다.

“아, 퉤퉤! 무슨 맛이 이래요?”

“글쎄, 순수하고 착한 사람에게는 안 맞는 술인가 보지.”

바로 납득하는 설희였다.

“역시 그랬군요. 장 노야가 사형에게 주라고 했을 때 알아챘어야 하는데.”

“……..”

장천휘는 고개를 저으며 술병을 건네 받아 몇 모금 마셨다. 그 모습을 바라보던 설희가 입을 열었다.

“도대체 술을 무슨 맛으로 먹는지 모르겠어요. 쓰고 맛도 없는데.”

“그게 바로 어른들의 세계라는 거야. 어린아이가 이해할 리가 없잖아?”

“제가 어리다는 건가요?!”

두 손을 허리에 올리고 가슴을 당당히 편 설희. 그녀를 바라보던 장천휘가 웃었다.

“사매는 모르나 봐? 어른은 아이들과 다른 세계에서 사는 거야. 나는 술을 좋아하는데 사매는 싫어하나 봐?”

"술을 좋아하지 않는 어른도 있는 법이에요!"

"술을 싫어하는 어른은 있지만, 술을 좋아하지 않는 어른은 없어."

"그거, 뭐가 다른 거예요?"

"사매는 머리가 나쁘구나. 그러니까 결론은, 난 어른이고 사매는 아이라는 거야."

설희의 입이 툭 튀어나온 것이, 뭔가 불만이 있는 어린아이와도 같은 귀여운 표정이었다. 그녀는 샐쭉거리는 눈으로 장천휘를 쏘아보았다.

"좀생이."

"안 들려."

장천휘가 한쪽 귀를 후벼 파며 건성으로 대답했다.

"남자가 돼서 치사하게 옛일로 복수를 하다니."

"군자의 복수는 일각도 늦은 거야."

"장난 좀 친 거 가지고 꽁해서 놀리다니. 남자가 대범하지가 못해."

"아이가 심한 장난을 하면 혼을 내야 하는 게 어른이 할 일이야."

둘은 심각한 표정으로 마주 보다가 동시에 웃었다.

"고마워."

"아니에요."

장천휘는 자신의 기분을 챙겨주는 설희가 고마웠다. 그녀와 함께 있으면 항상 즐겁다. 어떡해서든 자신을 웃게 만들려는 설희. 그 모습이란, 바라만 보고 있어도 절로 웃음이 나오게 만드는 힘이 있었다.

하나 자신에게 어울리지 않는다. 설희는 너무나 밝다. 눈부실 정도로 밝아서 주변까지 환하게 만들어준다. 그래서는 안 된다. 난 즐거워서는 안 된다. 난 슬퍼야 하고 괴로워야 한다.

절대로 나는 행복해서는 안 된다. 하지만…….

'난 웃어야만 한다.'

"그렇게 웃지 말라니까요."

설희가 눈을 찌푸렸다.

"도대체가 웃는 모습이 왜 그래요?"

"왜? 또 음흉하게 웃은 거야?"

"장난하지 마세요. 사형은 웃을 때 눈은 전혀 웃지 않는다고요. 그게 얼마나 이상한지 아세요? 보는 사람마저도 기분이 우울해진다고요."

"……."

알 것 같다. 자신도 예전에 그런 사람을 본 적이 있다. 그렇기에 그 웃음을 바라볼 때의 기분을 알고 있다.

"미안."

짧게 사과했다.

"……."

“…….”

긴 침묵이 흐르고 장천휘가 입을 열었다.

“사매는 꿈이 있어?”

설희가 의아한 눈빛을 지었다.

“꿈이요? 음… 있기야 있죠.”

“뭔데?”

“…….”

“말하기 곤란하면 안 해도 돼.”

“아니에요. 그렇다기보다는…….”

설희는 장천휘의 눈을 바라보며 말했다.

“대신 웃지 말기예요.”

“설마 다른 사람의 꿈을 듣고 웃기야 할까.”

“믿을게요.”

설희는 고개를 돌려 하늘을 보면서 말했다.

“별거는 아니에요. 그저 잘생기고, 돈 많고, 무공 고강한 남자 만나서 열렬하게 사랑하다가 결혼해서 자식 낳고 오순도순 행복하게 사는 거예요.”

“…….”

“우습나요?”

“아니, 전혀. 다만 너무 힘든 꿈을 갖고 있다는 생각을 했어.”

설희는 미묘한 감정이 섞인 눈으로 장천휘를 바라보았다.

"어려운… 꿈인가요?"

"내가 보기에 아주 힘들어 보여. 하지만 사매라면 꼭 이루리라 믿어."

"말해줘요. 뭐가 어렵다는 건가요?"

설희의 말에 장천휘는 손으로 입가를 만지면서 말했다.

"잘생기고, 돈 많고, 무공 고강한 남자는 사매라면 어렵지 않게 만날 수 있을 거라는 생각이 들어."

"그럼 뭐가 문제인 건가요?"

"감정."

"네?"

"열렬하게 사랑하는 것과 오순도순 행복하게 산다는 건 말처럼 쉬운 게 아니니까."

장천휘가 무표정하게 설희를 바라봤다.

"사람의 일이란 항상 뜻대로 움직여 주는 건 아니야."

"하지만……."

장천휘가 설희의 말을 끊었다.

"사매, 내가 이런 말을 하는 게 굉장히 우스워 보일지 모르지만, 사매가 알아두었으면 해."

"뭔데요?"

"사랑이 이루어지기 위해서는 사랑 하나로는 턱없이 부족해."

"네에?"

"사랑만으로 이루어지는 사랑이란 존재하지 않아."

"헤에?"

"만약 사랑만으로 사랑이 이루어진다면, 어쩌면 세상이 조금 더 아름다워질 수도 있겠지."

장천휘는 제법 진지하게 말했다. 그러자 설희가 두 눈을 동그랗게 떴다. 두 손을 마주 잡아 깍지를 끼고는 자신의 가슴 앞으로 가져갔다.

"와아! 사형이 그런 말을 하니까……."

설희가 커다란 두 눈을 몇 번이나 깜빡이고는 말을 이었다. 빛이라도 나올 것 같은 눈동자였다.

"꼭 사랑을 실패한 경험만 다섯 번 되는 불쌍한 남자처럼 보여요."

"……."

"하지만 사랑이 이루어지는 건 사랑하는 마음만으로 충분하다는 말도 있잖아요. 그럼 그건 틀린 말이에요?"

"…사랑에 실패한 사람한테 묻지 마."

"삐친 거예요?"

"화난 거야."

"삐친 거네요."

"화난 거라니까."

"삐친 거 맞네요."

"몇 번을 말해야 알아들어!"

"사형은 꿈이 뭔가요?"

하늘을 바라보던 설희가 고개를 돌리지 않고 말했다.

"내 꿈이라……."

예전에 느꼈던 그 처절한 감정을 다시금 맛보고 싶지는 않다.

나의 그 무력함.

치 떨리는 무력함.

얼굴조차 들 수 없는 무력함.

나만이 간직하고 나만이 내세울 수 있는 나의 가치를 찾고 싶다. 그것만이 내 남은 감정의 찌꺼기를 불러일으켜 줄 것이다. 과거의 망령으로부터 자유로워질 수 있는 길. 오직 그것밖에는 없을 것이다.

그 단비와도 같은 희망을 향해 그것을 일깨우고, 내 가슴 속 응어리들과 이별하고 싶다.

"나의 꿈이라……."

사용하지 못하는 힘이란 없는 것과 같은 것이다. 아니, 사용하지 못하는 힘 따위는 없느니만 못하다.

사랑하는 사람이 죽어가는 모습. 내 유일했던 친구가 죽음을 향해 웃으며 뛰어드는 모습. 그것을 바라보며 내가 할 수 있는 건 아무것도 없었다. 단 하나도 할 수 있는 게 없었던 것이다.

그들만 구할 수 있었다면, 그들의 삶을 이어줄 수 있었다면 좋았을 텐데. 하지만 늦어버렸다. 나는 비겁한 겁쟁이였기에 그들을 죽음으로 내몰았던 것이다. 이제는 후회만이 남았다.

현실이란 언제나 내 희망과 꿈을 여지없이 무너뜨렸다. 거부할 여지가 없는 현실. 나를 두고 스쳐 지나가지 않는다. 언제나 나를 물고 늘어진다.

세상은 빼앗기고 뺏는 것의 반복이었다. 난 지키지 못했기에 빼앗겼다. 꿈? 내가 지키고자 하는 것을 지킬 정도의 능력을 갖는 것?

"뭐예요? 말하기 싫은 거예요?"

설희의 말에 장천휘가 차분하게 입을 열었다.

"내 꿈은……."

잠시 생각을 하고는 말했다.

"세계 정복."

"……."

"이상해?"

설희는 한숨을 쉬었다.

"세계 정복을 위한 전초기지가 우리 객잔일 줄은 상상하지도 못했네요."

정말 아무도 상상하지 못했다.

第四章
마궁(魔宮)과 빙궁(氷宮)

악마

　그날은 평소와 같았다. 지독히도 평범했고, 지독히도 지루했다. 떠오르는 햇살은 아무런 감흥도 없이 다가왔고, 싱그러운 봄바람도 익숙하다는 이유만으로 아무런 느낌이 없었다. 결국 평소와 다름없는 하루. 그저 그런 하루였다. 적어도 아침까지만 하더라도 말이다.

　"내 아들의 빚을 갚으러 왔다."

　머리부터 발끝까지 붉었다. 붉은 머리카락이 넘실거리며 살기(殺氣)를 머금고 있었다. 섬뜩해 보이는 무표정한 얼굴. 적안(赤眼)의 두 눈은 미동도 하지 않은 채 고정되어 있었다.

　"서, 설마?"

"적안검마(赤眼劍魔)라니!"

사람들은 기겁을 하며 자리를 피했다. 모두가 서둘렀다. 평소와 같은 수준의 무인이 아니었다. 웃고 떠들며 구경할 정도의 강심장은 없었다.

구경하다가 이승을 떠날 수 있다는 사실. 아무도 한순간의 즐거움을 목숨과 바꾸고 싶어하지는 않았다.

한 명, 두 명씩 계산을 끝내고 나가는 객잔 안은 몹시도 소란스러웠다. 하지만 이렇게 혼란스러운 가운데 여전히 자리에 앉아 있는 사람도 있었다.

천천히 술잔을 들어 술을 마시는 모습에서 괴리감이 느껴졌다. 마치 지금 벌어지고 있는 주위의 상황은 눈에 들어오지도 않는 듯 보였다. 그게 아니라면 이런 상황 따위 아무렇지도 않다는 것인가?

탁.

여유있는 손짓으로 술잔을 기울이는 사람은 언뜻 보아도 호리호리한 몸매를 지니고 있었다. 방갓을 쓰고 있는 탓에 얼굴이 보이지 않았지만 여인일 가능성이 높아 보였다.

"무슨 일이십니까?"

사람들이 자리를 피하기를 기다렸던 장천휘가 이윽고 입을 열었다. 그의 시선은 적안검마를 향해 있었다.

하지만 장천휘의 물음에 적안검마는 대답하지 않았다. 그의 눈은 방갓을 쓴 사람에게 고정되어 있었다.

여유롭게 술을 마시던 사람이 천천히 자리에서 일어났다. 사람들이 모두 피하기를 기다린 이는 장천휘 혼자만이 아니었던 모양이다.

"마궁의 궁주가 직접 움직였다고 하기에 믿지 않았는데, 사실이군."

여인의 목소리였다. 적안검마의 입이 천천히 벌어지더니 무덤덤한 음성이 들렸다.

"나에게 볼일이라도 있나, 북궁연?"

방갓을 벗은 여인과 적안검마의 시선이 부딪쳤다. 작은 진동이 객잔을 지르르 울렸다. 단지 마주했을 뿐인데 그것만으로도 객잔 전체가 떨렸다.

그 떨림과 동시에 장천휘의 주위로 장백과 양철음, 채영후와 설희가 자리했다.

마궁(魔宮)의 궁주(宮主).

적안검마(赤眼劍魔) 사철홍.

빙궁(氷宮)의 궁주(宮主).

빙화옥검(氷花玉劍) 북궁연.

사철홍의 입이 먼저 열렸다.

"아직도 나에게 그것이 있다고 믿는 건가? 분명 말했을 텐데? 그것은 나에게 없다고 말이야. 그리고 있다 하더라도 그대에게 줄 이유는 없다."

어느새 그의 주위에는 지독한 살기가 짙게 깔려 있었다. 의도적인 것이라 볼 수 없는 자연스러운 살기였다. 그렇다고 쉽게 받아낼 수 있는 수준도 아니지만 북궁연은 대수롭지 않게 그 기운을 몸으로 받아내고 있다.

"나는 아직까지 확인하지 못했다. 확인하기 전에는 물러설 수 없다고 나 역시 말했을 텐데?"

사철홍의 살기에 저항하는 한기가 북궁연의 몸에서 피어올랐다.

"한번 해보자는 건가?"

사철홍의 손이 검으로 향했다. 그와 동시에 그의 몸에서 뿜어지던 살기는 더더욱 짙어져 갔다. 서서히 객잔 안의 공기가 묵직해져 가고 있었다.

"싸움은 밖에 나가서 해주시기 바랍니다."

장천휘가 한 발을 내디뎠다. 그러자 거짓말처럼 객잔 안의 공기가 한순간에 풀려 버렸다. 사철홍의 눈가에 이채가 띠었다.

"과연 한 수가 있다, 이건가?"

살짝 일그러지는 입매. 그것은 분명 웃음이 분명했다.

"문주님, 이런 좋은 구경거리를 놓치면 안 되잖습니까? 그냥 한 판 뜨게 놔두죠?"

이미 객잔 안에 손님은 하나도 없었다. 그리고 남은 사람들은 전혀 상관없다는 생각에 문주라는 말을 거리낌없이 내뱉은 장백이었다. 그는 흥미가 잔뜩 담긴 눈빛으로 장천휘를 바라보았다.

"나이를 어디로 처먹었기에 아직도 싸움만 났다 하면 좋아 죽는 모습이라니."

양철음은 그런 장백을 꾸짖듯 말했지만, 그의 얼굴에도 즐거워 죽겠다는 심정이 적나라하게 드러나 있었다.

"아, 안 됩니다! 절대로 객잔 안에서의 싸움은 안 됩니다!"

채영후가 외쳤다. 안 된다. 절대로 안 된다. 하늘이 두 쪽이 나도 안 되는 건 안 되는 거다. 저 두 명이 싸움을 하면 보나마나 객잔은 난리가 날 테고, 그것을 고칠 사람은 자신뿐이었다.

자신에게 늘어나는 일거리를 보며 좋다고 할 정도로 지금의 직업이 마음에 드는 게 아니었다. 절대불가(絶對不可)! 잡일 담당 채영후가 간절한 소망을 담아 장천휘를 바라보았다.

"더 이상의 나무 훼손은 하고 싶지 않습니다!"

은퇴를 선언하는 벌목꾼의 그것처럼 채영후의 목소리에는 단호함이 배어 있었다.

"아아, 오늘 영업은 이것으로 끝이군요. 이게 얼마 만의 휴식이란 말이에요."

긴장감이라고는 찾아볼 수 없는 느긋한 말투. 눈을 살짝 감은 설희가 기쁜 표정으로 말했다.

콰앙!

순간 사철홍의 발이 바닥을 두드렸다.

"나를 앞에 두고도 그런 여유라니! 어디, 끝까지 그럴 수 있는지 두고 보기로 하겠다!"

가벼운 진각만으로도 객잔 전체가 울렸다.

"그전에 나와의 볼일부터 끝내야 할 것이다!"

북궁연이 사철홍에게 천천히 걸어갔다.

얼마 전 북궁연은 수하에게 한 가지 소식을 전해 들었다. 마궁의 소궁주인 사팽혁이 아주 큰 망신을 당했다는 소식이었다. 마궁의 자랑인 흑마대(黑魔隊) 십 인과 사팽혁이 한 객잔의 인물들에게 당했다는 소문이었고, 그것에 대한 정확한 정보 수집을 명령했다.

그리고 얼마 후, 그것이 사실임이 밝혀졌다. 북궁연은 속으로 고소해하며 곧바로 서신을 띄웠다. 사철홍의 행각을 유심히 지켜보라는 명령이었다. 그리고 바로 나흘 전, 사철홍이 마궁에서 출타했다는 소식이 전해졌다.

본래 골치 아픈 문제는 자신의 손으로 해결하는 사철홍의 성격이었다. 또한 강호에 나올 수 있는 좋은 핑계거리가 아닌가.

북궁연은 서둘러서 나와 잠룡객잔에서 그를 기다렸다. 알고 있었다. 그가 향하는 곳이 여기라는 것을.

벌써 십 년이 흘러 버렸다. 궁주의 신물(信物)인 빙옥검(氷玉劍)이 어느 날 흔적도 없이 사라진 것이다.

그것이 절세보검 정도였다면 자신의 성격상 그리 화나지 않았겠지만, 그것은 열쇠였다. 궁주만이 들어갈 수 있는 역대 조사들의 무덤, 그 무덤의 열쇠였다. 그것이 사라져 버린 이상 후계자를 뽑는 것도, 자신이 궁주의 자리에서 물러나는 것도 불가능했다.

그 일이 있고 얼마 후, 마궁 인물의 손에 빙옥검이 있다는 소문이 조금씩 강호에 퍼졌다. 누가 퍼뜨린 것인지 불분명했다. 워낙에 조심스럽게 퍼진 소문이었고, 그 방법 또한 은밀했다. 마궁의 궁주인 사철홍은 그 사실을 부인했지만, 북궁연은 지푸라기라도 잡고 싶은 심정이었다.

"어리석군. 그대라면 그런 소문에 휩쓸리지 않을 거라 예상했건만."

사철홍이 무표정한 얼굴로 말했다.

"한 무리의 수장이라는 직책은 자신의 생각만으로 움직일 수 없는 자리니까."

북궁연의 말에 사철홍이 고개를 끄덕였다. 충분히 납득할 만한 이유였다. 그렇다면 오늘, 피할 방법은 없었다.

아니, 처음부터 피할 이유가 있었던가? 자신이 누구란 말인가. 마궁의 궁주인 사철홍이다.

그는 서서히 자신의 내공을 끌어올렸다. 빠르지도 느리지도 않았다. 서서히 붉은 살기가 객잔을 잠식해 가고 있었다.

북궁연도 가만있지는 않았다. 그녀가 내공을 끌어올림과 동시에 매서운 한기가 몰아쳤다.

사아아아아아아!

숨이 콱 막힐 정도의 지독한 살기(殺氣)와 매서운 한기(寒氣), 붉디붉은 마기(魔氣)와 새하얀 냉기(冷氣).

대조적인 두 기운의 격돌로 객잔이 파도치듯 흔들렸다.

드드드드드.

과도한 응집! 폭발해 버릴 듯한 기파(氣波)의 포화상태!

급격하게 휘몰아치는 둘의 대치 상태가 이어졌다. 그때, 객잔 안으로 누군가가 들어섰다.

"여기서 만나게 될 줄은 몰랐군."

아무렇지도 않게 내뱉은 말에는 짙은 증오심이 담겨 있었다.

만검천리(萬劍千理) 관사우.

그의 등장이다.

*   *   *

강호십객이라 불리는 무인들 중에 세 명이 한자리에 모였다. 말하기 좋아하는 호사가들이 보았다면 박수를 치면서 좋아할 만한 장면이었다.

"벌써 나를 잊은 건 아니겠지, 사철홍?"

관사우가 이를 갈면서 외쳤다.

"오래도 사는군. 죽을 때가 되지 않았나?"

사철홍의 비아냥거림이 끝나기도 전에 관사우의 검이 뽑혀 그를 향해 달려들었다.

콰앙!

검과 검이 부딪친 것이 맞는지조차 의문이 갈 정도의 굉음. 관사우의 검은 섬광이라는 말이 무색할 정도로 빠르게 쇄도했지만, 사철홍은 어렵지 않게 막아냈다. 마치 처음부터 공격할 줄 알았다는 듯이.

뿌드득!

하지만 빠르게 출수했던 일검과는 달리, 관사우의 다음 공격은 바로 이어지지 못했다.

"미안하지만 나와의 볼일이 먼저다."

북궁연이 관사우의 앞을 막으며 나섰다. 예전부터 친분이 있었던 모양인지 그녀를 바라보던 관사우가 눈을 감고는 크게 한 번 숨을 몰아쉬었다.

"제길, 또 나도 모르게 검을 뽑아버렸군."

관사우가 작게 중얼거렸다. 그러자 사철홍이 특유의 무심함이 담긴 목소리로 말했다.

"그렇다면 나의 볼일이 먼저 아닌가?"

말과 동시에 장천휘 일행을 바라보았다.

"누가 내 빚을 받겠느냐?"

장천휘는 사철홍을 한 번 바라보고는 옆으로 고개를 돌렸다. 그곳에는 오랜만에 끓어오르는 무인의 피를 느끼는 진지한 표정의 장백과 양철음, 채영후가 보였……?

채영후?

아까는 안 된다며!

"이번에는 사매가 해볼래?"

장천휘의 말에 설희가 고개를 저었다.

"에… 아직은 힘들어요."

자신없는 설희의 대답에 장천휘가 다시금 사철홍을 바라보며 고개를 끄덕였다.

"그럼 오랜만에 내가 힘 좀 써볼까?"

그의 말에 장백과 양철후, 채영후의 표정이 일그러졌다.

"문주님, 이런 일에 문주님이 먼저 나서는 건 모양새가 안 나오니 제가 상대하는 게 좋지 않겠습니까?"

채영후의 말에 장천휘의 시선이 사철홍에게 향했다.

"라는데?"

장천휘의 말에 사철홍의 눈이 분노에 휩싸였다. 그 모습에 북궁연과 관사우의 표정에는 짙은 불신과 호기심이 생기기 시작했다.

약관의 사내가 천하의 사철홍을 무시했다. 그뿐이랴. 하대까지 했다.

"감히."

가아아아아아!

지금껏 사철홍의 몸에서 뿜어져 나오던 살기와는 차원이 다른 기운이었다. 그 기운에 노출되어 버리는 것만으로도 온몸이 갈기갈기 찢겨져 버릴 듯했다.

"채 대주."

전혀 다른 분위기. 위압감과 무심함이 섞여 흐르는 목소리. 그 뜻은 분명하게 전달됐다. 이제부터 자신은 잠룡객잔의 점소이가 아니다. 문주로서 말을 하겠다는 의미였다.

그것을 알아챈 채영후가 급격하게 고개를 숙였다. 그와 동시에 나오는 장천휘의 단호한 음성.

"저자를 제압하도록."

"명을 받듭니다!"

명령과 동시에 나오는 대답.

"장 호법, 양 호법."

처음 채영후를 부르는 순간, 둘의 표정에는 이미 장난기가 사라졌다. 그리고 이어진 장천휘의 말에 둘은 고개를 숙인 채 기다렸다.

"그 누구도 이곳에서 벗어나지 못한다!"

"명을 받듭니다!"

순식간에 객잔에서 나갈 수 있는 통로를 막는 장백과 양
철음. 그리고 사철홍의 앞에서 무표정하게 검을 뽑는 채영
후.

사철홍의 입이 살짝 일그러졌다. 드디어 그의 인내심이 바
닥에 다다른 모양이었다.

"팽혁이가 당했다고?"

보고를 받던 사철홍이 조용히 되물었다.

"그렇습니다. 또한 소궁주님과 함께 움직이던 흑마대도 당
했습니다."

"몇 명이나?"

"열 명입니다."

"허, 재미있군. 부상인가, 사망인가?"

자신의 아들임에도 불구하고 사철홍의 목소리에는 아무런
걱정이 담겨 있지 않았다. 오직 호기심만이 담긴 목소리.

"내상은 없고 가벼운 외상만 있습니다."

유벽상도 그런 사철홍의 모습이 익숙한 모양이었다.

"가벼운 외상?"

"그렇습니다."

"흐음, 상대는 몇 명이었지?"

"한 명이었다고 합니다."

"팽혁이하고 흑마대 십 인을 가벼운 외상만 입히고 끝낼

수 있는 인물이라……."

사철홍이 자신의 턱을 쓰다듬었다.

"정체는?"

"저… 그게……."

곤혹스럽다는 표정이 역력한 유벽상이었다.

"잠룡객잔이라는 곳에서 일하는 사람이라고만 알고 있습니다."

"뭐?"

"……."

"객잔?"

처음으로 사철홍이 놀란 표정을 지었다.

"흐음, 재미있군. 오랜만에 외출할 이유가 생겼어."

"구… 궁주님?"

절대자라는 자리. 강호십객이라는 명호와 마궁의 궁주라는 신분은 외롭고 고독한 자리였다. 모든 절대자들이 느끼는 감정을 사철홍도 느끼고 있었다.

전력을 다해 싸울 수 있는 상대는 소수였다. 하지만 그들 또한 자신처럼 쉽게 검을 휘두를 수는 없었다. 높은 자리에 앉은 사람은 항상 신중하게 검을 들어야 한다. 게다가 웬만한 일은 아랫사람이 해결하게 되어있다. 그렇기에 사철홍은 그 누구하고도 검을 섞지 못했다.

실전을 겪을 수 없게 되어버린 무인(武人)이었다. 죽음의 공포와 고갈되어 버린 내력으로 일격필살(一擊必殺)을 노리는 짜릿함을 느낄 수 없게 되어버린 마인(魔人)이었다.

스아아아아아아.

사철홍의 검이 붉게 물들었다. 더 이상 가둬둘 이유가 없자 넘실거리는 극강(極强)의 기운이 서서히 검으로 모여들었다.

온 전신(全身)이 짜릿짜릿해져 간다. 그는 뼛속까지 철(鐵)로 이루어진 무인이었다. 오직 검(劍) 하나. 그 하나만으로 인생을 살아온 불쌍한 인간이었다.

그가 웃었다. 방금 전까지의 불쾌함과 노여움이 한순간에 씻은 듯 사라졌다.

정말로 단 한순간의 일이었다. 그런 기분이 들었다는 기억도 나지 않을 정도로 깨끗하게 사라졌다. 그가 웃었다. 정말로 기분 좋게 웃었다. 얼마 만이란 말인가? 도대체 얼마 만에 겪어보는 기분이란 말인가!

가슴이 터질 듯한 호승심!
땀이 나올 정도의 긴장감!

지금 자신의 눈앞에 서 있는 상대의 기운. 그것에 노출되어 버리는 것만으로도 자신의 살갗이 찢어질 것만 같았다. 그럼

에도 그는 웃었다. 아니, 그렇기에 그는 웃었다.

어찌 웃지 않을 수 있단 말인가? 느껴진단 말이다. 너무나 강렬하게 느껴진단 말이다. 눈앞에 서 있는 무인의 강함이 온몸으로 느껴진단 말이다.

그래서 웃는다. 자신이 웃을 수 있는 충분한 이유가 눈앞에 있다. 충분히 자신의 호적수. 정말로 기뻤다. 이번에는 온 힘을 다해도 된다. 온 힘을 다해 검을 휘둘러도 상대는 죽지 않고 받아내어 자신에게 반격을 가할 것이다. 그렇기에 사철홍은 기뻤다.

심장이 미칠 듯이 뛴다.

"부디… 죽지 마시게."

간절한 바람이 섞인 말투. 처음으로 사철홍의 입에서 하대가 아닌 말이 튀어나왔다.

하지만 관사우와 북궁연은 그것에 놀랄 겨를이 없었다. 그들의 눈은 채영후의 전신에 못이 박힌 듯 고정되어 있었다.

자신도 모르게 쥐어지는 주먹. 흥건하게 배어 나오는 땀. 뒤쪽에서 흘러나오는 두 명의 기운마저도 채영후보다 낮아 보이지 않았다.

'도대체 여기가 어디란 말인가?

第五章
강호십객(江湖十客)

“뭐?!”

“저… 그게… 적안검마가 나타났다고 합니다.”

“뭐야?!”

순식간에 자리에서 벌떡 일어나는 백무영을 바라보며 왕춘이 한숨을 쉬었다. 자신의 상관이자 백검문(白劍門)의 문주.

그리고 그런 자신의 문주를 기대심 가득한 눈빛으로 바라보는 사람들.

왕춘은 고개를 저었다. 제발 일어나지 않았으면 하는 희망이 서서히 절망으로 변태하고 있었다.

“문주님, 가봐야 하지 않겠습니까?”
왕춘의 눈이 입을 연 상대에게 꽂혔다.
‘이 미친 자식이!!’
“어… 어? 그… 그래야… 지…….”
말을 더듬는 문주를 바라보며 왕춘은 과거를 회상했다.

‘내가 바로 적안검마 사철홍을 일격에 무릎 꿇렸다니까!’
라고 만취의 상태에서 지껄였다.

회상치고 짧은 회상을 끝마친 왕춘은 자신의 문주를 바라
보았다.
‘그냥 자존심 버리고 가만히 있어!’ 라고 외치고 싶었다. 하
지만 그건 이루어지지 못했다.
“뭐… 뭣들 하고 있… 느냐? 왕춘, 어서 그… 그곳에 갈 준
비를 하거라!”
왕춘의 표정이 보기 좋게 일그러졌다.
‘개새끼야, 묏자리 알아보려면 혼자 가든가! 왜 나까지 끌
고 가! 시발!’
희망이 절망으로의 변태를 끝마쳤다.

이미 잠룡객잔 주위에는 수많은 무인들이 모여 있었다. 적
안검마 사철홍. 강호십객의 명성은 그만큼 높았다.

"자아, 들어가시죠?"

왕춘은 저 입을 찢어버리고 싶었다. 그러나 저 대책 없이 객잔 안으로 발을 옮기는 백무영을 바라보며 자신이 할 수 있는 건…….

'천지신명께 비나이다. 제발, 제발 제 목숨만은 거두어가지 마시옵소서.'

하늘에 대한 간절한 기도뿐이었다.

쿠아아아아아아아아아앙!!

귀가 찢어져 버릴 정도의 엄청난 파괴음이 터져 나왔다. 단 한 번의 격돌이었다. 그저 일 합을 겨뤘을 뿐이지만 잠룡객잔은 그 모습을 잃어버렸다.

산산조각이 나며 부서진 지붕. 사방으로 터지는 벽의 잔해에 무방비로 서 있던 사람들이 기겁을 했다.

"어어억!"

"꺄우!"

"컥!"

가장 근처에 있던 사람들이 놀라서 뒤로 물러섰다. 얼마 후, 드디어 그들의 눈에는 객잔 안의 상황이 보이고 있었다.

툭, 투둑.

사철홍의 이마와 팔뚝에 서서히 힘줄이 솟아오르고 있었다. 물론 그것은 채영후도 마찬가지.

“저… 저런 무식한.”

“…….”

관사우와 북궁연은 놀람을 감추지 않았다. 사철홍과 채영후는 서로의 검을 마주한 채 온 힘을 다해서 밀어내고 있었다.

둘의 몸에서 뿜어져 나오는 기운은 서로 부딪치고 얽혀서 사방으로 뻗어나갔다. 오직 힘과 내공만을 사용하는 무식한 격돌. 하지만 극히 위험했다.

사철홍은 여전히 웃고 있었다. 그리고 그런 사철홍의 앞에서 채영후도 웃었다.

전력을 다할 수 있는 상대라니……. 검(劍)을 향해 평생을 살아왔다. 그런 무인에게 있어서 이보다 더 행복한 순간이 있을까?

파앗!

둘은 동시에 뒤로 물러섰다. 그리고 이어진 한동안의 대치. 숨소리마저 들릴 정도의 적막이 펼쳐졌다.

구경하는 사람들 중 누군가의 침 넘기는 소리가 천둥소리처럼 느껴졌다. 동시에 둘의 신형이 움직였다.

극성(極成)에 가까운 보법(步法).

사람들의 눈을 농락해 버리는 움직임.

일류에 가까운 무인마저도 눈으로 쫓을 수 없는 빠르기!

쾅! 쾅! 쾅!

오직 터져 나오는 굉음만이 그들의 격돌을 증명할 수 있었다. 핏빛 검기와 은빛 검기는 서로 부딪치고 찢어발기며 서로를 잡아먹으려 으르렁거리고 있었다.

꿀꺽.

"저, 저… 저것이 대체……."

"보이지도 않는 움직임이라니……."

"도대체 상대가 누구기에……."

대부분의 구경꾼들은 처음 보는 강호십객의 진정한 무위에 경외심마저 느낄 정도였다. 게다가 그런 강호십객과 대등하게 겨루는 무인이라니…….

도대체!

콰아아앙!

이전까지와는 비교가 되지 않는 격돌음이 들렸다. 그리고 모습을 드러낸 사철홍과 채영후 둘의 의복은 이미 걸레에 가깝게 변해 있었다. 그 사이사이에 선명하게 보이는 상처들.

"대단하군!"

관사우는 감탄했다. 어째서 저 정도의 무인이 여태껏 이름조차 알려지지 않은 것일까?

북궁연 또한 마찬가지의 감정이었다. 아무리 많이 쳐준다고 하더라도 마흔 후반. 그런 나이의 무인이 사철홍과 대등하게 싸우고 있었다.

"푸하하하!"

순간 사철홍이 하늘을 보면서 크게 웃었다.

정말 즐겁다는 듯이.

정말 미친 듯이.

"이름을 물어봐도 되겠나?"

웃음을 멈춘 사철홍이 물었다. 채영후는 그런 사철홍을 바라보며 고개를 끄덕였다.

"채영후라고 합니다."

자신을 너무 낮추지도 않은, 그렇다고 너무 높이지도 않은 말투. 포권과 함께 입을 연 채영후를 바라보며 사철홍도 포권을 했다.

"사철홍. 사람들은 적안검마 혹은 마궁주라고도 부르지만 난 내 이름이 좋네."

의외의 말에 사람들의 웅성거림은 더욱 커져만 갔다. 사철홍의 눈을 한참 동안 바라보던 채영후가 웃으며 말했다.

"조금 늦은 감이 없지 않지만… 후배 채영후가 사철홍 선배님께 비무를 요청합니다."

채영후는 적안검마라는 말도 마궁주라는 말도 하지 않았다. 그것이 사철홍이 원하는 것. 강호십객이라는 위명도 마궁의 궁주라는 지위도 잠시 버리고, 단지 한 명의 무인으로서 이 자리에 서 있고 싶다는 바람. 그 바람이 채영후에게 전해진 것이다.

"영광이네. 나 사철홍, 그대의 비무를 받아들이네."

순서가 뒤죽박죽으로 바뀌긴 했지만 구경하는 사람들에게는 그것을 따질 만한 겨를이 없었다. 그만큼 지금 눈앞에 펼쳐지는 광경은 그들의 넋을 빼놓기에 충분했다.

안하무인(眼下無人).

오만의 대명사.

그 누구에게도 쉽게 말을 높이지 않는 적안검마가 상대를 인정했다. 그보다 놀랄 일이 있을까?

"저… 문주님?"

채영후가 장천휘를 바라보며 머리를 긁적였다. 말은 하지 않았지만 그가 말하고자 하는 바는 하나. 그것을 장천휘도 알고 있었다. 어쩌면 명령 불복종에 해당하는.

"제가 아끼는 분입니다. 부디 손속에 인정을 담아두어 주시길."

장천휘가 사철홍에게 포권했다. 분명 처음 그에게 했던 행동과는 전혀 달랐다. 그 모습에 사철홍도 마주 포권했다.

"손속에 인정을 담아두고도 이길 만한 상대는 아니지만 문주의 말은 명심하겠소."

서로가 서로에 대한 인정이었다. 처음 자신이 무례하게 했기에 상대도 무례하게 반응한 것은 당연한 이치. 사철홍은 그것을 알아차렸다.

"요 근래 내 깨달은 것이 한 가지 있는데, 그것을 선보일 작정이라네. 초식의 이름은 혈천우(血天雨). 최선을 다해야 할 것이네."

사철홍의 말에 채영후도 기다렸다는 듯이 대답했다.

"월혼검(月魂劍)의 마지막 초식입니다. 월광천하(月光天下). 너무 방심하지 마시기를."

그 말을 끝으로 그들은 입을 닫았다. 더 이상의 대화는 필요하지 않았다. 이제 남은 건 자신의 모든 것을 담아 검을 휘두르는 것뿐이었다.

고오오오오오오오!

고요함 속에서 천천히 대지(大地)가 흔들렸다.

드드드드드드!

사철홍의 장포가 미칠 듯이 펄럭거렸다. 검에서 뿜어져 나오기 시작하는 붉은 기류(氣流)!

미약한 움직임이 아지랑이로 변했다. 아지랑이는 다시 소용돌이로 변하고, 이내 모든 것을 잡아먹을 듯이 날름거리며 사방을 죄어온다.

구경을 하던 무인들의 안색이 새하얗게 질려 버렸다. 관사우와 북궁연의 신형이 미세하게 떨렸다. 자신을 향한 기운이 아니었기에 망정이지 자칫하면 검을 뽑아 들 뻔했다.

자신의 모든 내공을 끌어올린 사철홍의 안색이 조금 창백해졌다. 아직 완벽하게는 익히지 못한 무공. 하지만 그만큼 자신이 있었다. 그리고 가슴이 떨렸다. 허공에 펼치는 것이 아닌, 처음으로 사람에게 펼치는 순간이었다. 두근거리는 가슴을 진정시키고 입을 열었다.

"가네."

붉은 피의 향연!
수많은 피는 비가 되어 흐르리.

"혈천우(血天雨)!"
수많은 붉은 검기(劍氣)가 사방으로 휘몰아쳤다. 폭풍우(暴風雨)처럼 몰아치는 가공할 만한 검기(劍氣)가 이리저리 흔들렸다. 그리고 어느 순간, 채영후를 향해 눈부신 속도로 쇄도했다.
전후좌우(前後左右) 완벽한 포위. 작은 틈도 보이지 않는 숨막힐 듯한 공격.
그 순간!

어둠의 지배자, 그림자도 빛도 아닌 그대여.
아득한 세월이 지나도 그 힘을 잃지 않으리.
세상 만물 그 어디에도 달의 모습이 드리우리라!

"월광천하(月光天下)!"
은빛 검기가 채영후의 전신에서 폭발했다. 내공이 약한 이들은 자신도 모르게 눈을 감아버렸다.

눈이 멀어버릴 듯한 은빛 검기였다. 그 검기는 사철홍의 그 것에 대항하기 시작했다.

잡아먹고, 잡아먹혔다. 두 검기는 마치 살아 있는 생명체처 럼 보였다. 물어뜯고 파괴하고, 서로가 서로를 유린하기 위해 안간힘을 쓰고 있었다.

콰앙! 콰가가가가강!

셀 수 없을 만큼의 굉음이 끝없이 터져 나왔다. 서로에게 빗겨 나간 검기가 땅에 처박힐 때마다 대지가 울렸다.

온 세상이 일그러지는 광경이었다. 두 개의 검에서 뻗어 나 온 극강의 기운이 주위의 모든 것을 변화시키고, 뒤바꿔 버리 고 있었다.

땅바닥은 화약이 터진 것마냥 깊게 파였고, 날카로운 돌의 파편이 사방으로 튀어 올랐다. 뿌옇게 떠오르는 먼지가 시야 를 흐리게 했다. 그 먼지 안개 사이로 섬광이 피어오른다. 계 속해서 멈추지 않고.

꽈아아아아아아앙!

마지막 경합은 유난히도 그 소리가 컸다.

"쿨럭!"

둘은 동시에 피를 토했지만 누구도 쓰러지지 않았다. 그 모 습을 바라보던 사람들은 입을 벌린 채 멍하니 굳어버리고 말 았다.

천외의 무공. 자신들은 흉내조차 낼 수 없는 가공한 무위.

꿈에서나 바랄 수 있는 비무.

"대단하십니다."

"자네야말로 대단하군."

결과는?

"비긴 건가?"

"그런 거 같군요."

"허… 하하하하하!"

사철홍은 시원한 듯이 웃었다. 통쾌할 정도로 자신의 모든 것을 선보였다. 하지만 상대는 그 모든 것을 막았다. 막을 수 없을 것이라 예상했지만, 그것은 틀렸다. 하지만 상대 역시 그 후에 모든 힘을 잃었다.

결국 완벽한 동수.

사철홍의 말에 구경하던 이들은 더욱 크게 입을 벌렸다.

강호십객, 적안검마 사철홍.

마궁의 궁주와 동수라니……. 이것보다 놀랄 소식이 있을까? 오늘은 입이 바빠질 것만 같다. 그간 연락을 하지 않던 친구들도 모조리 불러서 오늘 일을 말해줘야겠다.

그리고 한쪽에서 두 손을 모아 기도하던 왕춘의 입도 바빴다. 무지하게 바빴다.

"감사합니다. 천지신명이시여, 감사합니다. 감사……."

왕춘의 앞에는 처음 잠룡객잔이 부서지면서 날아온 파편에 맞아 기절한 백무영과 나머지 떨거지들이 누워 있었다.

"그럼 이제 나와의 볼일이 남은 건가?"

순간 아무도 신경 쓰지 않던 곳에서 의외의 말이 튀어나왔다. 구경하던 모든 이의 눈이 그곳으로 모였다.

"서… 설마?"

*   *   *

웅성거리던 사람들 중 한 명이 기겁하면서 외쳤다.

"비… 빙화옥검!"

"만검천리!!"

"세상에!"

사철홍과 채영후의 격돌에 눈이 팔렸던 탓에 그 누구도 알아차리지 못했다. 하지만 이제는 모두가 발견할 수 있었다. 그리고 정해진 수순마냥 눈이 찢어질 듯 커졌다. 강호십객의 삼 인이 모였다.

"설마 나와의 볼일을 잊은 건가?"

모든 것을 얼려 버릴 한기가 섞인 목소리였다.

"빙궁의 궁주가 생각보다 비겁하군."

채영후에게 하던 것과는 전혀 다른 말투. 원래의 무심함과 오만함을 되찾은 음성이었다.

"지금 나의 신경을 거슬리게 하는 건 좋지 않을 텐데?"

말 그대로였다. 현재 사철홍의 상태는 썩 좋지 않았다. 모든 내공을 사용한 비무였다. 만일 지금 북궁연과 마주하게 된다면 자신은 그녀의 일검조차 막을 수 없을 것이다. 하지만 사철홍은 그런 것에 전혀 개의치 않았다. 자신은 죽는 순간까지도 약해 보여서는 안 되는 사람이다.

"그래서 어쩌라는 거지? 설마 내가 너의 앞에서 무릎이라도 꿇어야 한다는 건가?"

사철홍의 말에 북궁연이 대답했다.

"나쁘지 않군."

"감히!"

사철홍이 눈을 부릅뜨고 외쳤고, 순간 채영후가 나섰다.

"빙궁의 궁주께서는 나를 먼저 상대해야 할 겁니다."

둘 모두 원래의 무공 일 할도 펼칠 수 없는 상태였다. 하지만 그들에게서 그런 모습은 눈을 씻고 비벼서 다시 봐도 찾아볼 수 없었다.

닮은 꼴. 강직하고 강인한 무인. 가슴속에 단단한 철(鐵)을 간직한 무인들이었다.

"대주님!"

그동안 조용히 서 있던 설희가 나무람이 섞인 목소리로 채영후를 불렀다. 하지만 미동도 하지 않는 모습에 설희는 다시금 장천휘를 쳐다보았다. 그녀의 표정에는 해결해 달라는 의지가 섞여 있었다.

"채 대주."

또 바뀐 말투였다. 채영후의 신형이 살짝 움찔했다. 무심한 장천휘의 눈빛이 그에게 닿았다.

"저… 문주님?"

"왜 그곳에 서 있는 거지?"

장천휘의 말에 채영후의 얼굴이 일그러졌다. 하지만 여기서 발을 빼고 물러날 수는 없었다.

처음이었다. 말 몇 마디 나눈 것도 아니고, 그리 좋은 상황에서 만난 것도 아니었다. 하지만 자신의 뒤에 서 있는 이 사내가 마음에 들었다. 그래서 자신은 여기서 물러설 수가 없는 것이다.

"문주님……."

"다시 묻겠다. 왜 그곳에 서 있는 거지?"

강압적인 말투였지만 채영후는 위축되지 않았다. 당당하게 허리를 펴고 장천휘를 바라보았다.

"이곳에 서 있는 것이 옳기 때문입니다. 전 세상을 당당하게 살고 싶습니다. 이 자리에 서 있는 제 자신이 자랑스럽습니다."

"그것만으로는 부족하다."

장천휘가 단호하게 말하자 채영후가 고개를 돌려 사철홍을 바라보았다. 분명 오만함이 담긴 눈빛이었지만 자신을 바라보는 사철홍은 조금 다른 눈빛을 하고 있었다. 그것을 발견한 채영후가 고개를 다시 돌렸다. 장천휘에게 말했다.

"저… 그것이……."

"그것이?"

장천휘가 되물었다.

"제 의형이기 때문에 그렇습니다."

당당한 말투. 자랑스러운 말투였다. 그리고 터져 나오는 탄성.

"적안검마의 의제라고?"

"말도 안 돼!"

사람들이 기겁을 하며 외치는 소리를 뒤로하고 장천휘가 말했다.

"언제부터?"

전혀 놀라지 않는 모습에 채영후가 조금 어색해했다.

"아, 저, 그게… 지금부터라고 하면 안 되겠습니까?"

그런 채영후의 발언에 첫 반응은 뒤에서 나왔다. 큰 웃음소리가 들렸다.

"으하하하하! 좋아! 아주 좋아! 지금부터 자네는 내 의제네! 으하하하!"

기다렸다는 듯한 반응. 아주 기쁘다는 반응이었다. 몹시도 생소한 적안검마의 모습에 사람들은 입을 벌린 채 황당한 표정을 지을 수밖에 없었다. 결국 설희가 체념한 듯한 목소리로 고개를 숙이며 말했다.

"라고 하시네요……."

"좋군요."

처음으로 장천휘가 웃었다. 그리고 이어진 그의 한마디.

"기분 나쁘십니까?"

사철홍은 크게 고개를 저으며 손으로 채영후의 등을 세 번 두들겼다.

"아주 좋네."

순간, 그런 그들의 모습을 조용히 바라보던 북궁연이 한 걸음 앞으로 나왔다. 그것만으로 충분히 장내의 분위기가 변했다.

"변하는 건 없다."

서서히 검집으로 향하던 북궁연의 손을 누군가가 제지했다. 관사우였다. 그가 천천히 고개를 가로저었다.

자신의 뒤에 서 있는 두 명의 사람. 그리고 자신의 앞에 서 있는 사람들. 쉽게 이길 자신이 없었다. 아니, 이길 수 없을지도 모른다는 생각이 문득 들었다.

그는 북궁연에게 눈짓을 보내고는 천천히 앞으로 나와 장천휘에게 말했다.

"그러고 보니 아직 인사도 제대로 나누지 못했군. 관사우라고 하네."

"장천휘라고 합니다."

"저대로 둘 건가?"

관사우의 손이 가리킨 곳은 사철홍과 채영후가 서 있는 곳이었다. 그제야 장천휘도 고개를 끄덕이고는 설희에게 손짓했다.

설희는 채영후에게 다가가서는 구시렁거리며 잔소리를 조금 하고 사철홍에게 인사했다. 그리고는 이곳에서 조금 떨어진 안전한 곳에 가서는 내상과 외상을 살폈다. 그 일련의 상황을 바라보던 장천휘가 관사우에게 말했다.

"사연이 있는 관계이신가 보군요."

관사우의 표정에는 걱정과 증오가 섞여 있었다. 서로 상반된 감정이란 항상 힘든 것이다.

"그나저나 어디에서 잠시 이야기를 나누고 싶은데 말일세."

*   *   *

이미 폐허가 되어버린 잠룡객잔을 뒤로하고 그들은 근처의 객잔으로 향했다. 물론 '오늘 하루 객잔을 빌렸으면 하는데' 라는 관사우의 말에, 일각도 안 되는 시간 만에 객잔을 비워 버린 건 중요하지 않으니 넘어가고.

"사실은 제자의 말을 듣고 오랫동안 혼란스러웠는데, 막상 이곳에 오니 더 혼란스럽구먼."

"제자 분께서 저희 객잔에 오셨던 모양입니다?"

"부끄러운 이야기라네. 사마철이라고, 혹시 기억이 나는가?"

관사우의 말에 장천휘가 미소 지었다. 그런 독특한 사건은 독특하게 기억되기에 쉽게 잊히지 않는 법이다. 그 독특한 사건의 핵심적인 역할을 맡았던 설희의 얼굴이 순간 화악 붉어졌다.

"저… 저, 그게… 그때는……."

귀엽게 볼을 붉적이며 말을 더듬는 설희. 그 모습에 관사우가 너털웃음을 터뜨렸다.

"보지는 못했지만 소저의 미모에 철이가 무례하게 굴었다는 건 예상할 수 있다네. 게다가 얼핏 보아도 철이보다 무공이 높아 보이니."

관사우가 쓰게 웃었다. 보기 전에도 믿지 못했지만 보고 난 이후에는 더 믿지 못하겠다. 어찌 저렇게 어린 나이의 여인이 절정이라는 벽을 무너뜨릴 수 있었을까? 희대의 천재라면 가능할지도…….

관사우가 쓰게 웃고 있을 때, 북궁연이 아직도 불편하다는 내색을 보이며 싸늘하게 말했다.

"난 아직 포기한 게 아니다."

사철홍을 쏘아보는 북궁연에게 장천휘가 물었다.

"무슨 일인지 여쭤도 되겠습니까?"

대답은 북궁연이 아닌 관사우의 입에서 나왔다.

"사실 비밀이랄 것도 없는 것이네. 이미 강호에서는 널리 퍼진 소문이니."

북궁연의 표정이 더욱 싸늘해졌다.

"빙궁에서는 한 가지 신물이 전해져 내려오네. 빙옥검이라고 불리는 그것은……."

관사우는 천천히 설명을 시작했다. 이미 말했던 것처럼 대부분의 강호 무인들은 알고 있는 사실이었다. 하지만 장천휘는 처음 듣는 말이었다. 설명을 하면 할수록 그의 표정에 당혹스러움이 번져 갔다.

"혹시 그 검이라는 것이 일 년 열두 달 한기가 흘러나오고, 검신의 중앙 부분에 빙옥검이라고 쓰여 있으며, 검신의 길이는……."

장천휘의 말이 끝나기도 전에 관사우가 다그쳤다.

"설마… 본 적이 있는 겐가?"

"그렇습니다."

장천휘는 난처한 표정을 지으며 말을 이었다.

"어디에 있는지도 알고 있습니다."

第六章
빙옥검(氷玉劍)

악마

“사부님, ‘이건’ 또 어디서 주워오신 겁니까?”

“주워왔다니! 이런 불경한 제자 놈을 봤나!”

“저번에도 이상한 걸 ‘주워’ 오셔서 불경한 제자 놈이 죽을 뻔했잖습니까!”

장천휘는 자신의 사부인 손후민을 노려보았다. 몇 달 전 검고 동글동글한 걸 가져왔는데, 그게 알고 보니 진천뢰(震天雷)가 아니었는가.

‘잘 타게 생겼는데 한번 시험해 보자?’ 라는 한마디와 함께 모닥불에 집어넣고 난 후의 일은 정말이지, 다신 생각하기도 싫은 기억이다.

장천휘가 그 일을 잊지 못함을 알고 있는 손후민은 헛기침을 하며 딴청을 피웠다. 웬만해서는 잘못을 인정하지 않는 손후민이었지만, 장천휘의 머리카락의 반을 태워 버렸던 사건이인지라 약한 모습을 보일 수밖에 없었다.

"그래도 예전에는 귀여운 맛이 있었는데 이제는 징그럽기만 하다니……. 제자 놈 키워봐야 헛것이라는 말이 딱 맞다니까."

"애당초 귀여워서 제자를 키우는 것도 맞지 않고, 같은 남자끼리 귀엽다는 말도 고맙지 않고, 전 전혀 징그럽지 않으니 사부님의 말씀에 동의하긴 어렵습니다."

"게다가 저렇게 딱딱하고 차갑다니. 누가 데려갈 건지 막막하다, 막막해."

"칠십에 가까운 세월 동안 여인의 손 한 번 잡아보지 못한 사부님께 그런 말을 들을 이유는 없습니다."

"누가 그래?!"

당황한 외침. 하지만 그것은 패배를 인정하는 꼴이었다.

"있으신가요?"

"……."

"여인의 손을 잡아본 적이 있으신가요?"

"……."

"그분의 이름이 참으로 궁금하군요."

"……."

참패다. 인상을 잔뜩 찌푸린 손후민은 화제를 바꿨다.

"어떠냐? 거기까지 한기가 느껴지지 않느냐? 이거 보아하니 신물이야, 신물. 여름에 덥지가 않겠어. 이거 물에 담가놓으면 물이 얼 테지? 껄껄, 이제는 한여름에도 얼음을 맛볼 수 있겠군."

장천휘가 무표정하게 말했다.

"신물이라면 원래의 주인이 있는 물건. 지금쯤 그것의 주인이 찾고 있을 텐데 돌려주어야 하는 게 맞지 않겠습니까? 게다가 그런 귀한 물건을 여름에 얼음을 먹을 수 있다는 것에 좋아하시다니요. 애당초 사부님께서는 더위를 못 느끼시지 않습니까."

"시끄러워, 이놈아. 누가 훔쳐 왔다고 했냐!"

"물론 주워오신 거겠지요."

"누가 주워와!"

"그럼 역시 훔쳐 오신 거?"

"아냐!"

"그럼 뺏어오신 거?"

"아냐!"

"그럼 주워오신 게 맞지 않습니까."

"아니라고 몇 번을 말해야 알아들어, 이 자식아!"

"제자한테 이 자식이라니요."

"사부를 존경할 줄 모르는 제자 놈한테는 그게 당연한 거야!"

"애당초 존경할 만한 무언가를 보여주시고 말씀하시지
요."

완패. 손후민은 자신의 머리를 부여잡고 말했다.

"길을 가는데 허벌나게 위험한 냄새를 풍기는 놈들이, 허
벌나게 눈에 띄는 잠행술로 허벌나게 도망가길래 잡아서 질
문 몇 가지를 하려고 했더니 허벌나게 위험한 독단을 깨물고
죽어버렸다. 그때 허벌나게 시원한 기운이 느껴져서 가보니
이것이 있더라, 하는 이 말씀이다."

"결국은 반복적 단어 선택으로 익살스러운 농담을 하시려
는 모양인데, 별로 재미없습니다."

"이, 이런 쳐 죽일 놈."

"제자한테 쳐 죽일 놈이라니요."

분노로 얼굴색이 변하는 손후민을 무시하고 장천휘가 말
했다.

"그 허벌나게 위험한 사람들은 이것을 훔쳐 달아나려는 것
이었겠지요?"

"…뭐, 그랬겠지. 아무래도 복면을 하고 있는데다가 독단
까지 준비한 것으로 보아……."

"음? 여기 빙옥검이라고 쓰여 있는데, 이것에 대해 아십니
까?"

"아~니, 저~언~혀 모르겠는데?"

손후민의 얼굴에는 즐겁다는 표정이 너무나도 눈에 띄게

나타나 있었다.

"…도대체 사부님의 그 모습을 보고 누가 모른다고 생각하겠습니까."

그 후로 빙옥검은 손후민 전용 얼음 제조기가 되었다… 는 전설이?

*　　　　*　　　　*

"제 사부님께서 계신 곳에 있습니다."

그리고 장천휘는 간략하게 설명했다. 복면인과 독단, 그리고 빙옥검. 물론 그 외의 이야기는 전혀 할 필요가 없었기에 하지 않았다.

"복면인들이라……. 이거 왠지 기분 나쁜 냄새가 풀풀 나는 이야기로군."

관사우가 수염을 쓰다듬었다. 어쩌면 자신이 느꼈던 위화감은 그들 때문일지도 모른다는 생각이 문득 들었다.

"소협의 이름이 장천휘라고 했나?"

조용히 장천휘의 이야기를 듣고 있던 북궁연이 처음으로 입을 열었다. 얼음같이 차가운 표정은 그녀의 나이를 쉽게 짐작할 수 없게 만들었다. 장천휘가 천천히 고개를 끄덕이며 북궁연을 바라보았다.

"그렇습니다."

"내가 직접 가는 건 안 좋겠지?"

사실상 가장 큰 문제는 그것이었다. 빙옥검의 위치는 알게 되었지만, 대뜸 북궁연이 그곳에 가면 문제가 생길지도 모른다. 아니, 문제는 반드시 생길 것이다. 여러 가지로 위험한 사부와, 그것과는 다른 의미로 위험한 북궁연이었다. 이럴 때에는 뭔가 핑계거리가 필요하다고 느낀 장천휘였다.

"아무래도 제가 가서 사부님께 설명을 드리고 찾아오는 게 좋을 듯싶습니다. 게다가 사부님께서 계신 곳은 보통의 방법으로는 찾을 수 없는 곳이니까요."

거짓말은 아니었다. 사부가 있는 곳은 보통의 방법으로는 절대 찾을 수 없다.

이에 북궁연이 선선히 고개를 끄덕였다. 조금 의외의 모습이었다. 하루라도 더 빨리 빙옥검을 찾고 싶은 심정일 텐데도 그녀는 장천휘의 말에 반대할 생각이 전혀 없어 보였다. 게다가 전혀 급해 보이지도 않은 모습이라니…….

"그럼 내가 제자 한 명을 자네에게 보낼 테니 그 아이와 함께 가도록 하게나. 후에 빙옥검을 찾게 된다면 굳이 나에게 줄 필요 없이 그 아이에게 바로 전해주면 되네. 그리해 줄 수 있겠나?"

"그리하겠습니다."

"고맙네. 그럼 언제 출발할 생각인가?"

"준비할 게 몇 가지가 있으니 닷새 정도 후에 출발하게 될 것 같습니다.”

“그런가? 그럼 그동안 어디에서 지낼 생각인가?”

이미 잠룡객잔은 사람이 묵을 수 있는 곳이 아니었다. 지붕은 날아가고 벽은 부서져 버렸다. 북궁연의 물음에 장천휘가 가볍게 대답했다.

“그냥 이곳에서 지내도록 하겠습니다.”

“알겠네. 그럼 제자에게 이곳으로 찾아가라고 서신을 보내도록 하겠네.”

“알겠습니다.”

“그럼 먼저 일어나겠네. 혹시라도 나중에 빙궁을 지나게 되면 꼭 한 번 들러주게나.”

북궁연은 거기까지 말하고는 자리에서 일어났다. 관사우에게 가벼운 인사를 한 후 사철홍을 쏘아보는 걸 잊지 않았다. 그녀가 객잔 밖으로 나가고 한참이 지나도 그녀 특유의 한기는 꽤 오랫동안 사라지지 않았다.

*　　　*　　　*

“사형?”

“응?”

“다 같이 가는 거죠?”

설희가 기대심 가득한 눈으로 장천휘를 바라보았다. 그녀의 기대에 장천휘는 힘껏 부응해 주었다.

"아니."

"……."

일 년간 참고 참았다. 이 정도에 물러날 생각이었으면 나서지도 않았을 것이다. 객잔에서 벗어날 수 있는 절호의 기회가 아닌가? 설희야, 힘내! 그녀는 스스로에게 격려 아닌 격려를 했다.

"사형~"

"응?"

"저도 데려가 주세요."

"사매가 같이 가면 누가 요리를 하고?"

"네?"

예상하지 못한 장천휘의 말에 설희가 잠시 벙 찐 표정을 지었다. 그의 말뜻을 이해하는 데 꽤 오랜 시간이 걸렸다. 어쩌면 이해하고 싶지 않았을지도.

"…저기, 그러니까 저보고 계속 객잔의 숙수로 일하라는 건가요?"

"응. 객잔이 부서지긴 했지만 금방 고칠 수 있을 거야. 그렇지요?"

장천휘는 당연하다는 눈빛으로 채영후에게 말했다. 보기 좋게 일그러지는 채영후의 표정이란 가히 희극적이었다.

"아니! 잠시!"

장백이 외쳤다.

“난 문주의 호법이니 문주를 따라가야겠소!”

그러자 양철음도 지지 않고,

“나 역시 문주의 호법. 나를 두고는 아무 데도 못 가오!”

“라고 하시네요?”

“…….”

“설마 그럼 저와 영후 아저씨 둘이서 모든 걸 해야 하는 건 가요?”

금방이라도 울어버릴 듯한 분위기가 연출되기 시작했다. 습기 가득한 두 눈, 애처로운 표정과 애절한 눈빛, 간절함이 담긴 목소리에는 운명에 대한 눈물 젖은 호소와 비슷한 느낌이 있었다. 남자라면 절대로 쉽게 받아칠 수 없는 강력한 한 수였다.

“아니… 잠시 있어봐. 그런 표정으로 그런 목소리 내지 말라니까. 나무가 보이면 목을 매고 싶어질 정도의 죄책감이 생긴단 말이야.”

“그럼 같이 가는 거?”

무책임한 변신이었다. 순식간에 방긋방긋 웃으며 몸을 살짝 흔드는 그녀의 모습에 장천휘가 고개를 저었다.

여자의 변신은 무죄인 거 같긴 한데 뭔가 달랐다.

第七章
어쨌거나 강호행

第七章

“와~ 와아아아아아~!”

“…….”

“우와아아~!”

“…….”

“꺄아아아아!”

갑자기 비명을 지르는 설희.

“방금 건 뭐야?”

“사형이 하도 반응이 없으니까 그렇잖아요.”

결국은 모두 같이 가자는 결론이 나왔다. 이에 홀로 기쁨을 표현하던 설희가 무표정한 장천휘를 쏘아보았다.

“이렇게 아리따운 소녀가 동행하는 게 기쁘지 않으신가
요?”

“뭐?! 작년 겨울에 수많은 미소녀들이 단체로 얼어 죽었단
말이야?”

그 목소리에는 안타까움과 경악, 그리고 진심이 섞여 있었
다.

“으으으으으으, 정말이지…….”

설희가 작은 주먹을 꽈악 쥐고 분노에 몸을 떨었다. 장난으
로 한 말이었지만 이런 식으로 받아친다면 은근히 자존심이
상한다. 장천휘가 어색하게 말했다.

“아~ 기쁘구나. 이렇게 아리따운 소녀가 동행한다니. 정
말로 기쁘구나!”

그런 장천휘의 모습에 설희가 한심하다는 표정을 지었다.

“너무나도 감격스러운 태도가 참으로 고마울 따름이네
요.”

“…….”

사철홍의 표정이 살짝 변했다. 이에 옆에 앉아 있던 채영후
가 어색하게 쓴웃음을 지었다.

“익숙해지는 게 편하실 겁니다, 형님.”

“원래부터 저랬나?”

“뭐, 보통은 저렇습니다.”

“그럼 평상시에는 항상 저런다는 말인가?”

“네. 아까 전과 같은 상황이 생기지 않는 이상 늘 이렇다고 생각하시면 됩니다.”

“…….”

사철홍은 할 말을 잃은 듯 보였다. 그사이에 장백과 양철음이 다가왔다. 그리고는 채영후의 옆구리를 찔렀다. 이에 옆구리를 찔린 채영후는 넙죽 엎드려 절을… 할 리가 없잖아!

자신들에게도 소개를 해달라는 무언의 협박을 받은 채영후가 어색하게 말했다.

“형님, 이쪽은 저희 문파의 두 호법님이신 장백 호법님과 양철음 호법님이십니다.”

“반갑소. 사철홍이라고 하오.”

장백과 양철음도 서로 소개를 한 뒤 잠시간의 침묵이 찾아왔다. 사철홍이 가볍게 말했다.

“한데 아직 문파의 이름도 듣지 못했군.”

“아차! 그렇군요. 아무래도 그것에 대해서는 문주님께 직접 듣는 게 좋을 듯싶습니다.”

지금까지 그들의 만행(?)을 조용히 지켜보던 관사우도 이내 호기심이 담긴 눈빛을 장천휘에게 보냈다. 자신의 상식을 송두리째 뒤집어 버린 사람들.

물론 행동까지도 말이다.

"그러니까! 기쁘다니까!"

"대체 어디를 어떻게 봐야 사형이 기쁘다는 걸 알 수 있냐고요!"

"내 눈! 내 입! 잘 보고 말해. 초승달처럼 유려하게 휘어진 눈매와 귀에 걸릴 듯한 입을 보란 말이야! 어때? 일생일대의 대기쁨을 맞이한 사람 같지?"

"소림의 대환단인 줄 알고 먹었는데 알고 보니 말똥을 집어 먹은 사람 표정 같다고요!"

순간 장천휘의 눈이 휘둥그레졌다.

"뭐, 뭐야?! 어떻게 알아차린 거야?!"

"뭐라고요?!"

"아, 아니, 그게 아니라 말똥이 중요한 게 아니고……."

"그게 중요할 리가 없잖아요!"

"……."

할 말을 잃은 관객들. 어지간히 즐거운 무대인가 보다.

"저어… 문주님?"

채영후가 삐질거리는 땀을 닦으며 조용히 말했다.

"그거야 중요한 건 내가 지금 기쁘다는 거잖아!"

"내 말을 어디로 듣는 거예요? 그러니까 어디를 어떻게 봐야 기쁘다는 걸 알 수 있냐고요?!"

"저, 저기 설희야?"

양철음이 손으로 머리를 매만지며 말했다.

"몇 번을 말해야 알아들어! 난 항상 일관된 형태의 진실한 표정만을 내보이는 사람이야! 내 표정에서 모든 게 드러나잖아! 자, 봐! 기쁨이라는 감정에 몸을 맡긴 채 희열을 느끼는 내 표정을 보란 말이야!"

"말똥 씹은 표정에서 뭘 읽으라는 거예요!"

"하, 하하하!"

장백이 고개를 푹 숙였다. 저걸 문주라고 모시고 있는 내가 미친놈이지.

결국 밤늦도록 이어진 공방이었다. 자신의 기쁨을 증명하던 장천휘와 그것을 인정할 수 없는 설희. 둘 사이에서 보이지 않는 피가 사정없이 튀었다.

언제까지고 기다리던 사람들은 결국 자신들의 방으로 들어갔다. 끝내 문파에 대한 설명은 듣지 못했던 것이다.

어느새 자신들의 주위에 아무도 없다는 것을 깨달은 설희였다. 그녀는 내일을 기약하며 장천휘를 힘껏 노려보고는 일어났다. 그리하여 그날의 대결은 끝이 났다.

하지만 다음날,

"마차!"

"빨리 다녀오기 위해서는 모두 말을 타는 게 당연하잖아."

"그럼 피부 상한단 말이에요!"

"그러니까 애당초 여기에 남으면 되는 거 아냐!"

“따라가 주는 것만으로도 고마워하셔야죠!”

“그러니까 여기 남아서 기다리라고 했잖아!”

“무조건 마차로 이동해야 해요!”

“사람이 말을 하면 좀 듣고 대답을 하란 말이야!”

“마차는 제 돈으로 해결할 테니 걱정하지 마세요!”

“지금 중요한 건 그게 아니잖아!”

“하나밖에 없는 사형이 이렇게도 쪼잔한 사람이었다니, 사부님이 불쌍해.”

“사부님보다 쪼잔한 사람은 한 번도 본 적이 없어!”

“그러니까 마차는 제 돈으로 산다니까요!”

“대화라는 건 상대가 하는 말을 듣는 것부터 시작한다니까!”

“숙녀한테 그렇게 실례되는 말을 하는 게 아니에요!”

“실례고 뭐고 자꾸 그런 식으로 나오면 남겨놓고 가는 수가 있어. 아니, 그보다 어디가 실례되는 말이라는 거야?!”

“아, 배고프다.”

“사매가 자꾸 마차를 타고 가야 한다고 고집을 피워서 밥을 못 먹고 있는 거잖아!”

“사형이 자꾸 말을 타고 가야 한다고 억지를 부리서서 밥도 못 먹고 이게 뭐예요.”

“따라 하지 마!”

“귀에 대고 소리 지르지 마요!”

"그건 네 키가 작아서 그런 거잖아!"

"사형이 음흉해서 그런 거잖아요!"

그들의 대결은 아직 끝나지 않았다.

"에휴!"

"끄응."

"허험."

"……."

"허, 허허허."

그들의 탄식 또한 아직 끝나지 않았다.

*   *   *

빙궁에서는 여인들만이 무공을 익힐 수 있다. 또한 태어난 자식들은 모두 어머니의 성을 따른다. 까마득한 예전부터 전해지는 빙궁의 규칙이었다.

그 빙궁의 문도 중에 한 명인 북궁연란이 이해할 수 없다는 표정으로 길을 걷고 있었다.

하나에서부터 열까지 이해할 수가 없었다. 십 년이라는 긴 세월 동안 빙궁의 문도들에게 있어 가장 큰 비중을 차지했던 것은 바로 빙옥검의 행방이었다.

항시 빙옥검에 대한 소문이 들리는 곳에는 빙궁의 문도들이 있었다. 그러다 보니 빙옥검의 소재를 파악하기 위해서 강호를 동분서주하는 것은 당연한 일인 것처럼 느껴질 정도였다.

그런데 그런 빙옥검이 나타났다.

빙궁의 궁주, 자신의 사부이자 할머니인 북궁연이 직접 한 말이었다. 그렇기에 지금까지의 뜨내기 소문과는 질적으로 달랐다.

하지만 자신이 이해할 수 없는 건, 어째서 북궁연이 직접 가지 않고 자신에게 맡겨 버렸냐 하는 것이다. 도저히 알 수 없는 부분이었다.

자신이 가는 것보다 좀 더 안전하고 확실하게, 그리고 빠르게 찾을 수 있는 방법이 있음에도 불구하고.

게다가 그뿐이 아니었다. 북궁연이 자신에게 해준 이야기를 정리해 보자면, 빙옥검을 찾으러 가는 일행에 껴서 간다는 것이었다. 빙궁의 문도들이 가는 것이 아닌, 생판 모르는 일행과 함께.

어째서? 혹시라도 그 일행이 나쁜 마음이라도 품고 있으면… 빙궁의 인물이라고는 자신 하나뿐이지 않은가.

"하지만 정말일까?"

그중에서도 가장 믿을 수 없는 이야기. 그 일행이라는 사람들이 누구냐고 물었더니,

적안검마 사철홍.

만검천리 관사우.

사철홍의 의제이자 그와의 비무에서 무승부를 이끈 무인.

그 무인이 대주로 있는 문파의 문주.

그 문주의 사매.

그 문주의 호법 두 명.

"말도 안 돼."

사매라는 사람은 자신과 비슷한 나이의 여인이라고 했는데, 이미 절정의 수준이란다. 두 명의 호법은 북궁연조차 승패를 장담할 수 없다고 하며, 문주라는 사람의 무공은 어느 정도인지 알 수조차 없다고 했다.

즉, 초절정의 무인 다섯과 절정 무인 한 명, 그리고 수위를 짐작할 수 없는 무인 한 명.

"후우!"

자신도 모르게 새어 나오는 한숨. 걸음마와 동시에 검을 쥐었다. 단 하루도 편히 쉬지 못한 채 검을 익히며 오늘까지 살았다. 하지만 자신은 아직 절정이라는 벽을 무너뜨리지 못했다. 일류의 울타리에서 아직까지도 벗어나지 못하고 있는 것이다.

"어떤 사람들일까?"

그들에 대한 상상만으로 혼란스러워지는 머리를 세차게 흔들었다. 하늘을 바라보자 북궁연의 마지막 한마디가 떠올랐다.

"무조건 네 것으로 만들어서 같이 오거라. 빙옥검을 가져오는 건 좀 늦어도 상관없으니까."

자신도 모르게 얼굴이 붉어졌다. 북궁연이 한 말을 짐작하
지 못한 게 아니었으니.

＊　　　＊　　　＊

이곳이었다. 이곳이 바로 북궁연이 알려준 객잔이다. 이
안에는 지금껏 자신이 상상만 했던 사람들이 모여 있을 것이
다.

뭐라고 말을 해야 할까? 어떻게 행동해야 할까? 좀처럼 결
론이 나지 않는 머리를 감싸며 북궁연란은 한숨을 토했다.

고민만으로는 해결되지 않을지도 모른다. 이럴 땐 그냥 들
이대는(?) 게 좋을지도.

끼이이익!

작게 울리는 문 열리는 소리가 북궁연란의 귀에는 천둥소
리처럼 느껴졌다.

두근두근.

가슴이 떨렸다. 긴장과 두려움, 기대와 호기심이라는 몇 개
의 감정을 안고 북궁연란이 객잔 안으로 들어섰다.

그리고 그녀의 눈에 펼쳐진 모습이란…….

"지금 놀러 가는 거냐?!"

"시끄러워요! 가까운 곳을 간다 하더라도 남자와 여자는 준비해야 하는 게 전혀 다른 거라고요!"

"아무리 그렇다 해도 마차 하나로도 부족하다니! 이건 애당초 그런 종류의 문제가 아니잖아!"

"그래서 오늘 저녁은 제가 산다고 했잖아요! 사형이 이렇게도 몰지각한 사내일 줄은 몰랐어요."

"뭐야?! 내 말에 자꾸 이상한 대꾸를 하는 건 대충 넘어간다 하더라도 이유도 없이 날 음해하고 무시하는 건 어째서인 거야?!"

"난 거짓말을 하면 코가 길어지는 불치병을 가지고 있어요."

잠시 벙찐 표정의 장천휘가 버럭 외쳤다.

"그런 병이 있다는 것 자체가 거짓말이잖아!"

"그러니까 순수한 사람은 거짓말을 하지 않고, 전 거짓말을 하지 않으니까 착한 거라고 저번에도 말했잖아요! 이러다가 사형은 평생 달구경도 못하겠네요."

"여기서 그 얘기가 왜 나오는 거야?!"

"달이 보고 싶지 않나요? 동그랗게 뜬 보름달은 참으로 예뻐요."

"나도 달은 본 적이 있어!"

"거짓말하는 어린애는 엉덩이를 파바박! 때찌해 줄 거예요."

"그건 성추행이야! 아니, 사매의 말을 해석해 보면 아동 학대에 가까운 짓이라고!"

"사형도 스스로의 미성숙을 납득하셨군요."

"시끄러워! 성장도 덜 된 미숙아한테 그런 말을 들을 이유는 없어!"

"그러니까 귀에 대고 소리치지 말라니까요!"

도저히 더 이상은 참지 못하겠다는 듯 장백이 외쳤다.

"어린애들도 아니고, 언제까지 하려는 작정이야!"

그러자 설희와 장천휘가 동시에 맞받아쳤다.

"가만히 계세요!"

"기다려 주십시오!"

"……."

그리고 북궁연란은 그대로 굳어버렸다.

"험, 험."

괜히 자신이 민망해진 양철음이었다.

"우선 이쪽에 앉으시구려, 소저."

채영후가 간신히 상황을 수습하고 북궁연란을 자리로 안내했다.

"처음… 뵙겠습니다. 북궁연란이라고 합니다."

"반갑네. 관사우라고 하네."

"사철홍."

그렇게 둘이 소개를 하자 남은 사람들의 시선이 장천휘에게 모였다.

"장천휘라고 합니다. 그리고 이쪽은 설희……."

"내 소개는 내가 알아서 해요!"

"……."

"만나서 반가워요. 설희라고 해요."

장천휘를 쏘아보던 표정을 순식간에 지워 버린 설희가 방긋방긋 웃으며 북궁연란에게 살짝 고개를 숙였다.

"아… 네, 네. 반가워요."

북궁연란은 떨떠름한 표정으로 답했다. 좀처럼 예상할 수 없는 사람들이다. 그 뒤로 헛기침을 하던 양철음과 장백, 채영후도 각각 북궁연란과 인사를 했다.

"아, 저기 궁금한 것이 있는데 괜찮을까요, 장 소협?"

장천휘가 고개를 끄덕였다.

"문주님이시라고 들었는데, 어느 문파인지 알 수 있을까요?"

"풍뢰문(風雷門)이라고 합니다."

대수롭지 않다는 듯이 말하는 장천휘였지만 북궁연란은 그렇지 못했다.

"풍뢰문… 이요?"

처음 들어보는 문파였다. 어째서 이 정도의 고수들이 모인 문파가 지금껏 알려지지 않은 것일까? 북궁연란은 이해할 수가 없었다. 그 생각은 관사우 역시 마찬가지였다.

"처음 듣는 문파인데, 어째서 강호 활동을 하지 않는 것인가?"

어째서? 그리고 왜? 이 정도의 전력이라면 어딜 가더라도 한 지역의 패자로 손색이 없다. 오히려 전력이 남는 경우가 생길 수도 있을 정도였다.

"강호에 발을 딛지 않는 건 제 사부님이시자 태상문주님의 뜻이니까요."

순간 설희를 포함한 네 명의 사람이 울컥했다.

'너 때문이잖아!'

하지만 그 누구도 그렇게 말할 수는 없었다.

"아, 그렇다면 어쩔 수가 없는 거로군."

관사우가 미묘한 표정을 지으며 고개를 끄덕였다. 하지만 나머지 사람들의 마음은 억울하고 또 억울했다.

태상문주님의 뜻이라니! 절대로, 결단코, 털끝만치도 아니다. 자신들이 그동안 겪은 고초는 순전히 장천휘 탓이었다. 그가 평범한 삶을 누리고 싶다는 이유로 객잔을 운영했던 것이다.

"제 생각으론 태상문주님이 하신 말씀은 그것이 아니라고 봐요."

설희는 절대로 아니라는 표정으로 단호히 말했다.

손후민은 분명히 이렇게 말했다.

"네놈이 강호에 나가면 늙어서까지 고생하며 무공을 익혔던 사람들이 인생무상을 느낄 테니 웬만하면 다른 사람들이 해결하도록 하거라. 어차피 저 빈둥거리는 영감탱이 두 명하고 뇌까지 근육으로 이루어진 놈만 있으면 손을 쓸 일도 거의 없을 테니. 게다가 백 년에 한 번 나올까 말까 하는 천재적인 재능을 가지고도 일등 신붓감이니 어쩌니 하면서 요리나 배우고 있는 누구도 있으니 말이다."

뇌까지 근육으로 이루어진 놈이 고개를 끄덕였다.

"저도 그렇게 생각합니다. 태상문주님께서 하신 말씀은 어디까지나 '염려'에 의한 '조심'을 강조한 것이라 생각됩니다."

빈둥거리는 영감탱이 중 한 명이 받아쳤다.

"그렇지. 설마 그 나이에 설거지나 하려고 뼈 빠지게 무공을 익힌 건 아니니까."

북궁연란의 눈이 커졌다.

"예… 예에?! 설거지요?"

"크허허허험!"

또 다른 빈둥거리는 영감탱이 한 명이 요상한 헛기침을 하며 사레에 걸렸다.

"욱! 캐핵! 쿨럭쿨럭!"

"아, 더러워……."

설희가 그 특유의 긴장감 없는 목소리로 몸을 살짝 뺐다.

"다도의 의미에는 마음의 수양까지 있는 겁니다. 양 노야 께서는 좀 더 심적인 수련을 하셔야 할 듯합니다."

여유있는 손짓으로 찻잔을 들어 입으로 가져가는 장천휘. 갑자기 그 모습에 설희의 눈이 귀신이라도 본 듯이 휘둥그레 졌다.

"당, 당신, 누구야?! 내가 알던 사형은 이렇게 침착하게 차 를 마신 적이 없어!"

"아뜨뜨! 뭐야? 뭐가 이렇게 뜨거운 거야!"

"……."

어디를 어떻게 보더라도 보이지 않았다. 그들의 모습에서 는 단 일말의 교양도 기품도 보이지 않았다. 때문에 북궁연란 은 좀처럼 표정 관리를 할 수가 없었다. 지금까지 자신이 살 아오면서 이처럼 예상을 뛰어넘는(?) 사람을 만난 적이 있었 던가?

결국 며칠이라도 먼저 보았던 관사우가 가장 먼저 마음의 안정을 찾았다. 그는 또다시 멈출 수 없는 만담으로 이어질 것 같은 분위기를 전환시켰다.

"언제 출발할 생각인가, 장 소협?"

"물론 당장이라도 출발하는 데 문제는 없습니다… 만!"

장천휘는 마지막 말에 유난히도 힘을 실었다. 그리고는 자 꾸만 출발이 늦어지는 원흉인 설희를 노려보았다.

"표국으로 착각할 정도의 짐을 준비하는 바람에 자꾸만 늦어집니다."

이에 설희가 답답하다는 목소리로 말했다.

"그러니까 여자는 준비할 게 많다니까요!"

천천히, 그것도 아주 천천히 장천휘의 시선이 북궁연란에게 옮겨갔다.

"북궁 소저, 가지고 오신 짐은 그것이 전부이십니까?"

"네? 아… 네. 필요한 건 중간에서 사면 되니까요."

장천휘의 갑작스러운 질문에 북궁연란은 떨떠름한 표정으로 답했다. 그러자 그의 시선에 천천히, 더욱더 천천히 설희에게 돌아갔다.

"할 말은?"

그녀는 장천휘와 눈을 마주치려고 하지 않았다. 괜한 곳에 시선을 돌린 그녀가 씩씩하게 일어나서는 외쳤다.

"자! 출발해요, 우리! 사형, 꾸물거리지 말고 어서 일어나요!"

그리하여 그들은 어쨌거나 강호행을 시작한다.

*　　　*　　　*

"어? 그러고 보니 그러네요."

"그걸 왜 이제 깨달은 거지?"

그제야 무언가 이상하다는 걸 깨달은 설희와 장천휘는 이상하다는 걸 깨닫게 만든 장본인들을 바라보았다.

"같이 가시는 겁니까?"

그 시선의 끝에는 관사우와 사철홍이 있었다.

"왜, 안 되는가?"

관사우가 너털웃음을 지었다.

"안 되는 건 아니지만, 하실 일들이 있는 거 아니십니까? 강호에서 굉장한 위치에 계신 분들로 알고 있습니다."

관사우가 손사래를 치며 부인했다.

"굉장한 위치라니, 그렇게 과하게 올려줄 필요는 없네. 그리고 자네한테 그런 말을 들으면 내가 부끄러워진다네. 당금 강호에 내로라하는 문파나 세가들보다도 강한 저력을 지닌 문파의 문주가 자네 아닌가."

무인들의 집단에서 중요한 것은 고수의 숫자다. 그 말인즉, 얼마만큼 절정 이상의 무인이 있냐는 것에 문파의 강함이 좌우된다고 봐도 무방하다.

초절정무인이라는 건 그리 흔한 것이 아니다. 아무리 성세를 누리는 문파라 할지라도 초절정무인이 셋을 넘긴다는 건 역사상 거의 없었던 일이다.

그렇기에 무인들의 집단에서 단 한 명의 초절정무인이 존재한다는 사실은 강한 자부심과 힘을 부여한다. 그만큼 대단하기 때문이다.

어렸을 때부터 상승의 내공을 익히고 초식을 연마해야 한다. 그렇게 쉴 틈 없이 매진해서 십 년 정도의 시간이 흘러야 일류의 위치에 도달할 수 있다.

물론 천재와 범재라는 차이가 있다. 그런 차원에서 따진다면 그 시간은 비약적으로 늘어날 수도 있고 줄어들 수도 있다.

일류라는 위치는 그런 노력만으로 도달할 수 있다. 울타리가 있다는 가정하에 불세출의 둔재가 아니고서야 누구라도 이룰 수 있다. 하지만 문제는 그다음부터다.

절정.

그 이름만으로도 수많은 무인의 가슴을 설레게 하는 단어. 사람들은 그것을 벽이라고 부른다. 깨뜨리거나 부수거나, 아니면 넘어서야만 오를 수 있다. 순수한 노력만으로는 결코 넘볼 수 없는 경지.

물론 노력이 필요하기는 하지만, 노력만으로 충분하지는 않다. 그것이 절정이라고 불리는 세계다.

초절정.

그것은 어쩌면 꿈의 경지다. 많은 사람들이 바라고 희망한다. 하지만 그들 모두가 도달할 수는 없다.

아주 극소수의 사람들, 어쩌면 하늘의 선택을 받았다고 생각되어지는 사람들. 그들만이 발을 디딜 수 있는 자격이 있는 것이다.

절정의 경지가 벽이라면 초절정은 하늘이다. 손에 닿을 것 같지 않은 곳에 위치한 세상. 하지만 눈으로는 보이는 세상. 보이기에 더욱 갈망할 수밖에 없는 것이다.

뜻을 알 수 없는 미묘한 표정의 관사우를 뒤로하고 사철홍에게 말했다.

"너무 오래 궁을 비워두시는 거 아니십니까? 궁주이신 걸로 알고 있는데."

"내가 있는 게 마음에 안 드나?"

감정을 읽을 수 없는 사철홍의 눈빛에 장천휘가 미소를 지었다.

"원하신다면 같이 가는 건 문제될 건 없습니다. 인원이 많으면 더욱 즐거워지는 게 여행이니까요."

"여행이라……."

사철홍이 무표정하게 중얼거렸다.

"마음에 드는 의제를 만났고, 그 의제의 첫 강호행이라네. 의형으로서 옆에 자리하는 건 당연한 게 아닌가?"

"그렇군요."

"그리고……."

사철홍은 여운을 남기고 말을 이었다.

"자네의 진짜를 알고 싶으니까."

순간 장천휘의 미소가 잠깐 사라졌다가 이내 돌아왔다.

"전 항상 일관된 형태의 진실만을 보여 드리고 있습니다."

“그건 내가 판단하는 문제네. 자네의 진짜 정체. 자네의 성격, 무공, 아무것도 모른 채 궁으로 돌아가면 꽤 답답할 테니까.”

사철홍은 무표정한 얼굴로 장천휘를 노려보았다.

“전 풍뢰문의 문주이자 성격은 지금껏 보신 바와 같고, 무공은 객사하지 않을 정도입니다.”

“자네는 세상을 속이는 건 잘하지만 자신을 속이는 건 잘 못하네. 알고 있는가?”

“세상을 속이기 위해서는 자신을 먼저 속여야 되는 거 아닙니까?”

“그걸 안다는 것 자체가 자네는 내 말을 조금은 인정한 셈이네.”

“……”

“불쾌했나? 어쩌면 자네에 대해서 아는 것이 오래 걸리지는 않을 듯싶군.”

장천휘는 한동안 아무런 말도 하지 않고 사철홍을 쳐다보았다. 읽을 수 없는 감정을 지닌 눈동자였다.

“세상 따위를 속일 생각은 없습니다.”

“사과하겠네. 생각보다 기분이 많이 상한 모양이군.”

장천휘는 고개를 한 번 젓고는 입을 열었다.

“그럼 할 일이 있어 잠시 다녀오겠습니다.”

그리고는 몸을 돌려 밖으로 나갔다.

“제 자신을 속이는 것만으로도 충분히 감당하지 못할 만큼 힘이 듭니다.”

너무나도 작게 내뱉은 말은 아무도 듣지 못했다.

“마차와 말은 모두 준비되었습니다.”

밖으로 나온 장천휘에게 채영후가 다가왔다.

“그럼 내일 아침에 출발하는 걸로 하지요.”

채영후의 표정은 조금 기뻐 보였다.

내가 그들을 너무 옭아맨 것일까? 그럴지도 모르겠다. 어쩌면 그들의 길을 방해한 건지도 모르겠다. 아니, 그게 맞을 것이다.

나 때문에 그들은 원하지도 않는 객잔에서 지냈던 것이다. 원하지도 않는 일을 하며, 원하지도 않는 곳에서 세월을 허비해 버린 것이다.

내 탓이다. 무의미하고 아까운 시간을 나로 인해 버려 버린 것이다. 단지 나 하나의 만족과 행복을 추구한다는 이유로 그들의 행복을 빼앗고 불행하게 만든 것이다.

변한 게 없지 않은가. 이래서는…….

“사형, 또 우울증이 도진 거예요?”

어느새 다가온 설희가 미간을 찡그리며 말했다.

“…나에게 그런 증상은 없어.”

“원래 술 취한 사람이 가장 많이 하는 말이 술 안 취했다는 말이에요.”

“그렇구나.”

평소와는 다르게 장천휘가 힘없이 납득했다. 그 모습에 설희마저도 기운이 빠져서 어깨가 축 처졌다.

“왜 또 그러는 거예요? 봐요. 저렇게 조각처럼 아름다운 여인까지 동행하는데 기뻐하지는 못할망정 청승이라니요.”

설희가 북궁연란을 가리켰다. 전체적으로 호리호리해 보이고 늘씬한 이상적인 미인이었다.

푸른색이 조금 감도는 눈동자는 쉽게 볼 수 없는 이질적인 미(美)를 품고 있었다. 그 눈동자에는 심연과도 같은 깊이의 마력이 있었고, 잡티 하나 보이지 않는 투명한 피부는 아무도 지나가지 않은 설원을 연상케 했다.

게다가 쉽게 다가갈 수 없게 만드는 차가운 분위기와 이지적인 모습은 묘한 매력으로 그녀를 완성시켰다.

“처음에는 서로 간에 정신이 없어서 몰랐는데, 자세히 보니 엄청난 미인이었어요.”

“아니라고 하지 못할 정도로 그렇긴 하구나.”

설희는 멍하니 장천휘를 바라보았다.

“또 아닌 거예요?”

“응? 뭐가?”

“역시나 사형의 취향에 안 맞는 거예요? 대체 사형의 눈은 얼마나 높은 거예요?”

“무슨 소리를 하는 거야?”

“저 정도의 엄청난 미모를 가진 여성을 바라보는 남성의 기본적인 반응을 사형은 무시하고 있잖아요.”

“그럼 내가 괴상한 울음을 토하며 온몸을 부르르 떨면서 기쁨을 만끽하고 있어야 하는 거야?”

설희가 인상을 찌푸렸다.

“그런 뜻이 아닌 거 알면서 말 돌리지 말아요. 지금은 장난하고 싶은 생각 없으니까요.”

“설희야, 난 지금…….”

“무엇이 사형의 어깨를 그렇게도 짓누르고 있는 건가요? 아직도 말해줄 수 없는 건가요?”

“갑자기 그게 무슨…….”

“세상 다 산 늙은이처럼 주위의 것들을 너무 무심하게 대하잖아요. 현실을 좀 더 소중하게 여기도록 하세요. 과거에 연연하는 남자는 여자들이 좋아하지 않아요.”

“여자에게 잘 보이기 위한 백여덟 가지 비법이 드디어 공개되는 거야?”

장천휘가 장난기 어린 말투로 말했지만 설희는 거기에 대꾸하지 않았다. 그녀는 가끔 ‘어떤’ 것에 있어서만큼은 장난스러움을 배제한다.

“사형이 예전에 어떤 일들을 겪었는지는 모르겠지만요.”

　무언가 결심한 듯한 설희였지만 어느새 표정이 점차 무너져 간다.

　"휴우, 아니에요. 아무것도 모르는 제가 사형한테 뭐라고 하는 것도 이상하네요. 제 말에 너무 신경 쓰지 말아요. 그냥 단순한 아이의 투정이었다고 생각해 주세요."

　말을 마친 설희는 천천히 몸을 돌렸다. 걸음을 옮기던 그녀는 문득 무슨 생각이 들었는지 멈춰 섰다. 그대로 등을 보인 상태에서 한동안 서 있다가는 작게 말했다.

　"그래도 언젠가 사형의 과거를 가장 먼저 알게 될 사람이 있다면, 그게 저였으면 좋겠네요."

　그 말을 끝으로 장천휘의 눈에서 설희가 사라졌다.

　"……."

　천천히 손을 들었다. 그리고 얼굴을 매만져 보았다. 손끝에서 느껴지는 내 얼굴에 대한 이질감에 몸이 살짝 떨렸다. 좀처럼 가라앉지 않는 감정에 눈을 살짝 감아본다.

　어느새 내 얼굴에는 자조적인 빛의 처연한 미소가 떠올랐다. 보이지는 않지만 느껴진다. 나는 알 수 있었다. 그렇게 웃고 있다는 것을…….

　두렵다. 가슴에 박힌 쇳조각은 점점 독이 되어 내 몸 깊숙하게 퍼져 가고 있다. 하지만 난 그걸 꺼낼 방법을 모른다. 어디에 박혀 있는지조차 모르겠다.

점점 힘들어진다. 이렇게 가면을 쓰고 또 쓰고, 겹치고 덧씌우고, 나는 언젠가 내 본래의 모습조차 상실해 버리는 게 아닐까? 어느 것이 진정한 나였는지를 모르게 되는 날이 오게 되지는 않을까? 눈앞에 아른거리는 추억의 잔재가 가슴을 도려내듯 파내고 있었다.

흘러간 것들은 모두 흔적을 남긴다. 그 남겨진 흔적들은 과거를 기억할 수 있는 나이테와 같이 되는 것이다. 잊혀지지 않을 듯이 선명하다. 하지만 그것도 세월이라는 바람이 몇 번 불어오면 결국은 '잊혀지게' 된다.

그래, 어차피 모든 것들은 잊혀지는 거야.

세월의 흐름으로부터 다가오는 망각은 몹시도 날카롭다. 예리한 칼날처럼 지나간 시간들을 일말의 자비심도 없이 자르고 갈라 버린다. 사람의 감정까지도 단절시켜 버리는 잔인함은 용서를 모른다. 그리고 그 끊어진 과거 속에서 진실은 흐릿해지고 진심은 희미해진다.

끝이 보이지 않는 아득한 낭떠러지에서 추락하는 기분이다. 무엇이 진짜였고 무엇이 가짜였는지로 시작된 두통은 진정될 기미가 보이지 않는다.

앙상한 침묵이 나를 흔들었다.

*　　　*　　　*

나른하다.

따스하게 내려오는 햇볕과 푸른 색채는 넓디넓은 들판의 평온함과 어우러져 따뜻한 바람을 만들어내고 있었다. 단지 자연의 모습을 바라보고 있을 뿐이지만, 그것은 마치 어머니의 품에 안겨 있는 것만 같았다.

봄바람에 섞인 평화로움은 미지근했다. 이름 모를 풀들이 각자의 생명력을 모아 싱그러움을 탄생시킨다. 하늘에서 내려오는 붉은 그림자에 금방이라도 눈이 감길 것만 같았다.

"따분해요."

잠이 쏟아지는 걸 간신히 참는 설희가 기지개를 켰다. 정말이지 따분하다. 비록 빙옥검을 찾으러 간다는 대의명분(?)이 있기는 하다. 하지만 그건 어디까지나 북궁연란에게나 해당되는 일이었다.

나머지 일행에게 있어서 이것은 단순한 이동이었다. 그저 평범한 여행일 뿐이라는 얘기이다.

마차 밖으로 얼굴을 내민 설희는 특히나 더 힘들어 보였다. 다른 사람들처럼 말을 타고 있는 게 아니라 마차를 타고 있기에 수면 욕구는 더욱 강하게 몰려왔다.

마차에 탄 사람은 설희와 북궁연란 두 명이었다. 물론 그건 마차가 작기 때문이 아니었다. 여섯 명 정도는 충분히 편히 앉아서 갈 수 있는 크기였다.

이유를 알 수 없는—적어도 장천휘에게 있어서—짐이 가득

실리는 바람에 마차에 탈 수 있는 인원이 두 명밖에 되지 않았던 것이다. 이동하면서 필요한 것은 사라고 장천휘가 부탁에 부탁을 거듭했지만, 설희는 요지부동이었다. 그래서 결국 그녀와 북궁연란만이 마차에 타서 이동하는 것이다.

자연의 나른함이 닿은 건 설희뿐만이 아니었다. 말을 타고 이동하는 나머지 일행 중에는 이미 말 위에서 꾸벅꾸벅 조는 사람이 생겼다.

양철음과 장백이었다. 둘은 처음 출발할 당시의 단호한 의지는 어디로 갔는지 지루한 여행에 걸맞은 지루한 행동을 보이고 있었다.

"따분하다니까요."

목소리가 나른하다. 나른한 표정으로 나른한 목소리를 내뱉는 설희였다. 장천휘는 아무런 말도 하지 않은 채 그저 가만히 바라보았다.

장난스러운 표정과 톡톡 튀는 행동은 그녀만의 매력이다. 남들의 시선을 거의, 아니, 정확하게 말하자면 전혀 신경 쓰지 않는 그녀였다. 개구쟁이 같은 느낌도 없지는 않다. 하지만 남자의 입장에서 본다면 상큼한 매력이 넘치는 발랄한 미인이었다.

"그래서 어쩌라고."

장천휘의 목소리에도 숨길 수 없는 따분함이 조금 묻어 있었다. 자꾸만 늘어지는 자신의 몸을 추슬렀다. 쉽지는 않았지만 그렇다고 어렵지도 않았다.

"재미있게 해주세요."

설희는 기대심 가득한 눈빛을 지었다. 장천휘가 작게 고개를 끄덕였다.

"근처에 있는 산적들 좀 모셔올까?"

장천휘는 당연하다는 듯 말했다. 마치 준비되어 있다는 식의 말투에 설희가 황당하다는 표정으로 소리쳤다.

"그런 저차원적인 방법 말고, 고차원적인 방법을 써달라고요! 제가 강호 초출, 힘을 못 써서 안달이 난 애송이로 보이세요?"

"잘 알고 있으니 더 이상 할 말은 없네."

"그러지 말고 인심 좀 써줘요~ 네?"

설희의 표정에는 애교스러움이 잔뜩 묻어 있었다. 일반적인 남자의 눈으로 바라본다면 입을 헤벌쭉 벌리고 침을 흘려도 전혀 문제될 것 없는 상황이다.

"재미있는 얘기해 줄까?"

장천휘는 그리 감흥이 없는 표정으로 마차 옆으로 다가왔다.

"네~!"

곱고 작은 손을 말아 쥔 설희가 '좋았어!' 라고 작게 외쳤다. 그런 그들의 모습에 조용히 앉아 있던 북궁연란도 창문 밖으로 슬며시 시선을 옮겼다.

"옛날 옛날에, 양귀비를 애용하던 호랑이가 있었어."

"하아……."

시작 부분을 들었을 뿐이지만 어깨가 축 처졌다. 식상한 도입 부분은 그렇다고 쳐도, 뭘 애용한다고? 힘없이 입을 벌리고 있는 설희. 그녀의 모습을 힐끔 쳐다본 장천휘가 말했다.

"계속할까?"

"뭐, 일단 계속 들어보기로 하죠. 그 호랑이가 해롱거리는 상상을 할지도 모르지만요."

"그 호랑이의 절친한 친구가 있었는데, 어렸을 때 보약을 잘못 먹은 탓에 팔이 유난히도 길어진 토끼였어."

"하아……."

설희의 표정은 마치 '서른이 넘어서도 돈 안 벌고 집에서 놀고 있는 아들'을 보고 있는 듯했다. 장천휘가 작게 웃었다. 그녀의 살포시 감은 두 눈을 바라보며 같은 말로 되물었다.

"그만 할까?"

"아뇨. 제 반응에 신경 쓰지 마시고 계속해 보세요. 엄~청나게 뒷이야기가 궁금해지는 이야기네요."

장천휘는 여전히 살짝 웃고 있었다. 고개를 끄덕이며 이야기를 이어갔다.

"하루는 둘이서 숨바꼭질을 하면서 노는데, 머리가 셋 달린 원숭이가 와서는 자신도 껴서 놀자고 한 거야."

"이러다가 다리가 아홉 개 달린 뱀도 나오겠네요."

작은 목소리로 중얼거린 설희를 무시하고 장천휘는 말을 이었다.

"그렇게 셋이서 숨바꼭질을 하는데, 자꾸만 원숭이가 이기는 거야. 그래서 호랑이하고 토끼가 말했지. '넌 머리가 셋이니까 우리가 불리한 거 같아. 그러니까 다른 놀이를 하자' 라고. 원숭이는 흔쾌히 그러자고 했어. 그리고 그들은 전쟁놀이를 하게 되었는데, 목검을 들고 서로 '챙! 챙!' 하는 효과음을 넣으면서 싸우는 것이었어."

"왠지 모르게 상상만으로도 즐겁네요."

"하나 그 순간!"

"깜짝아!"

갑자기 목소리를 높인 장천휘를 쏘아보는 설희였다.

"그런 효과음은 넣지 않아도 돼요!"

"가만히 있어봐. 중요한 순간에서 자꾸만 끊으니까 재미가 반감되잖아."

"반감될 재미라도 있다면 다행이겠네요."

"시끄러워. 하여간 그 순간, 검을 쥔 호랑이의 손이 덜덜 떨리기 시작한 거야. 너무 오랫동안 친구들과 노느라 양귀비를 잊고 있던 거였지."

"이른바 복용 시간을 놓친 환자!"

"자꾸 이런다?"

자신의 말을 중간에서 계속 끊는 설희를 노려보았다. 머쓱

한 표정의 그녀가 말했다.

"제 반응에 신경 쓰지 말라고 처음에 말했잖아요."

"…그 호랑이가 친구들에게 사정을 설명하고 양귀비를 하고 왔더니, 자신의 앞에 믿지 못할 상황이 펼쳐져 있었어. 그곳에는 원숭이의 세 개의 머리가 토끼의 머리로 변해 있었고, 원숭이의 팔은 바닥에 닿고도 남을 정도로 길어진 거야. 이에 놀란 호랑이가……."

"알았어요. 거기까지 듣도록 하죠."

더는 필요없다는 듯 딱 잘라 손을 젓는 설희.

"아니, 있어봐. 이제부터가 진정한 이야기의 시작이야. 한 번 들으면 멈출 수 없는, 말 그대로 파격적이고 화려한 이야기의 시작이라고."

"엽기적인 이야기를 듣고 싶은 게 아니에요."

"하지만 넌 이미 늦었어."

난데없는 장천휘의 말에 설희가 의아한 표정을 지었다.

"늦다니요?"

"이 이야기를 들은 후, 삼 일 이내에 일곱 명에게 같은 이야기를 하지 않으면 머리가 셋이 되고 팔이 길어지는 저주가……."

쾅!

들을 가치조차 없다는 식으로 창문을 힘껏 닫아버렸다. 어색한 표정을 지은 장천휘가 여전히 창문으로 자신을 바라보고 있는 북궁연란에게 미소를 보냈다.

"여행은 편안하십니까?"

"네. 그래도 저만 이렇게 가니 다른 분들에게 죄송스럽네
요."

"북궁 소저가 그런 마음을 가지실 필요는 전혀 없습니다.
이 사건은 방금 창문을 닫아버린 설 모 씨의 따님, 모 희 양이
만든 참극이니까요."

"…풋."

북궁연란은 자신도 모르게 살짝 웃었다. 그리고 그 웃음이
가시기도 전에 볼이 불그스름해졌다.

"죄송해요."

"웃는 게 왜 죄송할 일입니까? 재미있는 이야기를 해달라
고 해서 해줬더니 화만 내는 누구와는 전혀 다른 모습에 만족
스러울 따름입니……."

쾅!

닫힐 때와 마찬가지로 힘차게 열리는 창문.

"노파심에 드리는 말이지만 절대로 이 치졸하고! 간악하
고! 사악하고! 무례한 사형에게 관심을 보내지 마세요. 인생
이 고달파지는 거, 한순간이에요. 그 한순간의 실수로 평생을
후회하면서 살아가실 수도 있어요. 조심! 또 조심! 불조심! 물
조심! 남자 조심! 특히 사형 같은 남자 완전 조심!"

이야…….

“……..”

설희는 쉬지도 않고 순식간에 모든 말을 끝내 버렸다. 단 한순간의 일이었다. 정말 대단해. 멍하니 굳어버린 북궁연란은 속으로 생각했다.

“숨 안 차?”

장천휘가 기가 차다는 듯 말했다. 치졸? 간악? 사악? 무례? 누구를 말하는 거야?

“사형 때문에 애꿎은 여인 한 명을 지옥의 구렁텅이로 빠지기 직전에 구한 건데 그깟 숨찬 게 대수예요?”

“애당초 같은 마차 안에 있는데, 왜 창문을 열고 말한 거야? 그냥 말했어도 되는 상황 아냐?”

“시!끄!러!워!요!”

쾅!

자기 할 말만 다 하고 다시 문을 닫아버린 설희였다. 그 모습에 장천휘가 쓴웃음을 지었다.

여전히 대단한 아가씨라니까.

“…굉장하네요.”

정신을 차린 북궁연란이 작게 말했다.

“가끔은 저 역시 탄복할 정도니까요.”

“아니, 그게 아니라요.”

그녀는 손가락으로 장천휘와 설희를 번갈아 가리켰다.

“너무 잘 어울려서요.”

“쿨럭.”

“에에?!”

“두 분을 보고 있으면 천생연분이라는 말이 떠올라요.”

그 말에 장천휘가 사뭇 진지한 표정을 지었다. 이것만큼은 짚고 넘어가야 한다는 각오가 섞여 있었다.

“제가 보기에 북궁 소저는 천생연분이라는 말을 잘못 해석하고 있는 거 같습니다.”

조용히 마차를 몰던 채영후가 동의했다.

“저런 관계가 천생연분인 거라면 전 절대로 저의 천생연분을 만나고 싶지 않습니다.”

“하지만 정말로 잘 어울리신데요?”

“잘 어울린다는 말은 여러 가지의 뜻이 포함되어 있다고 생각합니다.”

장천휘가 말했다.

“뭐, 어떤가? 나름대로 재미도 있고, 틀린 말도 아니지. 허허.”

관사우가 웃으며 다가왔다. 처음 사철홍에게 적대적인 감정을 표출했던 그였지만, 의외로 둘은 서로를 무시하며 그럭저럭 지내고 있었다.

“그런데 목적지는 어디인가?”

“아, 말씀 드리지 않았군요. 사부님께서 계신 곳은 요녕성(遼寧省) 근처입니다.”

“요녕이라……”

잠시 뜸을 들이던 관사우가 말을 이었다.

“내 궁금한 것이 있는데, 자네도 검을 쓰나?”

내심 말은 하고 있지 않지만 장천휘의 무공에 관심을 가지고 있는 사람은 사철홍 한 명이 아니었다. 관사우 역시 그것이 궁금한 것은 마찬가지였다.

“그렇습니다.”

“그런가? 한데 이상하군.”

장천휘는 검을 지니고 있지 않았다. 아무리 삼류 무인이라 할지라도 자신의 무기는 항상 지니고 다닌다. 무인의 기본 중의 기본이다. 한데 그는 지금껏 단 한 번도 검을 챙기고 다니지 않았다. ‘애초에 저 사람에게 검이 있는 건가?’ 라는 생각이 들 정도였다. 북궁연란의 호기심 어린 눈이 그를 향했다.

“한 번 볼 수 있겠나?”

관사우의 말은 모호했다. 보고 싶은 것이 무공인지 검인지 정확하지가 않았다.

“비무입니까?”

장천휘가 묻자 관사우가 고개를 끄덕였다.

“가능하겠나?”

“안 돼요!”

마차 안에서 잠자코 있던 설희가 대뜸 소리를 질렀다. 창문을 소리나게 연 그녀는 고개를 세차게 저었다.

"안 된다?"

관사우가 의문이 섞인 목소리로 말했다. 졸고 있던 양철음과 장백이 어느새 깼는지 그들에게 다가왔다.

"문주님, 안 됩니다."

단호한 말투.

"허허, 거참."

관사우가 난처한 표정으로 수염을 쓰다듬었다.

"……."

북궁연란 역시 아쉬운 표정을 숨기지 않았다.

'꼭 보고 싶었는데……. 음? 그러고 보니…….'

"설 소저?"

"네?"

설희가 북궁연란의 부름에 대답했다.

"설 소저는 벌써 절정의 벽을 무너뜨리셨다고 들었는데, 사실인가요?"

대답은 장천휘가 했다.

"네. 사매의 주먹질은 정말로 일품입니다."

엄지손가락을 치켜들고 말했다. 아암, 일품이고말고. 그가 인정한다는 표정으로 고개를 끄덕였다.

"사형, 주먹질이 뭐예요?"

"아, 미안. 발길질도 일품이었지."

"으으으으."

설희의 작은 손이 부르르 떨렸다. 주먹을 말아 쥔 그녀에게서 귀여움이라는 무시무시한 기운이 분출했다. 하지만 그 말에 관사우와 북궁연란은 놀람을 감추지 않았다.

권각술이라니?

저 어린 여인이 권각술(拳脚術)로 절정에 달했다고? 정말이란 말인가? 게다가 저렇게 여려 보이고 작아 보이는 주먹이라니…….

"한 번 보시겠습니까? 저는 안 된다고 하니 저 대신에 사매의 현란한 박투술을 보여 드리지요."

"으… 이젠 박… 투술이라니… 못 참아!"

갑자기 마차 밖으로 튀어 오르듯 나오는 설희.

"사형! 비무예요!"

"……."

난데없는 비무의 시작이었다.

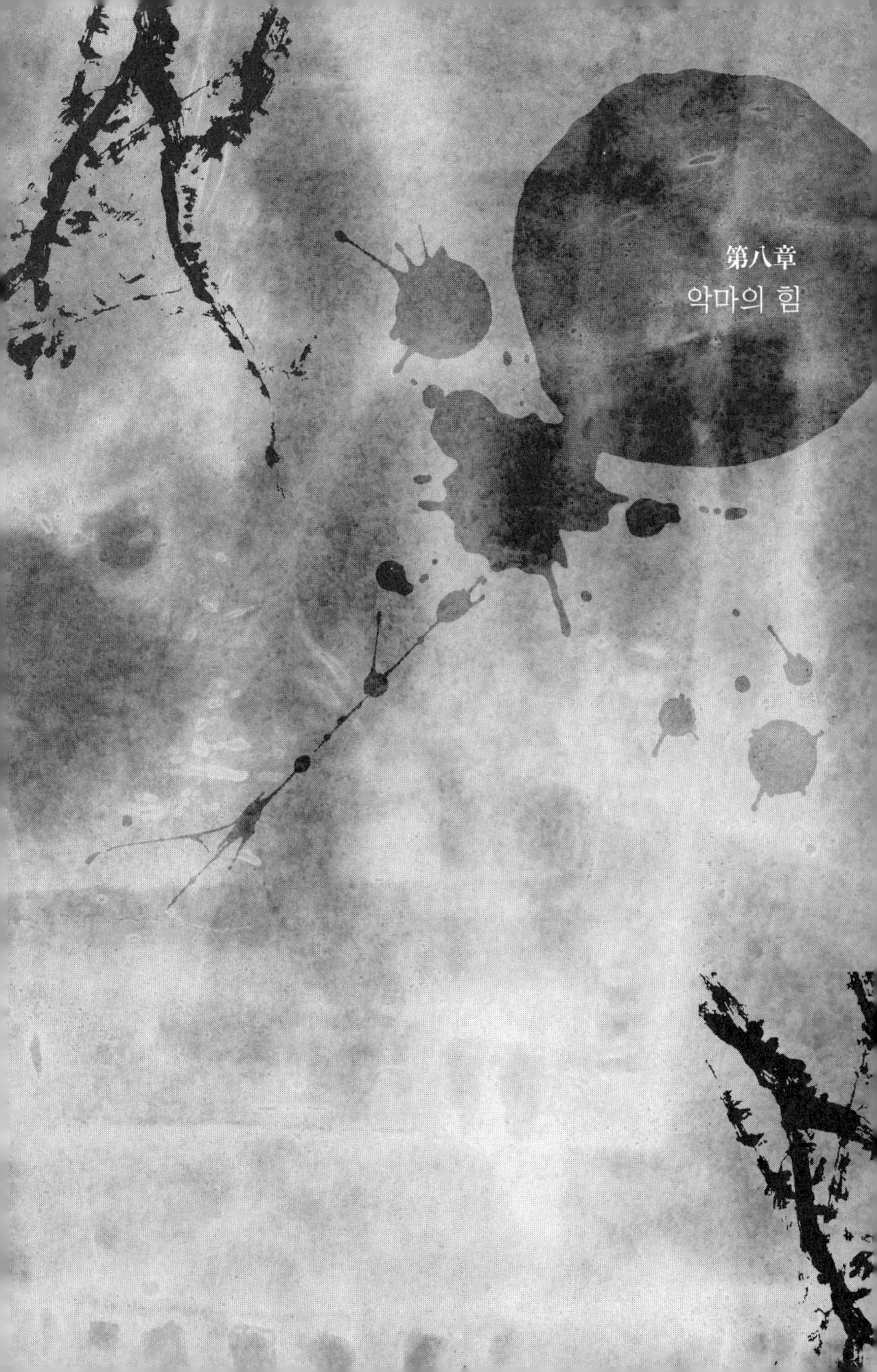
第八章
악마의 힘

악마

"아까는 안 된다며?"

"시끄러워요! 영후 아저씨, 마차 좀 잠시 세워주세요!"

채영후는 웃으며 고개를 끄덕였다. 마차를 세운 그가 설희
와 장천휘가 있는 곳으로 걸어갔다. 그 옆에서 함께 가던 사
철홍에게 슬며시 말했다.

"형님, 저희 문파가 풍뢰문(風雷門)인 이유를 이제 아실 겁
니다."

사철홍이 고개를 끄덕였다.

"이거 기대되는군."

관사우가 흡족한 표정을 지었다. 오랜만에 구경하는 권각

술이다. 좀처럼 경지에 오른 권각술을 볼 기회도 없거니와, 저런 여인이라니……. 그의 옆에 자리한 북궁연란도 마찬가지의 심정으로 그들을 주시했다.

드디어 보게 되는 것이다. 드디어.

"정말로 하려는 거야?"

장천휘가 묻자 설희는 비장한 표정으로 고개를 끄덕였다.

"단, 사형은 공격해서는 안 돼요!"

사람들이 경악했다.

"무, 무슨 비무가……."

"말도 안 돼."

장천휘가 쓰게 웃었다.

"그게 무슨 비무야? 내가 무슨 나무토막도 아니고, 사매가 하는 공격을 그대로 맞기만 하라는 거야?"

"그럴 리가 없잖아요!"

"그럼 피하거나 막기만 하라고?"

"정답!"

장천휘가 고개를 저었다. 세상천지에 막무가내도 이런 막무가내가 있었는가 하는 생각이 들었다.

"알았어. 그럼 그렇게 하도록 할게."

"자네, 아무리 그래도 설 소저는……."

절정무인이다. 절정무인의 공격이란, 절대로 쉽게 받을 수 있는 성질의 것이 아니다. 제아무리 초절정의 무인이라 할지라도 모든 걸 막거나 피할 수는 없다.

공격이란 최선의 방어 형태의 하나다. 관사우 자신 역시도
절정무인의 공격을 방어만 한다는 가정을 내렸을 때에는 낭
패를 당할 수도 있다.

관사우는 장천휘를 말리려고 했다. 그러나 무어라 말을 하
려는 순간 이상한 생각이 문득 들었다.

고개를 돌린 그의 눈에 장백과 양철음, 채영후가 들어왔다.
한데 아무런 동요도 없는 상태? 그만큼 장천휘를 믿는 건가?
아니면 설희가 심하게 공격하지는 않을 거라 믿고 있는 건가?

"걱정하지 마십시오."

장천휘가 웃으며 관사우에게 말했다. 이보게, 믿고 안 믿고
를 떠나서…….

그가 무어라 말을 하려는 순간, 설희가 움직였다. 전광석화
의 속도로 장천휘의 앞까지 쇄도한 설희가 주먹을 내질렀다.

예상보다 빠른 속도!

예상보다 강한 압력!

관사우는 별수없이 한 발 뒤로 물러섰다. 허허, 그가 당황
한 웃음을 터뜨렸다.

'장 소협은 검조차 들고 있지 않은데…….'

퍼억!

설희의 일권을 막은 장천휘는 부드러운 보법으로 뒤로 물
러섰다. 그러자 마치 막을 줄 알았다는 듯이, 막기를 기다렸

다는 듯이 설희가 몸을 돌렸다.

　탄력있는 움직임으로 반 정도 회전시킨 그녀의 몸에서 벼락이 뿜어졌다.

벼락의 환영이 세상을 뒤덮는다!

　"뢰영십삼각(雷影十三脚)!"

　파바바바바바박!

　섬전과도 같은 발차기가 이어졌다. 군더더기라고는 전혀 보이지 않았다. 물 흐르듯 자연스럽고 깔끔한 연환 공격. 그녀의 발에서 뿜어지는 뇌기가 장천휘의 신형을 잡아먹을 듯 달려든다.

　"진심으로 하는군."

　"그동안 쌓인 게 좀 많았겠어."

　장백이 중얼거리자 양철음이 하품을 하며 고개를 끄덕였다.

　정확히 열세 번의 공격이 하나인 것마냥 몰아친다. 그 공격을 한 손으로 막은 장천휘의 시야에서 설희가 사라졌다.

　권각술(拳脚術)에 있어서 그 무엇보다 중요한 건 보법(步法)이다. 또한 검(劍)을 사용하는 무인이 가장 껄끄러워하는 것도 바로 이것.

　머리가 닿은 듯한 가까운 거리. 그 거리에서 눈으로도 쫓기 힘든 빠른 보법이 시야를 흔들고 공간을 왜곡한다. 그 왜곡된 공간 사이사이 섬뜩한 주먹이 짓쳐든다. 하지만 장천휘는 풍뢰문의 문주! 검을 사용한다지만 가장 먼저 배운 건 권각이다.

'오른쪽!'

판단과 동시에 움직인다. 판단을 내림과 동시에 움직였다. 하지만 그가 몸을 돌린 순간, 이미 가슴 앞까지 근접한 설희의 주먹이 거센 풍압과 함께 쇄도하고 있었다.

'이런.'

장천휘의 눈이 살짝 커졌다. 그녀의 주먹에 담긴 기운은 가볍지 않았다. 그녀의 주먹에 담긴 내공과 주먹에 동화된 바람. 그의 머리카락이 바람에 맞아 뒤쪽으로 쏠린다.

거대한 바람의 길!
그 누구도 막지 못한다!

"풍귀지로(風鬼之路)!"

닿지 않아도 느껴진다. 닿지도 않았지만 느낄 수 있다. 이 아가씨, 진짜로 할 생각이다.

콰아앙!

사나운 풍압이 격돌 지점을 중심으로 사방으로 퍼졌다. 구경하고 있던 일행, 그들의 옷이 사납게 펄럭거렸다. 그것은 눈앞에 보이는 격돌의 압력을 가늠하게 만들어줬다.

두 팔목을 겹쳐 가까스로 막아냈다. 욱신거린다. 막았지만 몸이 살짝 흔들렸다. 하지만 금세 그 흔들림이 부드럽게 변화한다. 일부러 노리지는 않았을까 하는 생각이 드는 움직임이었다.

"사매! 잠깐만!"

"잠깐이 어디 있어요!"

장천휘가 벌린 거리를 단 한 걸음에 좁혀 버린 설희. 그녀는 들을 가치도 없다는 식으로 말했다. 바람이 거세게 몰아친다. 뇌기가 모든 것을 뒤덮는다.

이것이 풍뢰문(風雷門)의 무공.

바람[風]과 뇌기[雷], 그리고 나.

그 세 가지가 자연스레 하나가 된다. 뇌전의 빠름과 바람의 자연스러움이 '나'로 인해 펼쳐진다. 거대한 바람의 압박은 곧이어 다가올 뇌기의 길을 만들어주는 것이다.

권(拳)은 바람(風)! 깊고 부드러우며 진중하고 자연스럽다. 흔들리고 움직이지만 결코 갈라지지 않는다.

각(脚)은 뇌전(雷電)! 그 무엇보다 쾌속하며, 그 무엇보다 강력하다. 흔들리고 움직이지만 결코 막을 수 없다.

그것들은 결코 부서지지 않는다!

"……"

북궁연란의 눈으로는 쫓는 것조차 힘든 공방이었다. 쉴 새

없이 이어진다.

수십 초? 아니, 수백 초! 소름이 돋기 시작한다. 두 사람 주위의 공기가 찢어질 듯한 비명을 질러댄다.

파박! 지이잉! 쾅!

권과 각이 만들어내는 것이 맞는지 의심이 간다. 쉬지 않고 들려온다. 그 소리가 연신 울려댄다.

장천휘의 얼굴로 향하던 설희의 주먹, 그것이 어느새 가슴을 노리고 있다. 어깨를 가르고 있다. 잠시라도 눈을 뗄 수가 없다.

장천휘의 오른쪽에서 한순간에 뒤로 이동한다. 뒤에서 앞으로 이동하는 것 또한 순식간이다. 그동안의 장난스러운 표정은 찾아볼 수가 없다.

긴장된 그들의 살갗이 여기까지 보인다. 잠시도 방심할 수 없다는 진지함이 일행의 가슴에까지 전염되고 있었다.

게다가,

퍽! 콰앙!

점점 속도가 올라간다. 거침없이 휘몰아치는 바람 속에서 뇌전이 노성을 토하고 있다.

우르르르르!

보고 있는 일행까지도 어지러워졌다. 이것인가? 이것이 바로 절정에 달한 권각술이란 말인가?

현재의 강호십객 중에는 권을 쓰는 무인이 없다. 또한 그 어디에도 권각으로 초절정에 달한 무인은 없다. 적어도 사람들에게 알려진 사람 중에는 말이다.

"대… 단하군."

관사우는 진심으로 감탄했다. 물론 지금까지 권을 쓰는 무인을 보지 못한 건 아니다. 하지만 저 정도까지는 아니었다. 그만큼 드물고 귀한(?) 볼거리였다.

자신도 모르게 점점 빠져든다. 그들의 비무는 그만큼의 흡입력이 있었다. 잠시도 눈을 뗄 수 없었다. 만약 그러면 후회하게 될 것만 같았다.

어느새 관사우의 머릿속에서는 자신이 장천휘가 되어 설희의 공격을 막고 있었다. 자신이 설희가 되어 장천휘를 공격하고 있었다.

무아(無我).

점점 자신을 잊게 된다. 어째서?

파파박! 콰아앙!

바람은 거세진다. 스스로도 멈출 수 없다는 듯 점점 거세게 몰아치고 있다. 도저히 믿을 수 없다. 저 가녀린 몸에서 나온다고 절대로 믿을 수 없다.

땀이 배어 나올 정도의 패도(覇道)적인 기세가 쉬지 않고 그녀의 몸에서 뿜어져 나온다. 바위라도 부수지 않고는 속이 풀리지 않을 듯 사납게 짓쳐들고 있다.

“천재로군.”

사철홍이 짧게 말했다. 저 나이에 절정이라는 것도 대단한 일인데 그것이 권각이라니…….

“천재라는 말로도 부족합니다. 설희는 정말이지…….”

채영후가 말을 잇지 못했다.

“무언가를 노리고 있군.”

사철홍이 설희의 모습을 바라보며 말했다.

“아마도 ‘그것’을 쓰려는 모양입니다. 아직 완전하게 펼치지도 못하면서 고집은…….”

“그것?”

“보시면 압니다.”

채영후가 웃었다.

분위기. 분위기가 달라졌다. 그것은 설희의 눈빛이 달라지는 것과 동시에 일어난 일이었다. 그녀는 여전히 쉬지 않고 손발을 움직였다. 잠시라도 쉴 틈을 주지 않는 공격이었다.

하지만 달랐다. 그녀는 그런 상황에서도 내공을 모으고 있었다. 무언가를 준비하는 것처럼.

파아앙!

지금까지와는 사뭇 다른 격돌음이 퍼졌다. 거대했고, 격렬한 일격이었다. 장천휘가 숨을 들이키고는 뒤로 빠졌다. 그녀

는 따라가지 않았다. 그 자리에서 자신의 다리를 바닥에 찍었
다.

쾅!

강한 진각이 바닥을 울렸다. 일행이 있는 곳까지 번져 가는
진동. 마치 단단한 못으로 지면을 박는 듯한 모습이랄까?

그리고 거센 내공의 움직임이 느껴졌다. 그동안 모은 내공
을 한 줌도 남기지 않고 모조리 격발시켰다. 그러자 거대한
태풍과도 같은 기운이 사방을 몰아쳤다.

하늘에 오르는 용!

막을 수 있겠는가?

거대한 운명의 순리를 벗어날 수 있겠는가!

“쌍룡승천(雙龍昇天)!”

“……!”

용(龍)이다. 그것은 분명한 용이었다. 형태가 분명하지는
않았지만, 바지직거리는 뇌전을 온몸으로 감싸고 있는 건 분
명한 용이었다.

지지직! 지직!

그것은 설희의 주먹에서 뻗어 나왔다. 그동안 움츠렸던 것
이 답답했다는 듯 고개를 드는 용은 진정 거대했다. 그 거대
한 용이 마침내 지상에 나타나고, 곧바로 엄청난 풍압을 일으

키며 장천휘에게 쇄도했다.

꽈아악!

관사우의 주먹에 힘이 들어갔다. 온몸의 감각이라는 감각이 모조리 깨어나 그를 격동시키고 있었다. 거대한 힘 앞에서 관사우는 호승심이 불타오르듯 솟아올랐다.

'막아보고 싶다.'

꿈틀거리며 쇄도하는 용은 귀가 터질 듯한 포효를 했다. 세상이 점차 일그러지고 있었다. 과도한 기의 밀집으로 만들어낸 용이 장천휘를 잡아먹을 듯 날름거리며 날아가고 있었다. 어마어마한 내공이 만들어낸 초식이었다. 막대한 내공이 소모된 일격이었다. 그 안에 내포된 기운이 어느 정도일지 상상이 가는가?

가르르르르르!

듣는 것만으로 소름이 끼쳤다. 용이 지나간 자리는 지독한 황폐함을 보여주고 있었다. 흙은 사납게 파이고, 하늘 높이 튀어 올랐다.

주체하지 못하는 힘이 사방으로 뻗힌다. 하지만 목표는 단 하나였다. 그 거대한 힘이 응집된 덩어리가 가는 곳은 장천휘였다.

그가 매섭게 눈을 떴다. 막는 건 어렵지 않다. 피하는 것도 어렵지 않다. 하지만…….

'설희야.'

장천휘는 그렇게 할 수가 없었다. 이 아가씨는 결국 내 밑 천을 드러내게 만들 속셈인가? 아니면 단순히 무아지경(無我 之境)에 빠진 채 펼쳐 낸 무공인가?

'어쩔 수 없지.'

스아아아아아아아!

"……!"

"……!"

순간, 관사우와 사철홍이 검을 뽑아 들었다. 자신들도 모르 게 침이 넘어갔다. 온몸의 근육이 비명을 지른다. 갑작스럽게 주어진 힘을 견디지 못하겠다는 소리를 질러댄다.

잔뜩 긴장된 표정으로 전방을 주시하는 두 사람. 팽팽해질 정도로 내공을 끌어올렸지만 그것으로도 부족하다는 듯, 그 들이 더욱 내공을 모은다.

왜? 어째서?

그들의 시선은 한곳을 향했다. 장천휘, 그리고 장천휘의 몸 에서 나온 기운.

그것 때문이었다.

*　　　*　　　*

그으으으으으으!

장천휘가 손을 뻗었다. 정확히 용의 머리가 날아드는 방향이었다. 날카로운 울부짖음이 들렸다.

파아아악!

용의 몸이 사납게 일그러졌다. 점점 뒤틀리다가 결국 갈가리 찢겨져 사방으로 흩어졌다.

덜덜덜.

북궁연란은 미칠 듯 떨리는 몸을 주체할 수 없었다. 다른 감정은 생각이 나지 않았다. 떨리는 자신의 모습에 부끄러움이나 수치심 따위는 기억조차 나지 않았다.

공포!

본능이 먼저 깨달았다. 영혼이 울부짖는다. 맞서려고 하지 마라. 그것을 막으려고 하지 마라!

피해라.

피해라.

피해라.

살고 싶으면 피해라.

머릿속에서 터져 나갈 듯한 외침이 들렸다.

채챙!

사철홍과 관사우가 검을 뽑은 건 그때였다. 그들은 긴장된 표정으로 장천휘를 노려보았다.

보통 사람보다 배로 감각이 뛰어난 그들에게는 장천휘의

기운이 좀 더 진하게 느껴졌을 것이다.

"또 한 대도 못 때렸어."

그 말과 동시에 설희의 몸이 무너졌다. 탈진한 것이다. 아
직 자신에게는 위험한 무공이었다. 재빨리 그녀에게 달려간
장천휘가 쓰러지기 직전에 부축했다. 안기는 식의 모습이었
다. 하지만 그 누구도 그것을 따질 겨를이 없었다.

그것은 암흑이었다. 어둠이었다. 빛조차 잔인하게 먹어치
우는, 절대적인 기운의 흑색 기류였다.

하지만 순수한 기운이었다. 단 하나의 티끌 같은 이물질도
없는, 하지만 그 속에 꿈틀거리고 있는 건 지독한 악마의 기
운이었다.

거부할 수도 없고 막을 수도 없는 기운. 인간이 느낄 수 있
는 공포? 우습다. 그것마저도 뛰어넘어 버린다. 공포라는 단
어의 뜻을 바꿔 버릴 정도의 감정을 생성한다.

그 절대적인 미지의 기운이 모두의 가슴을 뒤엎듯이 장악
했다. 아무도, 그 누구도 거부할 수 없었다.

아주 잠깐이었다. 하지만 그 어떤 악몽보다도 지독했다.
그 악몽이 끝나고 나서야 사철홍과 관사우가 검을 뽑은 것이
다.

"악… 마……."

작게 새어 나오는 작은 목소리가 들렸다. 북궁연란은 경악

과 공포로 물든 표정으로 장천휘를 망연하게 바라보고 있었
다.

　악마(惡魔).

　아주 잠시의 순간이었다. 장천휘의 몸에서 뿜어져 나온 흑
색 기류는 정말 찰나의 순간에 나타났다가 사라져 버렸다. 하
지만 그것은 너무나 선명했다. 도저히 머릿속에서 잊혀지지
않는다.

　지독한 공포. 태초(太初)에 악마(惡魔)와 신(神)이 있었다면
그런 느낌이었을 것이다.

　악마의 기운!

＊　　　＊　　　＊

　일행 사이에서 기묘한 침묵이 이어졌다. 아무도 입을 열지
않았다. 탈진한 설희의 몸에 장천휘가 내공을 불어넣었다. 이
내 새근거리며 자는 걸 확인한 후 마차는 출발하였다.

　"……."

　채영후는 사철홍을 바라보며 아무런 말도 할 수가 없었다.
지금 그가 느끼는 감정이 무엇인지 알고 있다. 자신 역시 예
전에 느꼈던 감정이니까.

　들리지 않는 한숨을 쉬고는 앞을 바라보았다. 이래서 장천
휘는 진실한 무공을 사용해서는 안 된다. 절대로 말이다.

인간이 느낄 수 있는 극한의 공포마저 뛰어넘는다. 아니, 처음부터 그것은 공포가 아닌 다른 감정이다. 하지만 그것이 무어라고 단정할 수 없다. 일찍이 느껴본 적이 없으므로.

하지만 중요한 건 그게 아니었다. 그 미지의 감정은 사람을 두렵게 만든다. 불안하게 만든다. 게다가 이유조차 알 수 없기에 더욱 심해진다.

두렵지만 두려운 이유를 모른다. 그렇기에 더더욱 두려워진다. 악순환이다.

"……."

관사우의 표정은 심각할 정도로 굳어 있었다. 평소와 같이 너털웃음을 지으며 수염을 쓰다듬을 여유는 없었다. 지금은 자신의 감정을 추스르는 것도 벅차다.

그에게 양철음과 장백이 말을 몰며 천천히 다가갔다. 그동안 제법 친해진 그들이었다. 채영후는 사철홍과 의형제를 맺은 이후 항상 붙어 다녔다. 때문에 관사우는 나이가 비슷한 양철음이나 장백과 어울렸다.

양철음이 관사우에게 다가가 말을 건네려 했다. 한데 장백이 그런 양철음의 어깨를 슬쩍 잡았다. 장백이 고개를 천천히 저었다.

혼자의 힘으로 넘어서야 한다. 물론 도와주고 싶어도 그럴 수도 없는 일이다.

강호십객(江湖十客).

그만큼 강호에서 대단한 대접을 받았을 그들이다. 그 누구에게도 두려움을 느끼지 못했을 것이다. 공포? 그런 감정은 어느 순간 사라져 버렸을 것이다.

그렇기에 그들의 충격은 그 누구보다 클 것이다. 그들이 공포를 느꼈다는 사실. 그들의 가슴속에 솟구쳤던 두려움이라는 감정.

그 자체가!

*   *   *

설희와의 비무가 끝난 후, 장천휘는 말이 없었다. 그저 묵묵히 앞을 보면서 말을 몰았다. 그는 무슨 생각을 하고 있을까.

옆에서 작은 목소리가 들렸다. 장천휘가 고개를 돌렸다. 그리고 목소리의 주인공을 바라보자 아랫입술을 강하게 깨물고 있는 북궁연란이 있었다.

"무슨… 무공인가요?"

장천휘는 아무 말도 하지 않았다. 그저 묵묵히 그녀를 쳐다보고 있었다. 한참의 침묵이 흘렀다. 그리고 장천휘가 입을 열었다.

"제가 두려우십니까?"

북궁연란은 세차게 고개를 저었다. 강하면서도 빠른 부정이었다. 장천휘가 재차 물었다.

"제가 무섭습니까?"

"아, 아니에요."

그녀의 목소리는 힘이 없었다. 그 작은 목소리에 장천휘는 고개를 들고 하늘을 바라보았다. 언제나처럼 높고 푸르렀다. 그래, 하늘은 항상 이랬었지. 변하지 않고 늘 같은 모습.

장천휘는 문득 자신의 손을 펼쳤다. 내 손. 그래, 내 손이었지. 몇 번이나 하는 행동인지 모르겠다. 몇 번이나 되풀이했는지 셀 수 있는 범위를 넘어섰다. 자신의 손. 그는 계속해서 그것만을 바라봤다.

"조… 조금 무섭… 기는 했어요. 하지만 정말 조금이에요. 정말로… 정말로…….."

처음 생각했던 모습과는 달랐다. 차갑고 이지적인 모습의 북궁연란이었지만, 실은 부끄러움이 많고 남을 배려해 줄 수 있는 여인이었다.

사람을 제멋대로 평가 내리는 건 얼마나 헛된 일일까. 자신만의 잣대로 사람을 해석하는, 왜 그런 바보 같은 짓을 하는 걸까.

"미안… 해요. 기분 나쁘죠?"

무엇이 기분 나쁘다는 말일까? 왜 사과하고 있는 거지? 장천휘가 곰곰이 생각했다.

"지, 지금 제가 가지고 있는 감정을… 이 감정을 제가 아닌

누군가가 품고서 저를 바라본다면, 전 기분이 무척 나쁠 거
같아요. 그래서 안 그러려고 하는데… 그런데… 그게 쉽지만
은 않네요."
　그녀는 조금 횡설수설 말을 이었다. 하지만 장천휘는 금세
이해할 수 있었다. 똑바로 그녀의 눈을 보았다. 맑았다. 그리
고 투명했다.
　그녀의 영혼은 순수하고 깨끗한 걸까? 그런 걸까? 하지만
그건 중요하지 않았다. 확실한 건 그녀와 자신은 어울리지 않
는다는 것이었다. 다가오지 마십시오. 장천휘는 그 뜻을 분명
히 밝혔다.
　"상관없습니다. 그런 이유로 하나하나 사과하지 않으셔도
됩니다. 그리고 그 힘에 대해서는 아실 필요가 없습니다. 날
이 어두워지는군요. 아무래도 오늘은 노숙을 해야겠습니다."
　장천휘는 차가운 말투로 말했다.

＊　　　＊　　　＊

　"사형……."
　설희가 기어들어 가는 목소리로 말했다.
　"왜?"
　"죄송해요!"
　설희는 고개를 숙이고는 두 손을 모아 비는 자세로 외쳤다.

거기에는 잘못을 비는 꼬마 아이 같은 천진함이 묻어 있었다.
결국 장천휘가 쓰게 웃었다. 들리지 않을 웃음이었지만 그녀
는 어떻게 알았는지 눈을 슬쩍 치켜들었다. 잠시 그가 웃는
모습을 지켜보던 그녀가 작게 말했다.

"저, 그게… 울컥하는 마음에 저도 모르게 그만… 아하하
하."

그녀는 어색하게 웃었다. 일부러 보이는 어색한 웃음은 묘
한 즐거움이 있었다. 장천휘는 자신도 모르게 서서히 마음이
풀어져 버렸다.

이래서 팔불출은 힘들다니까.

설희가 일어난 건 일행이 노숙을 하기 위해 마차를 멈추고
난 직후였다. 자신이 왜 자다가 일어났는지 잠시 고민하던 그
녀는 순간 눈을 동그랗게 뜨고는 자리를 박차고 일어났다. 그
리고는 서둘러 장천휘에게 달려갔다.

'바보! 바보!'

절대로 보여주면 안 된다고 생각했다. 그 누구보다 자신의
마음이 컸다. 장천휘의 모습. 절대로, 절대로 보여주면 안 된
다고 생각했는데…… 결국 자신 때문에 일행이 보게 되지 않
았는가.

'그래도 한 대 맞아주면 어디가 덧나?!'

자신의 공격을 모두 다 막아내고 피하는 장천휘의 모습에

약이 올라 자신도 모르게 쌍룡승천(雙龍昇天)을 쓰게 되었다.
결국 그의 탓으로 돌려 버리는 설희였다.

'좀생이!'

그리고 좀생이가 말했다.

"오랜만에 사매의 요리를 맛보고 싶은데?"

"맡겨두세요. 원래부터 무공보다 요리를 더 잘하는 게 저
인 거 아시잖아요."

잘못한 강아지는 알아서 꼬리를 흔든다고 했던… 가?

이거 어디서 들은 요상한 말이지?

"제가 도울 건 없나요?"

어느새 다가온 북궁연란이 설희에게 말했다. 찡긋. 설희가
한쪽 눈을 귀엽게 깜빡이며 괜찮다고 말했다.

잘생기고, 돈 많고, 성격 좋고, 무공 센 남자에게 시집가서
행복하게 사는 삶. 그것이 바로 설희의 꿈이었다. 그렇기에
그 무엇보다 열심히 수련(?)한 내조였다.

그리고 그 내조의 중심에 있는 요리. 완벽하다는 말을 들을
정도로 연습했다. 그래서 사부님이 늘 역정을 내지 않았던가.

"그 재능으로 무공을 익힐 생각은 안 하고 허구한 날 요리만 하
고 있냐!"

"그래도 사부님이 시킨 일과는 끝내고 하는 거잖아요!"

그랬다.

그녀는 항상 사부가 원하는 수준의 무공 수련은 마치고 요리를 연습했다. 그녀는 천재니까.

"와! 정말 맛있어요."

북궁연란이 감탄했다. 진정 훌륭했다. 제대로 된 요리 기구도 없고 재료도 없는 상황에서 이 정도의 요리를 만들어낼 수 있다니.

그 말에 설희가 어깨를 폈다. 당당히 내민 가슴과 자랑스러움이 묻어 있는 표정은 부모님께 칭찬을 기다리는 아이와도 같았다. 그녀는 마치 이렇게 말하고 있는 것 같았다.

'봐요. 이 정도라고요.'

장천휘가 그 말을 들었을까? 그의 고개가 조금 갸웃거렸다. 그 모습은 마치 이렇게 말하고 있는 것 같았다.

'그래서 어쩌라는 거야.'

"그래서 어쩌라는 거야."

그렇게 말하고 있는 거였다.

이것 참.

"설 소저는 무공만 강한 것이 아니라 요리도 잘하시네요. 너무 부러워요."

북궁연란의 표정에는 진심이 묻어 나왔다. 질투와도 비슷한 부러움이었다. 이제껏 다른 것에 신경 쓰지도 못한 채 무공만

수련했다. 한데 그런 자신보다도 무공이 높고 이렇듯 요리마저
도 잘한다니. 조금은 삶에 대한 기운이 빠져 버리는 그녀였다.

"그거야 사매의 꿈이 바로 돈 많… 웁! 푸하학! 뭐 하는 거
야?!"

장천휘가 설희의 꿈에 대해서 말하려고 하자, 그녀가 강제
로 음식을 집어 넣었다. 바로 그의 입으로.

"왜… 요? 기분 나쁘세요?"

눈물이라도 나올 것 같은 얼굴. 그 애절한 표정을 보는 순
간 장천휘의 말문이 직격으로 막혀 버렸다. 예상을 뒤엎는 반
전이라니…….

"그게 아니라… 갑자기 이게……."

"흑, 흐윽."

갑자기 눈물 없이는 볼 수 없다는 한 편의 신파극이 되었
다. 관중은 있었지만 배우가 부족했… 음?

고개를 반쯤 돌린 설희가 소매로 자신의 눈가를 훔쳤다. 그
녀의 애절함. 그녀의 한스러움이 제대로 녹아든 한 편의 연극
이었… 음?

장천휘가 민망한 표정으로 달랬다.

"미, 미안해. 미안하다고!"

"으윽, 흑흑."

절제된 울음소리가 새어 나왔다. 남자의 마음을 더욱 흔드
는 그 소리에는 마력이 있었다.

"맛있어! 고맙다고!"

"으흑."

"알았어! 알았다고!"

결국 장천휘가 포기해 버리고 말았다. 그러자 설희의 울음 소리가 잦아들었다. 하지만 고개를 돌리지는 않았다.

"알았어! 비밀로 할게!"

확인을 하듯 내뱉은 장천휘. 그와 동시에 설희가 고개를 돌렸다. 그녀의 눈가에 고인 눈물은……. 개뿔! 보이지도 않는다.

장천휘가 허탈한 표정을 지으며 머리를 감쌌다.

"알면서도 속을 수밖에 없다니."

"헤헷. 그 말, 믿을게요. 비밀로 하기에요."

방긋방긋 웃으며 자신이 무슨 일을 했는지 전혀 모르겠다는 설희의 모습. 결국 관사우가 웃음을 터뜨렸다.

"껄껄, 정말로 보기 좋네. 허허허."

관사우가 웃자 장백과 양철음도 미소를 지었다. 그렇다면 사철홍은?

"잘 먹었네. 오랜만에 멋진 음식을 먹었군."

그로서는 꽤 진심이 드러난 말이었다. 그럼 결국 극복한 것일까? 아니면…….

"별말씀을요~"

흐응거리며 콧노래를 부르는 설희가 답했다.

"그런데 사형은 더 안 드세요? 설마 또 먹여주는 걸 기다리는 거예요?"

"입맛이 없어졌어."

장천휘가 귀찮다는 듯 손을 휘저었다.

"에이 참, 별수없다니까."

전혀 듣지 못했다는 설희의 반응. 장천휘가 발끈했다.

"뭐가 별수없어!"

"하지만 자주는 안 돼요~"

그녀의 귀는 무슨 재질로 이루어져 있을까.

"저리 치우라니까!"

"부끄러워하지 말고, 자, 아~ 해 보세요."

"부끄럽긴 누가 부끄럽다는 거야! 귀찮으니 저리 치워!"

"편식하면 안 돼요 한참 자라는 나이잖아요~"

"사람이 말을 하면 좀 들으란 말이다!!"

"…풋."

북궁연란이 손으로 입을 가리고 작게 웃었다. 어색하게 끝나 버릴 수 있는 하루였다. 하지만 결국은 모두가 웃으며 끝나는 하루가 되었다.

정말이지, 저 아가씨는 대단하다니까.

＊　　　＊　　　＊

천하(天下)에는 수많은 고수들이 있다. 그리고 그런 고수들의 정점에 도달한 사람들이 있다.

한 지방의 패권(覇權)을 장악한 문파나 세가, 방파의 수장들은 그 지방에서는 신에 가까운 존재들이다. 그런 신에 가까운 존재들은 쉽사리 누군가와 비무조차 할 수 없다.

그렇기에 그들의 우위를 누구도 확신할 수가 없다. 때문에 서로 다른 지방의 사람들이 모이면 저마다 자신이 살고 있는 곳의 신들이 더 강하다 우긴다. 말다툼도 자주 일어나지만, 확신할 수 없는 사실이기에 결론이 내려지지는 않는다.

가끔 그런 정점의 고수들이 비무를 벌이기도 한다. 해서 우열이 가려지는 경우도 있긴 하지만, 그건 정말 가끔 벌어지는 일이다.

강호십객(江湖十客).

물론 그들 역시 수많은 고수 중에서 정점에 달한 사람이긴 하다. 하지만 그들이 최강이라고 할 수는 없다.

천하사패(天下四覇)의 주인들.

구파일방(九派一幫)의 수장들.

강호칠대세가(江湖七大世家)의 가주들.

그 외에도 수많은 고수들이 있다. 그들은 각자의 지방에서 신의 권력을 휘두르고 있다.

"준비는 잘되어가느냐?"

북천무제(北天武帝) 연해필이 물었다.

북천(北天)의 천주(天主)이자 하북의 무신(武神).

"큰 차질 없이 진행되고 있습니다."

막충의 대답에 연해필이 고개를 끄덕였다.

북천 비무대회.

무인으로서 자신의 강함을 증명하고 싶어하는 감정은 당연하다. 그렇기에 수많은 비무대회 역시 존재하는 것이 아닌가.

큰 무리의 집단에서는 보통 주기적으로 비무대회를 개최한다. 그것은 앞서 말한 것처럼 자신의 무공을 내보이고 싶어하는 무인들의 기회다. 하지만 비무대회를 여는 집단에게는 이득이 없을까? 그렇지는 않다.

강호의 숨은 좋은 인재들. 그들을 자신의 집단으로 끌어들일 수 있는 절호의 기회이기 때문이다.

북천의 경우도 크게 다르지 않다. 본선에 진출한 무인들은 북천의 무인으로 들어올 수 있는 기회를 얻게 된다. 이른바 등용문과 같은 것이다.

강압적이지는 않다. 하지만 거부하는 무인은 거의 없다. 애당초 그 목적으로 비무대회에 출전하는 무인들이 대부분이기 때문이다. 왜 자신의 무공을 선보이려고 하는가? 그것은 바로 이름 높은 문파에 들어가기를 원해서이기 때문이다.

북천의 비무대회는 서른 살 이하의 무인들만 출전이 가능하다. 그들이 노리는 것은 하나였다. 젊고 유능한 인재를 뽑겠다는 의지.

"그건 그렇고, 흥미있는 사람들이 이쪽으로 온다는 소문을 들었는데, 조사해 보았느냐?"

연해필의 물음에 막충이 답했다.

"그들의 방향을 계산해 본 결과, 아무래도 저희 북천을 지나게 될 것 같습니다."

이미 장천휘 일행에 대한 소문은 다리에 날개 달린 듯 퍼지고 있었다. 당연한 일이다.

강호십객의 삼 인이 한곳에 자리했다. 게다가 그들 중 한 명이 비무를 벌였다? 그뿐이 아니었다. 그 비무의 상대는 이름조차 알려지지 않은 무인이었는데, 무승부가 이루어졌다고 한다. 이러하니 소문이 나지 않을 수 있겠는가.

"네 생각은 어떠냐? 내가 먼저 그들을 초대하는 것도 괜찮겠지?"

"속하는 천주님의 명을 따를 뿐입니다."

"그럼 그렇게 하도록 하지. 아무래도 그냥 보내기에는 아쉽단 말이야."

"누구를 보내시겠습니까?"

"최소한 그들에게 걸맞은 상대를 보내야겠지."

잠시 턱을 매만지던 연해필이 말했다.

"고평복 장로와 네가 함께 가도록."

"명을 받듭니다."

물러나던 막충이 연해필의 손짓에 잠시 발을 멈추었다.

"그 아이는 잘 지내고 있느냐?"

"별 무리 없이 적응하고 있습니다. 다만, 오늘의 일이 귀에 들어간다면……."

"따라간다고 난리를 치겠지."

연해필이 대수롭지 않게 말했다.

"하오면……."

그는 조금 아쉬웠다. 팔 년 전 처음 막충을 발견했을 때, 자신의 뒤를 이어도 손색없는 훌륭한 인재라 생각되었다. 보기 드문 근골과 곧은 심기.

그래서 그날 이후부터 자신의 가장 가까이에 두고 지냈다. 무공도 손봐주고 대화도 많이 나눴다.

한데 언제부터였을까. 막충은 스스로 생각을 하지 않는다는 것을 깨달았다. 오직 명령만을 따르는 사람이 되어가고 있는 것을 알게 된 것이다.

어쩌면 자신이 그렇게 만들어왔는지도 모른다. 하지만 아쉬웠다. 포기하기에는 아까운 인재였다.

그래서 그때부터 기본적인 명령만을 내리고, 나머지 세부적인 사항은 스스로 해결하게끔 만들어주고 있다.

처음부터 이랬어야 했다. 너무 강압적으로 키운 것이 화근이 될 줄이야. 늦은 감이 없지는 않지만 포기할 생각은 없다.

잘못되었다는 걸 알았으니 고치면 되는 법.

"그들을 초대하는 일은 너에게 맡겼다. 누굴 데려가든 상관없다."

자신의 하나뿐인 손녀를 막충이 이끄는 철검대의 부대주로 넣었다. 석 달쯤 되었을까?

천방지축에 사고뭉치였다. 사내들만 득실거리는 곳에 집어넣으면 좀 나아질 줄 알았다. 한데 웬걸? 나아지기는커녕 더욱 심해졌다는 소식만 들려온다.

내심 막충과 좋은 인연이 되었으면 하는 생각도 깔려 있었다. 하지만 여성스럽게 행동하지는 못할망정, 매일같이 대원들과 술이나 마시며 웃고 떠든다? 그 소리를 처음 들었을 때 울화통이 터질 뻔했다.

"그럼 물러나겠습니다."

막충의 말에 대충 손을 저어주었다. 자신은 지금 이 고민만으로도 바쁘다. 어떡해야 자신의 하나뿐인 손녀딸을 시집보낼 수 있을까? 연해필은 점점 사고(思考)의 안개 속으로 빠져들고 있었다.

"고 장로님 계십니까?"

연해필의 명령을 들은 막충은 곧바로 고평복 장로의 집으로 갔다. 막충이 그를 부르고 얼마의 시간이 지나 문이 열리는 소리가 들렸다. 약간은 주름진 얼굴에 말라 보이는 노인이었다.

"막 대주가 어인 일로 이런 곳까지 왔는가?"

고평복이 조금 의외라는 듯 말했다. 원체 손님이 적은 자신의 집이었다. 한데 북천에서 가장 바쁘기로 유명한 막충이라니…….

"천주님의 명을 전하기 위해 왔습니다."

약간은 사무적인 말투였다. 하지만 고평복은 그런 모습이 익숙했다. 원, 사람도 딱딱하기도 하지. 언젠가 그런 말을 해준 적이 있다. 그때, 막충이 이렇게 말했다. 고치도록 노력하겠습니다. 똑같은 모습에 고평복은 슬며시 웃었던 기억이 난다.

"그래, 천주님께서 어떤 명령을 내리셨던가?"

"저와 함께 누군가를 모셔오라는 명령이셨습니다."

"누구를?"

"그것이……."

고평복이 웃으며 손을 저었다. 설명을 시작하려는 막충이 원래의 그 무표정한 얼굴로 가만히 있었다.

"내 정신 좀 보게. 계속해서 손님을 밖에만 세워두다니. 안으로 들어오시게나."

고평복은 막충을 방으로 안내했다. 그리고 한쪽 자리를 권하고는 차를 끓이기 시작했다. 제가 하겠습니다. 막충이 조용히 말하며 일어나려고 하자 고평복이 말렸다.

"누추한 집이지만, 주인 된 입장에서 손님에게 대접을 하는 건 당연하지 않은가."

검소하고 부드러운 마음씨로 소문난 고평복이었다. 이렇게 찾아오지는 못하지만 막충은 고평복과의 만남을 좋아했다.

항상 긴장된 상태의 사람들만을 상대했다. 자신이 이렇게 되어버린 까닭도 거기에 있었다. 하지만 고평복과 함께 있으면 까닭 모르게 가슴 한 켠이 훈훈하고 따뜻해진다. 그건 마치 휴식과도 같은 것이라 그는 생각했다.

"항시 느끼는 것이지만 고 장로님의 차는 정말 좋습니다."

차에 대해서는 거의 맛도 모르고 마시는 막충이었다. 그것을 고평복은 잘 알고 있었다. 하지만 그는 웃으며 고개를 끄덕였다.

"막 대주의 생각이 그렇다면 자주 찾아주지 그러나."

장난스러움이 묻어 나오는 말투. 막충이 고개를 숙였다.

"죄송합니다."

"허허, 죄송할 건 또 뭔가. 막 대주가 바쁜 사람이라는 건 나 또한 잘 알고 있는데."

이런 대화를 막충은 더 오래 나누고 싶었다. 하지만 지금은 연해필의 명을 전해야 한다는 걸 잘 알고 있었다.

"혹시라도 고 장로님이 들어보셨는지 모르지만, 얼마 전 하남에 있는 한 객잔에서 일어난 일 때문에 강호가 퍽 소란스럽습니다.”

“잠룡객잔을 말하는 건가?”

고평복의 말에 막충이 놀랐다.

“알고 계셨습니까?”

“막 대주는 나를 너무 뒷방 노인 취급하는 게 아닌가? 이래 보여도 천하사패 중 북천의 장로라네.”

그의 목소리에는 여전히 장난스러움이 묻어 있었다. 세월이 만들어낸 여유로움과 비슷했다.

“죄송합니다.”

“껄껄, 막 대주가 받은 천주님의 명령은 나에게 사과하는 것이었나?”

“아닙니다. 알고 계신다니 설명이 빠를 듯싶습니다.”

그리고 막충의 설명은 시작되었다.

*　　　*　　　*

“오랜만에 강호가 재미있어지겠군. 그래, 언제 출발할 것인가?”

“그들의 행보를 계산해 보았을 때, 내일 당장 출발해야 할 것 같습니다.”

“알겠네. 나 같은 노인네야 준비할 게 별로 없다지만, 막 대주는 그렇지 않을 텐데, 괜히 내가 시간을 뺏은 게 아닐지 모르겠네."

"그렇지 않습니다. 차는 감사히 마셨습니다. 그럼 이만."

"그렇다면 다행이네. 그럼 내일 보세, 막 대주."

고평복의 집에서 나온 막충은 이내 철검대의 연무장으로 발걸음을 옮겼다.

"대주님을 뵙습니다."

연무장에 도착한 막충에게 철검대원들이 하나둘 인사했다. 막충은 가볍게 그들의 인사를 받고는 입을 열었다.

"모두 고생한다. 부대주는 어디 있나?"

막충의 말에 대원의 표정이 민망해졌다.

"…또 술 마시고 있나?"

"그건 아닙니다만."

그 순간, 멀리서 들려오는 소리가 있었다.

"야, 너희들! 거기 안 서!"

"헉! 대주님! 부대주님은 저기 계십니다. 그럼 저희는 이만."

그리고는 뒤도 돌아보지 않고 도망가는 대원들. 막충이 인상을 썼다.

"부대주, 무슨 일인가?"

갑자기 들려오는 호통에 연소희가 고개를 돌렸다.

"어? 아앗?! 대주님! 마침 잘됐네요!"

"무슨 일이냐고 물었다!"

“아, 그게 저것들이 비무 한 번만 하자고 하니까 저렇게 도
망가는 바람에…….”

천방지축에 사고뭉치 연소희. 여자 한 명이 소란을 피워봤
자 얼마나 하겠느냐마는 그녀의 무공은 제법 높은 수준이다.

어릴 때부터 연해필에게 직접 사사받은 무공은 철검대의
부대주로 있기에 손색이 없었다. 하지만 그것은 그것 나름대
로 문제였다.

“부대주, 체통을 좀 지키라고 몇 번을 말해야 되겠나!”

“알았어요. 그건 그렇고, 대주님. 우리 비무나 한 판 해요.”

항상 이런 식이다. 자신이 화를 내도 그녀는 무서워하지 않
는다. 자신을 어려워하지도 않는다. 연해필의 손녀라는 직위
는 때로 철검대의 대주보다도 높은 것이다.

‘어째서 천주님은 그녀를 부대주로 임명한 것일까.’

이해가 가지 않았다.

“그럴 시간 없다.”

“대주님, 그러지 말고 딱 한 판만요. 네? 딱 한 판.”

막충은 인상을 썼다. 철없는 어린아이도 아니면서 이렇게
떼를 쓰는 모습이라니. 기가 찼다.

“난 내일 천주님의 명령으로 며칠간 이곳을 비운다. 그러
니 그동안 부대주가 대원들을 잘 통제하도록.”

그리고는 등을 돌려 연무장에서 벗어났다.

“어? 어엇?! 대주님! 대주니임!”

　절대로 안 된다고 막충은 생각했다. 조심해서 모셔도 무슨 일이 벌어질지 모르는 손님들이다. 그렇기에 고 장로와 자신이 가지 않는가. 만약 연소희가 같이 가게 된다면, 무슨 일이 생길지 상상도 하기 싫어진다.

　"대주님! 잠시만 기다려 주세요!"

　연소희는 포기하지 않고 계속 따라왔다. 자꾸만 자신을 부르는 소리에 표정이 더욱 일그러졌다.

　"무슨 일인가?"

　"그러니까… 내일…….."

　"안 된다."

　"말이라도 좀 들어보시고."

　"절대 안 된다."

　"저도 데려가 주세요!"

　"안 된다고 말했다."

　"그러지 마시고."

　"부대주마저 자리를 비우면 철검대는 누가 통제하는가?"

　"그거야 알아서들 잘하니까."

　"부대주는 매사를 그렇게 장난으로 처리하는 건가?"

　"그러신다고 포기할 것 같나요?"

　이내 샐쭉한 표정을 지은 연소희가 걸음을 돌렸다. 어디론가 사라지는 모습에 막충이 고개를 저었다. 보나마나 연해필에게 가는 것이겠지.

＊　　　＊　　　＊

다음날, 북천의 정문에서 말을 쓰다듬던 막충은 멀리서 다가오는 고평복을 발견하고 고개를 숙였다.

"장로님을 뵙습니다."

"막 대주는 항상 부지런하구먼."

고평복이 껄껄 웃으며 막충에게 다가왔다.

"어이쿠! 소희도 나와 있었구나."

"장로님, 오랜만에 뵈어요."

연소희가 상큼하게 웃었다. 그 웃음에 막충의 인상이 찡그려졌다. 도대체 무슨 수로 연해필을 구워삶은 건지 모르겠다. 한데 어제저녁에 갑작스럽게 자신을 부른 연해필이 말하기를,

"그냥 같이 다녀오거라."

라고 말했다.

당연히 반대할 줄 알았던 연해필이다. 하지만 막충은 자신의 예상이 빗나갔다는 사실에 아무 말도 할 수가 없었다.

처음부터 연해필의 말에 거역한다는 건 있을 수가 없는 일이었다. 자신은 그렇게 살아왔다.

"앞으로 우리가 만날 사람들은 천주님조차도 쉽게 대할 수 없는 분들이다. 부대주는 행동에 각별히 조심하기를 바란다."

자신이 할 수 있는 건 이 정도로 주의를 주는 것뿐인데, 과연 통할지가 의문이었다.

"그런가요? 그런데 무슨 일로 가는 건지 말 안 해주실 건가요, 대주님?"

"……"

순간 할 말을 잃은 막충이었다.

"이보게, 막 대주. 소희한테는 아직 말하지도 않은 건가?"

당연히 연해필이 설명했을 거라 생각한 막충이었다.

"천주님께서 설명하신 줄 알았습니다. 전 처음에 부대주가 가는 걸 반대했으니까 말하지 않은 것이고요."

고평복이 고개를 끄덕였다.

"하지만 이젠 상황이 바뀌었으니 설명을 해주어야 하지 않겠나."

"그리하겠습니다."

공손하게 말한 막충이 다시금 연소희를 바라보았다. 제발 사고만 치지 않기를 바라며 입을 열었다.

"에? 에에? 에에에?"

눈을 동그랗게 뜨고는 연신 소리를 질러대는 연소희.

"이제 알겠나? 행동을 조심하라고 말한 이유를."

그녀는 기가 죽은 듯이 고개를 끄덕였다.

"세상에……"

“살다 보니 소희가 이런 모습을 보일 때도 있구나.”

고평복이 웃으며 말하자 연소희가 작게 말했다.

“하지만 장로님께서는 아무렇지도 않으세요? 그 유명한 강호십객이잖아요, 강호십객.”

“이상하구나. 천주님 역시 강호십객과 어깨를 나란히 할 수 있는 무인이시다. 그런 천주님은 아무렇지도 않고?”

“그런 말이 아니고요.”

연소희를 바라보는 막충은 조금 안심이 되었다. 다행히 큰 문제는 없을 것 같다. 저렇게 기가 죽은 상태에서도 사고를 친다면 그건 정말 대단한 사람일 것이다.

“그럼 출발하겠습니다.”

막충이 고삐를 잡고 입을 열었다.

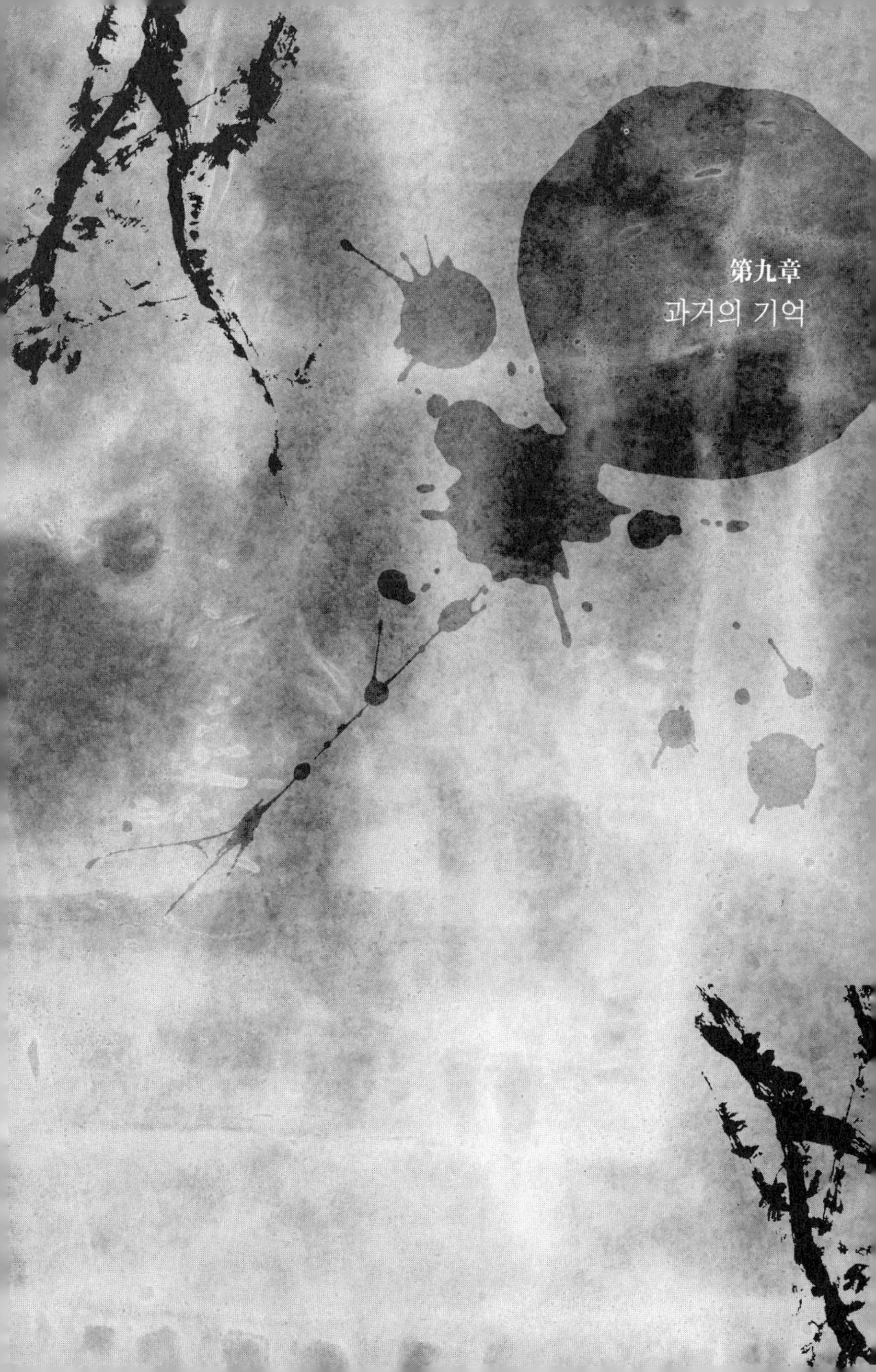
第九章
과거의 기억

악마

손에 닿는 걸 눈으로 바라보고 있다. 분명 그러고 있음에도 느낄 수가 없다. 그건 기막힌 일이었다.

세상이라는 찌꺼기 속에서 자신의 우월함을 내보이는 인간들. 그 오만함 가득한 인간들은 알고 있을까? 자신들이 얼마나 무력한지에 대해서.

바라본다는 이유만으로는 부족했다. 거기에 손에 닿는다는 이유가 더해진다 하더라도 마찬가지였다. 나는 그런 이유만으로는 그것을 실감할 수가 없었다.

내 가슴속의 무언가가 그것을 인정해야만 했다. 그래야만 비로소 그것에 대한 존재를 확신할 수가 있는 것이다.

살아간다는 건, 어느새 내 가슴속에 자리한 하나의 과업이었다. 그 자체만으로도 죄에 대한 벌을 받는 것이었다. 증오와 후회만이 자리 잡은 낙인들에 의해 지독한 감정의 소용돌이 속으로 내팽개쳐졌다.

'반드시… 반드시 살아남아야 한다.'

그건 내게 가장 힘든 요구였다. 하지만 처음부터 그것을 거부할 권리가 없었다. 살아남아야 했다. 반드시 살아남아야만 했다.

수많은 영혼을 불사르고, 수많은 시체를 짓밟고 여기까지 왔다. 손에서 끝내 지워지지 않는 피 내음에 자꾸만 속이 울렁거렸다. 그렇게 살아온 이유는 하나였다. 살아남아야 했기 때문이다. 살기 위해서 그래야만 했던 것이다.

살아가는 이유가 살아남아야 한다는 것이라니……. 웃음이 나올 것만 같았지만 끝내 웃음이 나오지는 않았다. 자꾸만 짙은 과거가 나를 잡아끈다. 빠져나올 수 없는 깊은 늪에서 허우적거리고 있다.

작게 시작된 몸의 떨림은 주체하기 힘들 정도로 변화하고 있다. 어디서부터 시작된 떨림인지는 모르겠다. 하지만 나를 놓아주지 않는다.

"천휘야, 이곳에서 나가게 되면 둘이 같이 강호를 돌아다
니자."

"그래. 나간다면 꼭 그렇게 하자."

"약속한 거다?"

"알았어."

"좋았어! 천하의 미녀들아! 우리를 기다려라!"

"결국 목적은 여자였군."

"…부수적인 수입이 없다면 누가 본업에 충실하겠냐?"

"그럼 본업은 뭔데?"

"그거야 당연히 세계 정복!"

"제발!"

지옥(地獄) 속에도 행복은 존재했다. 매일매일 죽음의 문턱
까지 갔다. 하지만 끝내 넘어가지는 않았다. 나는 그곳에서
살아남았다.

내가 살아남은 건 하나뿐인 친구 덕분이었다. 그는 내게 살
아남는 법을 알려주었다. 피폐함과 허황됨이 뒤섞인 그곳에
서, 그는 나를 위해 기꺼이 성격을 바꾸었다. 나를 웃게 만들
기 위해 그는 변했다.

나를 위해서…….

나를 위해서…….

난 살아남았기에 과거를 기억할 수 있는 것이다.

나의 친우(親友).

나의 은인(恩人).

나의 전우(戰友).

하지만 나만이 기억하는 사람이여.

"사……?"

옆에서 누군가가 부른다.

'누구지?

잠에서 깨어난 장천휘가 서서히 고개를 돌렸다. 걱정스러운 표정의 설희가 보였다. 그녀가 자신을 바라보며 있는 것이다. 서서히 얼굴의 근육을 움직인다.

'그렇지. 그렇게 하는 거야.'

누가 누구에게 하는 응원인지 모른다. 하지만 장천휘는 그렇게 천천히 웃는다. 항상 그랬듯이 그는 그렇게 웃는다.

어렵지는 않다.

전혀 어렵지 않다.

세상에는 연습만으로 이룰 수 있는 게 많다.

웃음 또한 그렇게 할 수 있다.

연습만으로도 언제 어디에서건 웃을 수 있다.

겉모습은 쉬운 것이다.

어떤 모습이든 연습만 하면 어렵지 않다.

어렵지 않다.

어렵지 않다.

어렵지 않다…….

‘아아!’

설희의 얼굴이 창백해진다. 살짝 떨리는 입가에서 안타까움이 새어 나온다.

그 모습에 장천휘는 더더욱 노력한다. 더 환하게 웃기 위해 노력한다.

‘걱정하지 마.’

이 한마디의 말을 하고 싶었다.

“오라버니…….”

참으로 그리운 단어였다.

‘설희가 이 말을 한 것이 언제였지?’

세월은 기억에 대한 감각을 무뎌지게 만든다. 조용히 몸을 일으킨 장천휘가 설희를 보았다.

‘그런 표정 짓지 말라니까.’

여전히 말이 나오지 않았다.

좋지 않은 꿈이었다. 딱히 악몽이라 칭할 정도는 아니었다. 하지만 악몽이 나을 수도 있다 생각되는 꿈이었다. 과거에 대한 기억.

기억나지 않는 꿈이란, 얼마나 행복한 고민일까? 온몸을 지배하고 있는 무력감은 쉽사리 없어질 것 같지 않았다.

천천히 움직인다. 마치 자신의 몸이 아닌 느낌이 든다. 하지만 그래도 움직인다. 천천히, 천천히…….

그렇게 장천휘는 일어난다. 일행이 깨지 않도록. 설희가 걱정하지 않도록…….

"또 걱정시켜 버렸구나."

'내 목소리가 맞는 건가? 이게 내 목소리였던가?

갑자기 스스로를 뒤흔드는 이질감은 장천휘를 당황하게 만들었다.

"오라버니……."

설희는 여전히 그 한마디의 단어만을 중얼거렸다. 그리고 그 말을 끝으로 설희는 아무 말도 하지 않았다.

어둠이 손을 뻗힌 곳. 그곳에서 펼쳐진 지독한 침묵은 꽤 오래 이어졌다.

"오라버니."

"…왜 갑자기 예전처럼 부르는 거야?"

장천휘가 말했다.

"지금은 우리 둘밖에 없으니까요."

"그렇지만… 누군가 깰지도 모르잖아."

설희가 세차게 고개를 저었다.

"그런 거… 그런 건 아무래도 상관없잖아요. 그냥 이렇게 부르고 싶었어요."

장천휘는 손을 뻗어 설희의 머리를 쓰다듬었다.

'예전에는 항상 이러고 지냈었지.'

설희는 장천휘의 행동을 말리지 않고 잠자코 있었다.

"나쁜 꿈을 꾸셨나요?"

"기분 좋은 꿈은 아닌 거 같아."

"괜찮으신가요?"

"덕분에."

장천휘가 웃었다.

"……."

알 수 없는 감정을 지닌 무언가가 설희의 목 위로 울컥 올라왔다. 그 웃음을 보는 순간, 그리고 그의 목소리를 듣는 순간 멈추지 않는 감정이 목까지 올라오려고 한다.

쉬어버린 목소리였다. 갈라진 목소리였다. 깊숙이 잠겨 버린 목소리였다.

그는 울고 있었다. 소리도 없었고 눈물도 없었다. 하지만 이상하게 알 수가 있었다. 그 누구보다도 서럽게 울고 있다는 것을. 그 애절한 슬픔은 자신에게까지 전해지고 있었다.

"오라버니……."

자신의 곁을 떠난 장천휘가 다시금 돌아왔을 때 그는 변해 있었다. 하지만 자신에게 변한 모습을 보여주려 하지 않았다. 예전처럼, 예전에 그랬던 것처럼 자신을 대해주었다. 다정하게 말이다.

그렇지만 그는 변해 있었다. 그것을 가장 먼저 알아챈 사람도 자신이었다.

"오라버니……."

이상하게 눈물이 나올 것만 같았다.

"왜 불러, 예쁜 아가씨?"

예전처럼, 또 예전처럼 자신을 불러주었다. 하지만 기쁘지 않았다. 오히려 참고 참았던 눈물이 결국 한 방울 떨어졌다.

그 눈물을 바라보는 장천휘는 입을 닫았다. 어떤 말도 생각이 나지 않았다.

"오라버니, 예전 생각이 나네요."

흐르는 눈물을 닦을 생각도 하지 않는 설희가 말했다.

"응. 참 그립다."

장천휘는 고개를 끄덕였다.

"그때로 돌아갈 수 있는 거죠? 그렇죠?"

"……."

갑작스러운 질문에 장천휘는 대답하지 못했다.

"대답해 주세요. 예전의 그 행복했던 나날들로 돌아갈 수 있는 거죠?"

눈물이 쉴 새 없이 흐른다.

"산속에서 길을 잃고 울고 있으면 오라버니는 금세 저를 찾아내셨죠. 저를 혼내시고, 안아 달래주시고. 지쳐 버린 제가 걸을 수 없으면 항상 업어서 집에 데려와 주시고."

"……."

"제가 아프기라도 하면 밤새 옆을 지켜주시고, 저 꽃이 예쁘다고 하면 다음날 아침 식탁에 올려놓아 주시고, 저 열매가 맛있어 보인다고 하면 아무리 높은 나무라도 올라가셔서 따다 주시고……."

눈물을 멈추는 방법이 기억나지 않는다.

"항상 웃고, 항상 제 머리를 쓰다듬어 주시고, 함께 떠들며 그렇게… 그렇게 다시 지낼 수 있는 거죠?"

장천휘는 아무 말도 하지 않았다. 멈추지 않는 눈물을 흘리는 그녀는 애처로워 보였다. 간절한 소망을 담아 자신을 바라보는 그녀의 모습에 그는 가슴에 묵직한 쇳덩이가 얹힌 기분이었다.

"그렇게… 다시 지낼 수 있는 거죠? 대답해 주세요."

'진실되고 아름다운 마음은 언젠가는 반드시 이뤄진다고 믿고 있는 거야?'

장천휘는 천천히 눈을 감았다.

'우리가 알고 있는 희망이란 대부분이 장난을 치고 있는 절망에 불과해.'

＊   ＊   ＊

분위기가 묵직하다. 거대한 돌이 일행을 짓누르고 있는 것만 같다. 모든 일행이 그렇게 느끼고 있었다. 북궁연란이 나지막하게 숨을 내쉬었다. 숨조차 쉽게 쉬지 못하는 분위기였다. 질식할 것 같았다.

'어째서, 어째서 하룻밤 사이에 이렇게도 변해 버린 거지?

알 수가 없다.

"설 소저."

"…네."

힘없는 대답이 들려왔다. 평소의 활기차고 명랑했던 그녀의 모습은 눈을 씻고 찾아도 보이지 않았다.

얼마 전에 장천휘의 기운 때문에 침체되었던 분위기도 단숨에 바꿔 버린 그녀가 아니었던가. 지금의 모습은 무척이나 생소했고 낯설었다.

'무슨 일이 있는 거지?

고민을 하던 북궁연란은 결국 고개를 저었다.

"휴우."

채영후 역시 지금의 분위기가 몹시도 어색했다. 장천휘로 인해 분위기가 가라앉을 때가 종종 있다. 하지만 얼마 지나지 않아 스스로 웃으며 분위기를 풀었다. 만일 그러지 않을 때면 설희가 나서서 즐거운 분위기로 전환시키곤 했다. 하지만 오늘은 둘 다 그럴 생각이 없어 보였다.

고개를 저으며 한숨을 내쉰 채영후의 감각에 무언가 들어왔다. 뭐지? 그의 안광이 살짝 빛났다. 그리 멀지 않은 곳에 사람이 보였다. 평범한 사람이 아닌, 무공을 익혔음이 느껴지는 세 명이었다.

그들은 마치 자신들을 기다리고 있는 것 같았다. 마차를 천천히 몰았다. 그들의 근처에 도착할 즈음, 채영후가 물었다.

"무슨 일이십니까?"

그 말에 삼십대로 보이는 사내가 정중하게 포권을 했다. 절도있는 모습이었다.

"가는 길을 방해해서 죄송합니다. 전 북천에 몸을 담고 있는 철검대주 막충이라고 합니다. 이쪽은 저희 북천의 장로이신 고평복 장로님이시고, 이쪽은 철검대의 부대주 연소희라고 합니다."

막충의 말이 끝나자 고평복과 연소희가 포권을 하면서 인사를 했다.

"실례가 되지 않는다면 몇 가지 묻고 싶은 것이 있는데, 허락해 주시겠습니까?"

채영후가 사철홍을 한 번 바라보고는 이내 고개를 끄덕였다.

"실례랄 것까지야 있겠습니까. 무엇이 궁금하신 것입니까?"

"혹시 사철홍 대협님과 관사우 대협님이 맞으십니까?"

막충은 사철홍과 관사우를 향해 정중히 물었다. 이에 사철홍은 가볍게 끄덕이는 것으로 대답했다. 의아한 표정의 관사우가 말에서 내렸다.

"본인이 관사우가 맞긴 한데 무슨 일인가?"

"저희 북천의 천주님께서는 강호의 영웅 분들을 대접하고 싶어하십니다. 괜찮으시다면 저희 북천에 잠시 들렀다 가지 않으시겠습니까? 또한 얼마 후에 벌어질 북천 비무대회에 참관해 주신다면 크나큰 영광으로 생각하겠습니다."

막충은 준비한 말들을 꺼내놓았다. 이제 남은 건 저들의 선택이었다. 북천의 초대라면 누구라도 환영하겠지만, 자신의 앞에 서 있는 사람들은 그런 종류의 사람들이 아니었다. 오히려 그런 것들을 다소 귀찮아할지도 모른다.

"그것참……."

관사우가 수염을 쓰다듬으며 마차에서 내린 북궁연란을 바라보았다. 어찌 되었든 자신들은 빙옥검을 찾으러 가는 길이다. 여정이 지체된다면 빙궁 쪽에서 기분 나빠할지도 모르는 일이다.

"…전 괜찮습니다."

북궁연은 천천히 찾아와도 된다고 했다. 자신이 받은 명령은 빙옥검의 회수도 있었지만, 그를 자신의 것(?)으로 만드는 것도 포함되어 있었다. 아직까지 전혀 진전이 없는 상황인지라 크게 반대할 이유가 없었다.

"그렇다면……."

일행의 시선이 장천휘에게 몰렸다. 그 모습에 막충은 조금 의아해하며 관사우와 사철홍을 바라보았다.

‘왜 갑자기 저 젊은 청년을 바라보는 것이지? 일행을 이끄
는 사람이 이 두 사람이 아니라는 건가?’

장천휘는 여전히 마차 안에 앉아 있는 설희를 바라보았다.

“사매.”

“…상관없어요.”

작게 들리는 목소리.

“음.”

고심하는 듯한 장천휘에게 관사우가 말했다.

“이보게, 장 문주. 한 번 들르는 것도 괜찮을 듯싶네.”

관사우의 말에 장천휘가 고개를 끄덕였다.

“그럼 그렇게 하도록 하죠.”

그들의 모습에 막충이 관사우에게 물었다.

“저분께서는 누구신지?”

대답은 장천휘가 했다.

“장천휘라고 합니다.”

‘아!’

막충은 자신을 꾸짖었다. 어째서 기억하지 못했단 말인가.
분명 자신이 받은 자료에 설명되어 있던 인물이다. 젊은 사람
이 문주라고 해서 조금 가볍게 읽은 것은 사실이다. 한데 그
게 큰 실수였다. 설마 일행을 이끄는 사람이 저 사람일 것이
라고는 전혀 생각지 못했다. 막충은 자신의 잘못을 인정했다.
이미 늦은 건 어쩔 수 없다고 치고, 지금부터라도 실수를 하

면 안 되겠다고 생각했다.

"장 문주님이시군요. 북천의 초대에 응해주셔서 감사합니다."

"초대해 주셔서 감사합니다."

"그럼 이제부터는 저희가 앞장을 서도록 하겠습니다. 앞으로 반나절 정도 가시면 북천에 도착할 수 있을 겁니다."

"할아버지."

작은 목소리가 들렸다. 북궁연과 다소 친분이 있던 관사우는 북궁연란에게 할아버지라 불러도 된다고 허락했다. 처음 쑥스러워하던 모습과는 달리 북궁연란은 어느새 익숙하다는 듯 관사우를 불렀다.

"왜 그러느냐?"

관사우는 약간의 미소와 함께 북궁연란을 바라보았다. 언제 보아도 북궁연의 젊었을 적 모습과 똑같다. 그래서 이름도 그렇게 지었겠지.

"아까 왜 갑자기 장 소협을 그렇게 부르신 거예요?"

분명 방금 전, 관사우는 장천휘를 부를 때 장 문주라고 불렀다. 항상 장 소협이라고 부르며 친근하게 대하던 모습과는 사뭇 달랐다.

"강호라고 하는 곳은 절대 얕보여서는 안 되는 곳이다. 내가 그렇게 부름으로써 저 막충이라는 사내가 장 소협에게 하는 행동이 완전히 달라지지 않았느냐. 내가 만일 장 소협이라고 불렀으면 어찌 되었겠느냐?"

그 말에 북궁연란이 작게 탄성했다.

"그럼 장 소협은 할아버지에게 도움을 받으신 거네요?"

관사우가 껄껄 웃었다.

"그게 무슨 도움이겠느냐. 원래라면 당연히 장 문주라고 불러야 함이 옳은 것이지만, 평소에는 장 소협이라고 부르니 내가 잘못하고 있는 것이지."

"그런가요? 그럼 저도 앞으로 문주님이라고 불러야겠네요?"

"그렇지는 않을 게다. 그리고 난 장 소협에게 도움을 주었다기보다 저 사람에게 기회를 준 것이란다."

관사우가 손을 들어 가리킨 곳에는 막충이 있었다.

"어째서요?"

"너도 알다시피 장 소협 문파의 힘이 워낙에 대단하지 않느냐."

관사우의 말에 북궁연란은 잠시 잊고 있던 것이 떠올랐다. 양철음, 장백, 채영후, 설희, 거기에 장천휘.

"그, 그렇지요."

문제는 너무 대단하다는 것이지만.

"장 소협이 마음먹고 강호에 나온다면 어찌 되겠느냐?"

북궁연란은 잠시 상상해 보았다.

"……."

뭘 뒤집어엎어도 제대로 엎을 수 있는 사람들이다. 충분히 그럴 수 있는 사람들이다. 조금 표정이 바뀌는 북궁연란의 모습에 관사우가 미소 띤 표정으로 말했다.

"그런 거란다. 사실 난 저 사람에게 기회를 준 것이지. 장소협에게 도움을 준 것이 아니란다."

고개를 끄덕이는 북궁연란이었다.

*　　　*　　　*

"어서 오시오. 북천에 오신 것을 환영하오."

막충에게 전서구를 받은 연해필은 북천의 정문에서 일행을 맞이했다. 그의 행동은 과한 면이 없지 않았다. 하지만 대부분이 당연하다고 생각했다.

강호십객 중 두 명이 함께하는 일행이다. 게다가 그들과 동수를 이룬 무인도 있었다. 그렇다는 건 적어도 셋 이상의 초절정고수가 있다는 뜻이었다. 걸어다니는 거대 문파라 칭해도 부족하지 않은 표현이었다.

"피곤하실 테니 우선 좀 쉬도록 하시오. 막충!"

연해필의 부름에 막충이 고개를 숙였다.

"이분들을 방으로 안내해 드리거라."

"명을 받듭니다."

"편히 쉬도록 하시오. 내일은 여러분을 위해 조촐한 잔치를 열 생각이니 모두 참석해 주셨으면 좋겠소."

그 말과 함께 연해필이 포권을 하고는 막충에게 눈짓을 했
다.

"이쪽으로 오시지요."

막충은 일행을 안내했다.

"불편하신 점이 있으면 시녀들에게 말씀해 주시면 됩니다."

일행을 거처로 안내한 막충이 장천휘에게 말했다.

"배려에 감사합니다."

"그럼 편히 쉬시고, 내일 찾아뵙도록 하겠습니다."

"알겠습니다."

오랜만에 편한 곳에서 잠을 잘 수 있다는 생각에 일행은 기
분 좋게 각자의 방으로 들어갔다.

"……."

설희는 여전히 아무 말도 없었다. 그녀가 힘없이 방으로 들
어가는 모습을 지켜보던 장천휘가 고개를 저었다. 그리고는
이내 자신 역시 방으로 들어갔다.

얼핏 봐도 고풍스러움이 가득한 가구들이 눈에 들어왔다.
혼자 지내기에는 거북할 정도로 넓은 방. 장천휘는 귀한 손님
들이 묵는 방이 아닐까 생각했다.

자신이 귀한 손님이 맞는지 잠시 고민하던 장천휘가 어이
없는 웃음을 터뜨렸다. 이런 쓸데없는 생각을 하고 있는 자신
이 우스웠다.

　장천휘는 의자에 앉아 눈을 감았다. 잠시 그러고 있자 문 밖에서 인기척이 들렸다. 그가 눈을 떴다.

　"들어오십시오."

　조심스러운 몸짓으로 문을 열고 들어온 사람은 소녀였다. 큰 눈과 앳돼 보이는 얼굴은 스물이 넘지 않았음을 짐작케 했다.

　"……."

　들어올 때와 마찬가지로 소리도 나지 않게 문을 닫은 소녀가 장천휘에게 고개를 숙였다.

　"인사드리겠습니다. 소녀의 이름은 은소미라 하옵니다. 이곳에 계시는 동안 필요한 것이나 불편한 것이 있으시다면 저에게 말씀해 주십시오."

　자신을 은소미라고 밝힌 소녀는 침상 옆에 달린 줄을 가리켰다.

　"저를 부르실 일이 있으면 저 줄을 세 번 당기시면 됩니다."

　장천휘가 고개를 끄덕였다.

　"장천휘라고 합니다."

　"말씀을 낮추어주십시오."

　"이것이 편합니다. 그냥 이렇게 하도록 하겠습니다."

　갑자기 은소미의 큰 눈이 불안감에 물들었다.

　"소녀가 마음에 들지 않으십니까? 그렇다면 다른 아이로 바꾸어 드리겠습니다."

　장천휘가 쓴웃음을 지었다.

"다른 사람으로 바꾸는 건 상관없지만, 제 태도는 같을 겁니다."

"하지만 제가 혼이 날 수도 있습니다."

"은 소저께서 다른 사람에게 말하지만 않는다면 그런 일은 벌어지지 않을 겁니다."

"소, 소저라니요. 저에게는 과분한 호칭입니다."

손사래를 치며 고개를 흔드는 은소미를 바라보며 장천휘가 작게 웃었다. 그와 동시에 들리는 익숙한 음성.

"하여간… 여자들 놀리는 데에는 따라갈 사람이 없다니까."

"……?"

장천휘는 목소리의 주인공을 바라보았다.

"또 순수하고 깨끗한 영혼을 검게 물들이고 계셨군요. 이래서는 제가 사형 옆에서 떨어지려 해도 떨어질 수가 없잖아요."

설희였다. 열린 문에 살짝 기대서 있는 그녀는 언제 왔는지 자연스럽게 그곳에 있었다.

"뭐, 업보라 생각하고 겸허하게 받아들이는 수밖에요."

아이고, 내 팔자야. 작게 중얼거린 설희가 장천휘에게 다가왔다. 그리고는 그가 앉은 탁자의 앞자리에 털썩 하고 소리나게 앉았다.

"여인으로서 가져야 할 조신함이나 정숙함은?"

정색을 하며 묻는 장천휘의 모습에 설희가 나른한 목소리로 말했다.

"아, 그거… 전장에 잠시 맡겨두었어요. 나중에 시집갈 때 이자까지 찾아서 가려고요."

"그러다 그곳이 망하면 어쩌려고?"

"조신과 정숙을 원수처럼 싫어하는 남자한테 시집가면 되는 거죠."

"산적들한테?"

"산중여걸(山中女傑)! 녹림(綠林)을 일통(一統)하다!"

설희가 작은 주먹을 말아 쥐고는 자신의 가슴을 탕탕 쳤다. 미소가 절로 나오는 그 모습에 장천휘가 엄지손가락을 치켜 올렸다.

"이거 대두령을 눈앞에 두고도 몰랐다니 반성해야겠어."

"알았으면 앞으로 잘 보이도록 해요. 혹시 알아요? 사형한테는 특별히 개구리 가죽으로 된 옷을 선물해 줄지."

장천휘의 표정이 순간 우는 건지 웃는 건지 모를 정도로 미묘하게 변했다.

"너무 기대돼서 앞으로 잠도 못 잘 것 같아."

"기꺼이 수혈(睡穴)을 짚어줄게요."

"수혈(睡穴)과 마혈(麻穴)을 착각하지만 않는다면 얼마든지."

"그걸 보통 늙어서 생기는 노파심이라고들 말하죠."

"또 다른 표현으로 자기 방어 본능이라고도 하지."

"남자의 변명은 보기 흉하다 들었는데 정말이네요."

“자신의 목숨이 위태로워서 행한 범죄는 정당방위라고.”
“게다가 핑계까지. 아! 최악이에요.”

고개를 숙이고 있는 은소미는 웃음을 참느라 힘들었다. 잠시만 방심(?)하면 웃음이 터져 나올 것 같았다.

절대 함부로 대하지 말고 조심해서 행동하라는 시녀장의 말에 잔뜩 긴장하고 온 자신이다. 하지만 어느새 봄 눈 녹듯 녹아버린 긴장감은 돌아올 줄을 몰랐다.

게다가 ‘산중여걸, 녹림을 일통하다!’ 라는 부분은 특히 힘들었다.

그런데,

“……?”

속으로 웃음을 참던 은소미가 갑자기 조용해진 방 안의 분위기를 느꼈다. 놀란 마음에 고개를 들어보니 자신을 빤히 바라보는 장천휘와 설희가 있었다.

‘내 웃음소리가 들린 건가?

“죄, 죄, 죄송합니다.”

자신도 모르게 말을 더듬었다.

“아! 저 소녀 분은 저에 대한 잘못된 평가를 하게 되어버렸군요. 사형 탓이에요.”

“내가 보기에는 너무나도 정확한 평가를 내리신 것 같은데?”

"변명은 흉하다니까요."

"괜찮아. 난 치졸한 남자니까."

"에이, 그 정도까지는 아니니까 걱정하지 마세요."

장천휘가 눈을 크게 떴다.

"살다 보니 사매한테 이런 식의 위로도 받는구나."

"그럼요. 치졸한 것과 좀스러운 것은 엄연한 차이가 있으니까요."

장천휘의 표정이 와락 일그러졌다.

"그냥 치졸한 남자 하면 안 될까?"

설희가 긴장감없게 손뼉을 한 번 쳤다.

"안 돼요."

"……."

진심으로 아쉽다는 표정의 장천휘를 뒤로하고 설희가 고개를 돌려 은소미를 바라보았다. 아직까지도 몸 둘 바를 모르고 엉거주춤하게 있는 그녀에게 말했다.

"차 한잔 부탁드려도 될까요?"

갑작스러운 말에 은소미가 약간의 시간 차를 두고 대답했다.

"알겠습니다. 금방 가져오겠습니다."

그리고 문으로 향하던 은소미에게 설희가 다시 말했다.

"아, 아니다. 저기요. 혹시 술… 있나요?"

설희의 말에 장천휘가 말했다.

"사매, 갑자기 술은 무……."

말리려는 장천휘를 무시해 버린 설희가 자신을 바라보고 있는 은소미에게 눈을 찡긋했다.

"가져다줄래요?"

"네? 네, 알겠습니다."

은소미는 약간 더듬는 말투로 대답하고 방에서 조심스럽게 나갔다. 고개를 저은 장천휘가 이해하지 못하겠다는 표정을 지었다.

"술, 못 마시잖아."

설희가 자신의 머리카락을 매만지며 성의없게 말했다.

"그냥요. 한 번쯤은 어른들의 세계에 빠져보고 싶었어요."

"어른이 된다는 건 힘든 거야. 주어지는 자유만큼 막대한 책임이 따르는 것이니까."

"그럼 사형이 절 책임지면 되는 거네요."

설희가 아무렇지도 않게 말하자 장천휘가 정색을 했다.

"그 책임이 어째서 그 책임으로 바뀌는 거지?"

"그 책임이랑 그 책임은 다른 건가요?"

"다르지."

"어떻게 다른 건가요?"

장천휘는 잠시 생각을 하고 말했다.

"강간죄와 살인죄의 차이만큼이나 달라."

"……!"

순간, 설희가 장천휘를 매섭게 노려보았다.

"그게 여자 앞에서 할 말이에요?"

"미안. 가끔은 사매가 여자로 보이지 않아서."

"취, 취소해요! 당장 그 말 취소하지 못해요! 이런 간악하고! 사악하고! 무례하고! 변태 같은!"

흥분한 설희였지만 장천휘는 느긋하게 받아쳤다.

"왜 그렇게 화를 내는 거야?"

"여자 앞에서 가, 가, 강… 이라는 말을 해놓고선 태연하기를 바란단 말이에요?"

"가가강이라는 말이 어때서 그렇다는 거야. 그리고 남자한테 책임지라니 어쩌라니 먼저 말한 건 사매잖아."

"그래도 그렇지. 어떻게 여자 앞에서 그런 말을……. 게다가 제가 여자로 보이지 않다니요! 그런 무례한 말이 어디 있어요!"

"이런 야심한 밤, 남자 혼자 있는 방에 아무 거리낌도 없이 들어온 사매는 내가 남자로 보이기는 하고?"

"그거랑 그거랑은 다른 거예요!"

"어떻게 다른데?"

잠시 생각하던 설희가 외쳤다.

"공자와 안평중처럼 달라요!"

"전혀… 모르겠어."

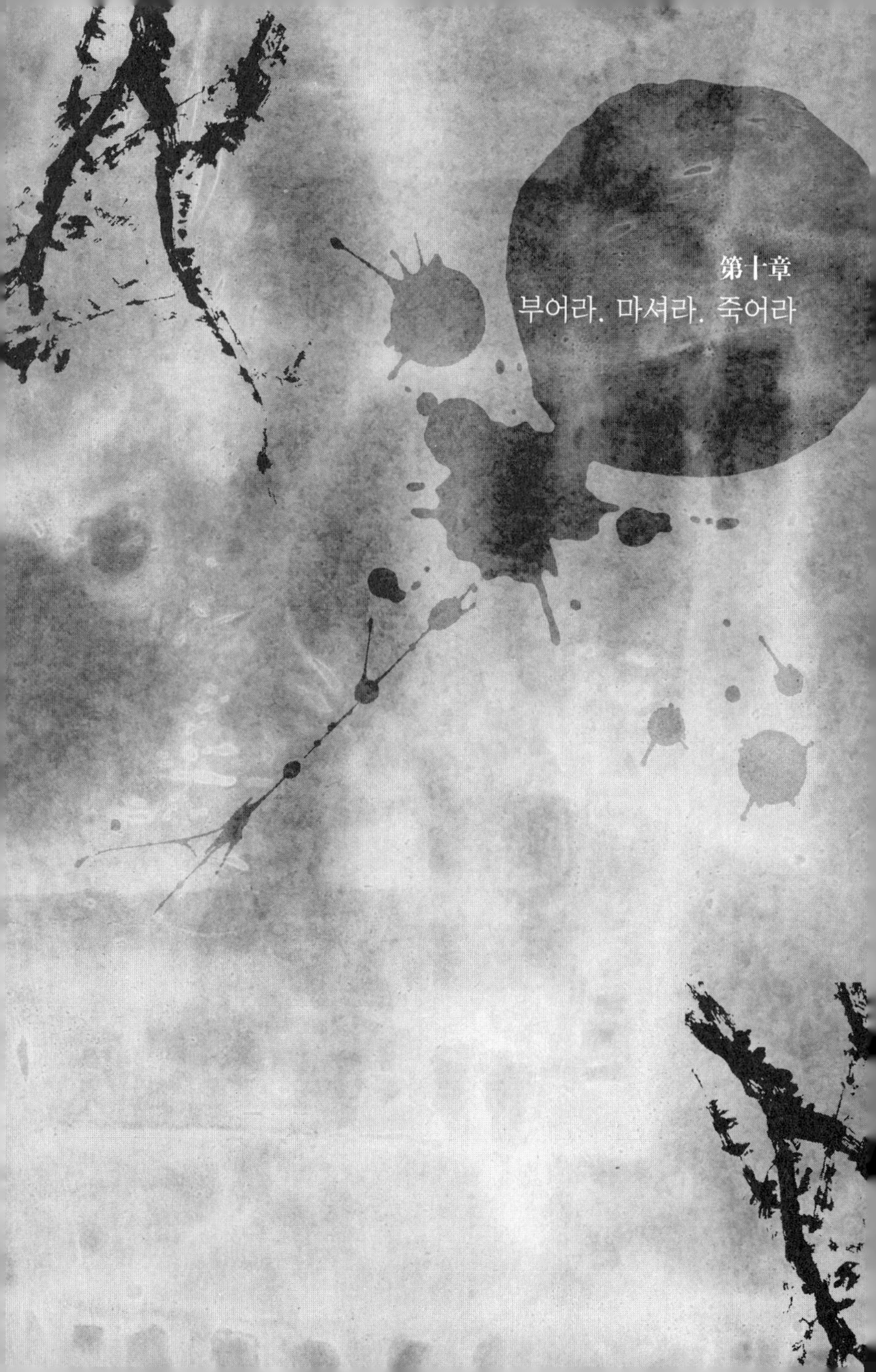

第十章
부어라. 마셔라. 죽어라

악마

"휴우!"

'어떡하면 좋을까?'

요 근래 홀로 쉬는 한숨이 늘어만 가는 북궁연란이었다. 하남에서 출발한 일행은 어느새 하북에 도착했다. 물론 요녕까지는 아직 시간이 충분하다. 하지만 지금까지의 전적을 되짚어본다면 승률이 높아 보이지 않는다.

'어떡해야 그를 내 것으로 만들 수 있을까? 우선 입맞춤부터……'

"어머, 내가 무슨 생각을!"

혼자 놀기의 진수를 보여준다. 아무도 없는 방 안에서 홀로 상상하다 홀로 볼이 붉어지는 북궁연란이었다. 아직 남자의 손 한 번도 제대로 못 잡아본 그녀였다. 때문에 막막하기 그지없었다.

'어째서 사부님께서는 그런 명을 내리셨을까?'

손으로 턱을 받친 북궁연란의 머릿속이 굉장한 속도로 회전하기 시작했다. 수만 가지의 상상이 펼쳐지고 사라진다.

'내 것이 되어주지 않으면 죽어버릴 거라고 협박을 해볼까?'

고개를 젓는 북궁연란.

'내가 이길 수 있는 내기를 하자고 해서 진 사람이 이긴 사람의 평생 종이 되자고 할까?'

고개를 세차게 젓는 북궁연란.

'할아버지의 말씀처럼 애교로 승부를 보는 게 좋을까?'

인상을 찡그리는 북궁연란.

'그럼 고독을 이용할까?'

…….

그 누구도 가보지 못한, 상상이 만들어낸 미지의 세계로 발을 디디는 북궁연란이었다.

"란이 있느냐?"

북궁연란의 방 앞에 도착한 관사우가 인기척을 내었다. 한데 시간이 지나도 아무런 반응이 없지 않은가.

‘어딜 간 건가?

"란이 없느냐? 할아버지가 잠시 할 말이 있는데……."

톡, 끼익.

살짝 건드리기만 했는데 아무런 저항도 없이 열려 버렸다.

‘원, 녀석도. 문은 닫고 다녀야지.’

관사우가 그런 생각을 하면서 열리는 문을 바라보았다.

"어? 란이야, 어째서 방에 있는데도 대답을 하지 않았더냐?"

북궁연란은 방에 있었다. 탁자에 앉아 무언가를 골똘히 생각하는 그녀에게 관사우가 다가갔다.

"란아, 무슨 생각을 그리……."

"춘약으로 승부를 봐야 하나?"

고개를 젓는 북궁연란.

"주기적으로 해독약을 먹어야 하는 독으로 할까?"

고개를 세차게 젓는 북궁연란.

"저… 저기… 란아?"

관사우가 식은땀을 흘렸다. 이게 무슨 소리인가? 위험함이 느껴지는 그녀의 모습이었다. 어깨를 툭 건드려 보았다. 그러자 북궁연란이 현실의 세계로 점점 돌아오고 있는 듯했다.

"어, 어머! 어머머머!"

"……."

화들짝 놀라서는 손으로 입을 가린 채 작게 비명을 지르는 북궁연란. 그녀의 모습에 관사우가 힘들게 미소 지었다.

"누굴 죽여야 하는 거냐?"

"아, 아뇨."

심각한 표정으로 관사우가 묻자 북궁연란은 고개를 푹 숙였다. 약간의 침묵이 흘렀다.

"란아."

관사우가 조용히 불렀다.

"네."

"오늘 밤은 승부다!"

"네? 네에?"

갑자기 난데없이 무슨 승부란 말인가! 밑도 끝도 없이 시작한 그의 말에 북궁연란의 눈이 휘둥그레졌다.

"들어보니 장 소협이 술을 꽤나 좋아한다더구나. 술이라는 것은 사람에게 용기를 주고 진실되게 만들어준단다."

양철음과 장백에게 장천휘가 좋아하는 걸 물었더니 이구동성으로 술이라고 말했다. 속으로 쾌재를 부른 관사우는 숨겨둔 술을 가져왔다.

"내가 아끼고 아끼는 설주(雪酒)라고 하는 술이란다. 매우 독하고 매우 향기롭고 매우 귀한 술이지."

말을 하면서 침을 삼키는 관사우였다.

'아깝기는 하지만……'

"자, 가거라."

관사우에게 등을 떠밀린 북궁연란은 정신을 차리지도 못한 상태였다. 엉겁결에 자신의 방에서 내쫓긴 그녀가 다급한 목소리로 관사우를 불렀다.

"하… 하, 할아버지!"

"결투에서 가장 중요한 건 자신감이란다. 밀어붙이거라. 너 정도면 마다할 남자가 없을 테니."

심각한 표정으로 고개를 끄덕이는 관사우의 모습에 그녀가 소리를 꽥 질렀다.

"이상한 말씀 하지 마세요!"

볼을 붉으며 장천휘의 문 앞에 도착한 북궁연란은 어쩔 수 없는 일이었다고 납득해 버렸다.

"장 소협, 계신가요?"

"누구십니까?"

잠시 후 문이 열렸다.

"북궁 소저시군요. 무슨 일이십니까?"

"저기… 술 마실래요?"

약간의 부끄러움이 섞인 목소리로 말한 북궁연란의 눈에 이미 벌어진 술판이 보였다.

'여, 역시 한 수 위!'

북궁연란이 설희를 바라보며 생각했다.

"헤에~ 이런 야심한 밤에 혼자 있는 남자 방에 술을 가지고 들어오시다니이이이이……."

설희가 약간 어눌한 말투로 말했다.

"야심한 밤, 남자 혼자 있는 방에서 취한 여자는 조용히 있어."

장천휘가 일축하고 북궁연란에게 말했다.

"이쪽에 앉으십시오."

"네……."

"오라버니이이이."

북궁연란이 자리에 앉자마자 설희가 게슴츠레한 눈으로 장천휘를 불렀다.

"왜?"

"술 한잔 더 주세요오오오."

"그만 마셔."

"싫어요오오오."

장천휘가 인상을 썼다.

"그 말투 좀 하지 마."

"왜요오오오?"

"이상하단 말이야."

"뭐가요오오?"

장천휘는 한숨을 쉬었지만, 북궁연란의 눈은 놀라움으로 커졌다.

'오라버니라니!'

"자, 장 소협?"

"왜 그러십니까?"

"방금 설 소저께서 하신 말씀이……."

북궁연란의 말을 설희가 끊었다.

"오라버니이이, 책임지란 말이에요오오."

"협!"

"헉!"

쿵!

자신도 모르게 숨이 막혀 버린 북궁연란.

자신도 모르게 기가 막혀 버린 장천휘.

그리고 갑자기 탁자에 머리를 박고 잠들어 버린 설희.

이런 완벽한 호흡이 있다니.

"사, 사, 사, 사매! 무슨 말을 하는 거야?"

아아, 이십삼 년 남자 인생, 여기서 끝나는 것인가?

무슨 소리야?

장천휘가 다급하게 일어나서는 설희의 어깨를 잡은 채 흔들었다. 하지만 그녀는 미동도 하지 않고 죽은 듯 누워 있었다. 북궁연란의 눈빛이 심란하게 흔들리더니 결국 감겨 버렸다.

'아아! 늦었단 말인가.'

"일어나! 일어나란 말이야!"

여전히 그녀는 전혀 움직이지 않았다. 장천휘는 억울했다. 무엇이 억울한지는 모르겠지만, 엄청나게 억울한 건 사실이었다. 새근거리며 자는 설희를 바라보며 혹시나 하는 마음에……..

"안 자는 거 다 알고 있으니까 빨리 일어나란 말이야!"

"헤에, 들켰네요."

그 말을 하기 무섭게 설희가 고개를 들었다. 혀를 쏙 내밀고 장난스러운 표정을 짓는 그녀 앞에서 장천휘가 머리를 감쌌다.

"또 당했어."

"헤헷, 당했다니요? 그럼 제가 사형을 책임져 줄까요?"

"저리 가!"

신경질적으로 설희를 내친 장천휘가 술을 벌컥 마셨다. 그 모습을 보며 상큼하게 웃은 설희가 북궁연란에게 말했다.

"같이 마셔요! 자~ 오늘은 마시고 죽어보자고요."

"어디서 배워온 이상한 말이야!"

"자자! 부어요~! 마셔요~! 죽어요~!"

"마지막 건 빼란 말이야!"

"저, 저기……."

약간의 정신을 차린 북궁연란은 그제야 자신의 손에 들린 술병을 발견했다. 보이지 않게 입술을 살짝 깨문 그녀가 술병을 힘차게 탁자 위로 올렸다. 그리고는 외쳤다.

"좋… 아요! 같이 죽도록 마셔요!"

죽음의 경주는 그렇게 시작되었… 다?

*   *   *

"정말요? 호호호!"

"그렇다니까요. 꺄하하하하!"

"끄응."

장천휘가 억눌린 신음을 내뱉었다.

"사매… 다른 사람의 과거를 그런 식으로 폭로하면 즐거워?"

"네!"

오, 놀라운 반응 속도. 그것은 마치 생각할 필요조차 없다는 듯했다.

장천휘의 표정이 눈에 띄게 어두워졌다. 약간 미안한 마음이 든 북궁연란이 조심스레 물었다.

"기분… 나쁘셨나요?"

미인이 술에 취해 발그레한 볼과 안타까운 표정을 짓고 있다. 그 상태에서 애절하게 말한다는 건 너무나도 강력하고 위험했다. 그러니까 뭐가?

"뭐, 즐거우시다면 괜찮습니다만…….."

장천휘는 말끝에 여운을 남겼다. 북궁연란의 성격상 이 정도로 말한다면 그만둘 것이라고 믿어 의심치 않았다.

"고마워요! 그래서 어떻게 되었나요?"

재빠르게 한마디를 외치고 고개를 돌려 버렸다. 다시금 설희를 재촉하는 그녀의 모습에 장천휘가 기겁을 했다.

'실수했다!'

순간적으로 장천휘의 머리에 울려 퍼지는 한줄기의 위험 신호. 하지만 이내,

"어쩔 수 없지."

고개를 저은 장천휘가 자신의 술잔에 술을 따랐다.

"부어라."

술잔을 들고 입으로 가져갔다.

"마셔라."

술잔을 내려놓았다.

"그냥 죽고 싶구나."

곁눈으로 장천휘를 살피던 설희가 픽 웃었다. 북궁연란 역시 손으로 입을 가린 채 작게 웃었다.

"사형~"

"내가 사형으로 보이기는 하나 보네?"

장천휘가 퉁명스럽게 말했다.

"에이, 남자가 돼서 쫀쫀하게시리 삐치고 그래요?"

눈을 살짝 흘긴 설희가 말했다.

"쫀쫀한 남자라서 미안하네."

"자자, 그러지 말고요."

남자처럼 장천휘의 어깨를 툭 치던 설희가 술을 한잔 들이 켰다.

"캬아! 이 맛이로구나!"

그녀의 표정은 가관이었다. 장천휘가 어이없다는 표정으 로 말했다.

"오만상을 찌푸리면서 그런 말을 하는 건 전혀 어울리지 않아. 애당초 남자답게 마실 이유도 없잖아?"

"뭐, 어때요. 하고 싶은 대로 하게 내버려 둬요."

설희가 툭 내뱉고는 앉은 채로 몸을 기울였다. 그러자 장천 휘의 얼굴과 그녀의 얼굴이 닿을 듯 가까워졌다.

"그러고 보니 사형도 꽤 잘생긴 얼굴이었네요."

"그런 말을 들어도 전혀 기쁘지 않아."

"북궁 소저, 어때요? 이 정도면 나쁘지는 않죠?"

장천휘의 말을 무시해 버린 채 북궁연란에게 말했다. 장에 나온 소 한 마리를 두고 품평회를 여는 듯했다. 여물은 무엇 을… 음?

"에? 에에? 그런가요? 전 잘 모르겠네요."

어색한 표정을 지은 북궁연란이 얼버무렸다.

"그래요? 북궁 소저는 사형한테 별 관심이 없나 보네요."

설희의 말에 북궁연란이 손사래를 쳤다.

"그, 그런 뜻이 아니고요."

당황하는 북궁연란을 보며 설희가 미소를 지었다.

"그럼 역시 관심있으신 거?"

"네? 네에? 그게 무슨……."

목소리가 약간 커졌다. 그러자 설희의 미소가 더욱 짙어지기 시작했다. 의심과 의혹이 섞인 눈초리에서는 빛이라도 뿜어져 나올 것 같았다.

"수상해요, 수상해."

"……."

북궁연란은 그 눈빛을 받을 용기가 없었다. 새빨갛게 붉어진 얼굴을 감추기 위해 고개를 푹 숙였다. 이에 장천휘가 혀를 차며 탄식했다.

"내 평소에 악귀의 모습이 궁금했는데 이런 거였구나. 사매, 가서 거울 한번 보고 오는 건 어때? 사매에게도 악귀의 모습을 보여주고 싶은데."

설희가 고개를 돌렸다. 여전히 둘의 얼굴은 닿을 듯 가까웠다. 숨소리마저 들리는 것 같았다.

"부끄러워요?"

장난스런 웃음을 지워 버린 설희가 무표정하게 말했다. 술냄새가 약간 섞인 여인의 향기가 장천휘에게 스며들었다.

"장난기 많은 사매 때문에 조금은."

아주 잠시였지만 두근거렸던 자신의 가슴을 숨긴 장천휘가 태연하게 말했다. 뭔가 아찔한 순간이었다.

"그런가요."

힘이 빠져 버린 듯 설희가 몸을 뒤로 빼고는 제대로 앉아 잠시 술잔을 매만지더니 그녀가 천천히 입을 열었다.

"저, 방금 한 가지를 결심했어요."

"뭔데?"

술잔을 들던 장천휘가 물었다.

"이번 비무대회에 나갈 거예요."

"뭐어?!"

"네에?!"

난데없이 반전이라니!

＊　　　＊　　　＊

"지금 이곳에 있는 것만으로도 일정이 늦어졌는데, 사매가 비무대회까지 참가하면……."

장천휘는 조용히 북궁연란을 바라보았다.

"보아하니 북궁 소저는 빙옥검을 조~금 늦게 찾아도 별 상관이 없어 보이는데요. 그렇지 않나요?"

설희가 대놓고 그렇게 묻자 북궁연란이 움찔했다. 자신의 심정을 들킨 것마냥 불편해하던 그녀가 조심스레 입을 열었다.

"네? 네. 설 소저가 그러시고 싶다면 괜찮아요."

"거 봐요. 북궁 소저도 허락했으니 됐잖아요."

둘을 바라보던 장천휘가 술잔을 들고 한 모금 마셨다.

"이유가 뭔데?"

"이유라니요?"

모르겠다는 표정의 설희가 말했다.

"갑자기 비무대회에 나가고자 하는 이유 말이야."

"아, 그거요?"

알겠다는 표정으로 설희가 손뼉을 쳤다.

"적당히 해둬."

연거푸 술을 마시던 장천휘가 갑자기 말했다.

"제가 하고 싶은 말이네요."

갑자기 둘 사이에 묘한 냉기가 흘렀다. 어색하게 있던 북궁연란이 물었다.

"왜… 나가시려는 거예요?"

"무림명이나 하나 얻을까 하고요."

설희가 짧게 말했다.

"무림명이요?"

"네."

북궁연란이 이해하지 못하겠다는 표정으로 웃자, 장천휘가 지나가는 말투로 말했다.

"나도 나간다."

"네에?!"

"케헥?!"

놀라서 묻는 북궁연란과 한 모금 술을 마시다 기침을 토한 설희. 둘은 장천휘를 빤히 바라보았다. 그가 조용히 말했다.

"왜 그렇게 놀라?"

"안 돼요!"

"왜 안 돼?"

"사형은 하나뿐인 사매가 우승 한 번 하는 게 그렇게 아니꼽나요?"

"결국 우승이 목적이었군."

장천휘가 무심하게 말하자 설희가 발끈했다.

"아니에요!"

"아니긴."

"아니라니까요!"

"뭐가 아닌데?"

"화려하고 멋진 무림명을 얻기 위해 우승을 하려는 거예요."

"……."

"……."

머리를 긁은 장천휘가 말했다.

"뭐가 다른 거야?"

설희가 장천휘를 쏘아보았다.

"어어어어어어어어어어어어어어어어엄……."

탁자를 한 번 친 설희가 팔짱을 끼었다. 그리고는 장천휘를

힘껏 노려본 후에 팔짱을 풀었다. 술을 한 잔 마신 후에 옷깃
을 매만지고는 머리카락을 정리했다. 마지막으로 다시 장천
휘를 쏘아보고는…….

"청나게 다른 거예요!"

"……."

"……."

장천휘가 쓰게 웃었다.

"아닌 게 아니라 그렇게 말하니 정말 엄청나게 달라 보이
는군."

*   *   *

눈부신 햇살이 내려온다. 아른아른 피어오르는 아지랑이
의 흔적. 설희가 이마를 찌푸렸다.

"으음."

'눈이 잘 떠지지가 않아.'

"으윽."

'속이 뒤집어질 것만 같네.'

"어라?"

'여기가 어디지?

머리를 긁으며 어제의 일을 떠올려 보았다. 어렴풋했다.
어젯밤 꾼 심란했던 꿈과 현실이 잘 구분되지 않았다. 무척이

나 많은 술을 마신 것은 기억나는데 언제 잠들었는지는 기억
이 나지 않는다. 누군가 자신의 기억 일부분을 잘라 버린 기
분이었다.

"으음."

그때 옆에서 꼼지락거리는 느낌이 전해졌다.

'설마?!'

조심스럽게 자신의 몸을 살펴보았다.

"휴우."

조금 구겨진 것을 제외하면 어제와 같은 옷차림이었다.

'근데 누구지?'

슬쩍 옆에서 자는 사람을 살펴보았다.

'에이, 사형이 아니었네.'

이유를 알 수 없는 아쉬움이 물씬 올라왔다. 침상에서 몸을
일으킨 설희의 귀에 무슨 누군가의 목소리가 들렸다. 문밖에
서 들린 소리였다.

"일어났나?"

장천휘였다. 참, 때를 잘 맞춰서 오신다니까. 낮게 중얼거
린 그녀가 조용한 목소리로 말했다.

"잠시만 기다리세요."

그렇게 말하고는 북궁연란을 깨웠다. 흔들흔들. 쉽게 일어
나지 않는다. 몇 번을 더 시도한 끝에 그녀가 일어났다.

"으으음, 어라? 설 소저?"

"일어나세요. 좋은 아침이에요."

설희가 웃으며 말했다. 하지만 이내 종이 구겨지듯 인상을 찡그렸다.

"아, 속 쓰려."

표정을 풀지 않은 설희가 자신의 머리카락을 손질하고 옷매무새를 단정히 했다. 북궁연란은 아직 몽롱한 상태인 듯했다.

"상관은 없지만 그 상태로 사형을 맞이할 생각이세요?"

설희가 조용히 물었다. 아침에 일어나 조금 흐트러진 상태의 미녀는 위험한 요소가 많다.

물론 남자한테만.

"아?!"

막 잠에서 깨어난 상태의 몽롱함과 늦잠의 욕구가 한순간에 확 달아나 버렸다.

"아직 멀었어?"

때마침 들려온 장천휘의 목소리. 북궁연란이 화들짝 놀라서 일어났다. 서두르는 그녀의 모습에 잘게 웃은 설희가 문밖에 대고 말했다.

"좀 기다리라고요. 여자를 기다릴 줄 모르는 남자는 사랑에 성공할 수가 없는 거예요."

"그럼 옆방에 있을 테니 다 되면 그쪽으로 오도록 해."

"안 돼요! 문 앞에서 기다리고 있어요!"

"…이유는?"

“남자가 좀 진득한 맛이 있어야지요. 왔다 갔다 하면서 여자를 기다리는 건 꼴사나워요.”

“휴우.”

장천휘의 한숨 소리가 들렸다.

“하지만…….”

“하지만은 무슨 하지만이에요. 하 씨 성에 지만이라는 이름을 가진 사람은 여기 없으니까 다른 데 가서 찾아보세요!”

“…알았어. 여기서 기다릴 테니 빨리 나오라고 좀.”

그 후로 한참의 시간이 지나고서야 문이 열렸다. 그 열린 문밖에는 무언가를 들고 있는 장천휘가 있었다. 설희가 의아한 목소리로 물었다.

“어라, 사형? 그건 뭐예요?”

“꿀물이야. 속이 쓰릴 테니 좀 마시라고 가져왔어.”

방으로 들어온 장천휘가 탁자 위에 올려놓으며 말했다. 괜스레 미안해진 설희가 쑥스럽다는 표정을 지었다.

전혀 몰랐다고요. 작게 중얼거리고는 당찬 목소리로 말했다.

“에이, 그런 거면 진작 말하지 그랬어요. 그거 들고 문 앞에 서 있는 거 뻘쭘했겠다.”

“난 분명 옆방에서 기다린…….”

“고마워요! 잘 마실게요!”

장천휘의 말을 끊으며 냉큼 꿀물을 마시는 설희였다.

“고마워요, 장 소협.”

살짝 고개를 숙인 북궁연란이 설희의 옆에 앉았다.

"속은 좀 괜찮아?"

한 번에 다 마셔 버린 설희가 고개를 끄덕였다.

"좀 나아진 것 같긴 한데, 여전히 속이 안 좋아요. 윽! 토할 거 같아요. 웩웩!"

"괜찮은 모양이군."

혼자 웩웩거리는 설희를 바라보며 장천휘가 말했다.

"아, 머리도 아파요."

웩웩거리던 설희가 지쳤는지 그만두고 머리를 만졌다.

"겨우 그거 마셨다고 이렇게 엄살을 부리면 어떡해."

설희가 발끈했다.

"겨우라니요! 몇 잔이나 마셨는지 기억도 안 나는데, 어떻게 겨우라고 말하는 거예요!"

장천휘가 조용히 손가락을 들어 설희를 가리켰다.

"내가 사매 나이 때는 마차도 씹어 먹었어."

그 말에 북궁연란이 입을 살짝 벌리며 놀랐다.

"에, 에에? 저, 정말요?"

설희가 북궁연란을 제지하면서 말했다.

"또 그 소리예요? 지겹지도 않아요? 그리고 사형이랑 저랑 몇 살 차이나 난다고 제 나이 때라고 하시는 거예요!"

말하던 설희가 옆을 바라보았다. 무언가를 상상하더니 이내 입을 헤벌리고 감탄하는 북궁연란.

"북궁 소저, 그 말을 믿어버리면 어쩌자는 거예요?"

믿었단 말이야?

북궁연란이 멍한 표정으로 설희를 바라보았다.

"에에? 거짓말이었던 거예요?"

이마에 손을 대는 설희였다.

"너무해요. 전 믿었는데."

북궁연란이 볼을 부풀이며 말했다.

"……"

순간 할 말이 없어진 장천휘가 쓴웃음을 지었다.

"그런데 몇 살 차이가 나는 거예요?"

북궁연란이 궁금한 표정으로 물었다. 장천휘가 두 손을 올려 열 손가락을 전부 펼치고는 다시 오른손으로 네 개의 손가락을 펼쳤다.

"에에? 열네 살이나 차이 나는 거예요? 그렇게 안 보이시는데……"

아무리 많이 쳐준다 해도 장천휘의 얼굴은 이십대 중반. 그 이상으로 보기에는 힘들었다.

"아니, 잠시만요."

보다 못한 설희가 나섰다.

"사형, 오해의 소지가 다분한 행동은 하지 말아요."

그 모습에 북궁연란은 자신이 잘못 이해했음을 깨달았다.

"열네 달이었군요. 일 년이 조금 넘네요."

설희가 고개를 저었다.

“정확하게 십!사! 일이에요.”

장천휘가 웃었다.

“다시 말해 보름 차이도 나지 않는데 저런 말을 하는 거라고요!”

“사매도 그런 식으로 말하면 안 되지.”

“뭐가요?”

“사매와 난 태어난 해가 엄연히 달라.”

“그래 봐야 십사 일 늦게 태어난 것뿐이라고요.”

장천휘가 고개를 저었다.

“하지만 해가 다르잖아. 사매가 태어나기도 전에 난 이미 한 살을 먹은 거라고.”

“…정말이지, 구제불능의 좀생이라니까.”

장천휘가 크게 웃었다.

“하지만 난 분명 사매 나이 때 마차도 씹어 먹었어.”

북궁연란의 눈이 다시 커졌다.

“십사 일 전에 마차를 씹어 드신 거예요?”

“……”

아그작아그작 마차를 씹어 먹는 상상을 했던 북궁연란.

“풋.”

얼굴이 확 일그러지는 장천휘와 회심의 미소를 짓는 설희.
의외의 일격이었던 모양이다.

*   *   *

　일행은 함께 모여 아침을 먹었다. 그리고는 장천휘의 방에
모여 휴식을 취하고 있을 때 누군가가 그들을 찾아왔다. 막충
이었다.

　"식사는 입맛에 맞으셨습니까?"

　사무적인 말투에 관사우가 고개를 끄덕였다.

　"두 시진 후에 여러분을 위한 잔치가 벌어질 테니 준비하
고 계시라고 말씀드리러 왔습니다."

　"폐를 끼치는군요."

　장천휘의 말에 막충이 고개를 저었다.

　"덕분에 천주님께서 즐거워하십니다. 괜찮으시다면 비무
대회도 참관해 주셨으면 감사하겠습니다."

　말을 마친 막충이 포권을 했다.

　"잠시 후에 모시러 다시 오겠습니다. 편히 쉬고 계십시
오."

　막충이 방에서 나가자 관사우가 장천휘에게 물었다.

　"언제까지 있을 생각인가?"

　"아무래도 꽤 오래 있을 것 같습니다."

　"그런가?"

　관사우가 되묻자 장천휘가 고개를 끄덕였다.

“사매가 비무대회에 나가고 싶다고 합니다. 북궁 소저께서도 괜찮다고 하셨으니 당분간은 여기서 지낼 듯싶습니다.”

양철음의 시선이 설희에게 향했다.

“비무대회에 나간다고?”

“네…….”

여전히 속이 좋지 않은 설희가 조용히 대답했다.

“그런 재롱잔치에 나가서 무얼 하려고? 오랜만에 이 늙은 이를 위해 재롱이나 떨어보려고?”

“무림명을 얻으려 한답니다.”

장천휘가 웃으며 말했다.

약속대로 정확히 두 시진이 지난 후 막충이 찾아왔다. 준비를 끝마친 일행이 그를 따라 한참을 걷자 천중관이라 쓰인 건물이 보였다. 막충이 그 앞에서 멈춰 섰다.

“도착했습니다.”

“넓군요.”

장천휘의 말에 막충이 고개를 끄덕이며 대답했다.

“북천의 중요 행사 때 쓰이는 곳입니다.”

장천휘가 고개를 끄덕였다. 언제부터인가 일행의 대표로 말을 하는 것은 장천휘의 몫이 되었다. 사철홍이야 애초부터 그런 걸 귀찮아했고, 관사우는 자신보다 장천휘가 하는 것이 옳다며 사양했다.

일행이 천중관으로 들어가자 이미 모든 준비가 끝나 있었다. 상석에 앉아 있던 연해필이 그들을 반기고는 말했다.

"급히 준비하느라 차린 건 별로 없으나 많이 드시오."

많은 사람이 모인 건 아니었다. 하지만 넓은 연회장이 비좁게 느껴졌다. 그만큼 대단한 인물들만 모인 것이다.

북천무제 연해필의 양옆에 자리한 북천 사대장로.

철검대와 철혈대의 대주와 부대주, 백야단의 단주.

북천의 진짜 힘이라 할 수 있는 인원의 대부분이 모인 것이다. 단지 열여덟 명이 모였을 뿐이지만, 그들의 몸에서 자연스레 나오는 기세로 연회장이 들썩거렸다.

"다시 뵙는군요."

장천휘가 전에 한 번 보았던 고평복과 연소희에게 가볍게 인사하고 자리에 앉았다.

'정말 모르겠군.'

연해필은 무심하게 앉아 음식을 먹는 장천휘에게서 눈을 떼지 않았다. 막충에게 이미 보고받은 것도 있었고, 강호를 떠들썩하게 만드는 소문도 들었다.

'흐음.'

사철홍과 동수를 이룬 채영후. 일촉즉발의 상황에서 북궁연을 물러나게 만든 장본인이나 다름없는 양철음과 장백, 또한 연해필의 감각에 어렴풋하게 느껴지는 기운은 분명 절정에 달했음이 확실한 설희. 정말로 보기 힘든 극강의 고수들이었다. 그런 사람들을 이끄는 문주라니…….

'손해 볼 것이 없는 장사로군.'

생각을 마친 연해필이 장천휘에게 말했다.

"장 문주라고 부르면 되겠소?"

"그러십시오."

"내 장 문주께 한 가지 청하고 싶은 게 있소만."

"말씀해 보시지요."

"얼마 후면 우리 북천에서 비무대회가 열린다오."

약간 뜸을 들인 연해필이 말을 이었다.

"괜찮다면 비무대회의 첫 번째 비무는 장 문주의 일행 분들께서 해주셨으면 좋겠소."

모든 비무대회가 그런 것은 아니었다. 하지만 대부분의 대부대회는 참가를 신청한 무인들이 아닌, 이름 높은 무인들이 나와 그들끼리 비무를 함으로써 시작한다.

문파의 힘을 보여주는 것이기에 대부분 자신의 문파에 소속된 무인들을 내보내는 것이 보통이다.

그렇게 해서 비무대회에 참가한 무인들에게 자신들 문파의 힘을 보여주고, 문파에 들어온다는 것에 강한 자부심을 심어주는 것이다.

또한 그 이외에도 강한 무인들끼리의 비무는 관중들을 모으는 데 탁월한 효과를 발휘한다. 그것으로 인해 자신 문파의 지명도를 끌어올리는 것이다.

"이렇게까지 좋은 대접을 받았으니 그 정도는 당연히 해드려야지요."

장천휘가 승낙하자 연해필의 안색이 밝아졌다.

"그렇다면 누가 나올지 지금 알려줄 수 있겠소?"

장천휘가 천천히 일행을 바라보았다. 관사우가 입을 열었다.

"내가 나서도 되겠나?"

대답은 연해필이 했다.

"천하의 만검천리께서 나서주신다면 영광이오."

뜻밖의 수확이다. 연해필은 기쁜 마음을 감추지 않았다. 약간의 기대는 하고 있었지만 이렇게 쉽게 될 줄은 몰랐던 것이다.

'이번 비무대회는 많은 사람들이 모이겠군.'

"그렇다면……."

나머지 한 명을 누구로 할까 고민하던 장천휘의 눈길이 사철홍에서 멈췄다.

"하시겠습니까?"

사철홍이 고개를 저었다. 그의 성격상 거절할 것을 예상하고 있던 장천휘이다. 고개를 돌려 장백, 양철음, 채영후를 순서대로 살폈다.

"문주님께서 나서시는 게 어떻겠습니까?"

채영후가 의외의 말을 했다. 일행의 눈이 순간 급격하게 커

졌다. 무슨 소리를 하는 거야. '그것'을 수많은 사람들 앞에
서 보여주라는 건가?

"자, 잠시만요."

놀란 북궁연란이 말리려고 하자 채영후가 빙그레 웃었다.

"단순한 비무입니다. 두 분께서는 천하에 손꼽히는 무공
수위를 가지고 계십니다. 그저 간단한 몇 수를 보여주는 것만
으로도 충분할 겁니다."

그 말에 양철음과 장백이 고개를 끄덕였다. 어차피 이 비무
는 보여주는 것이 목적이다. 그저 화려하고 빠르기만 하다면
열광하는 것이 관중들이다. 둘 중에 누가 더 강한가를 증명하
는 것이 아니라는 말이었다.

"괜찮으시겠습니까?"

장천휘가 묻자 관사우가 크게 웃었다.

"천하에 나 관사우한테 이런 말을 할 수 있는 사람은 자
네뿐이라는 것은 알지만, 너무 쉽게 보지는 말게나. 허허
허."

"그런 뜻이 아닙니다."

가볍게 나눈 대화였고, 분위기도 가벼웠다. 하지만 그 속에
담긴 건 결코 가볍지가 못했다. 북천의 무인들 눈빛이 살짝
변했다. 관사우가 저 젊은 문주를 진심으로 높이 평가하고 있
다. 그들의 공통적인 생각이었다.

"그럼 제가 하는 것으로 하겠습니다."

연해필이 웃으며 고개를 끄덕였다. 비무대회는 앞으로 삼일 남았다. 그 시간 동안 최대한으로 소문을 내야 한다. 만검천리 관사우. 강호십객의 비무라는 소문이면 엄청난 인파가 몰려들 것이다.

성황리에 치러질 비무대회를 상상하던 연해필의 귀에 장천휘의 목소리가 들렸다.

"저도 한 가지 부탁드리고 싶은 것이 있습니다."

"말해보시오. 할 수 있는 일이라면 반드시 해드리겠소."

"저희 일행 중 한 명이 이번 비무대회에 참가하고 싶어합니다. 가능하겠습니까?"

비무대회의 참가 신청은 이미 마감된 지 오래였다. 그래도 부탁을 해보라고 닦달을 한 설희였다.

"설희라고 합니다."

천중관에 들어온 이후 한마디도 하지 않던 설희가 연해필에게 말했다. 이에 연해필은 그 정도야 어렵지 않다는 표정을 지었다. 의외로 일이 쉽게 풀렸다.

"안 될 게 무어 있겠소. 막충!"

"그리하겠습니다."

연해필이 부르자 기다렸다는 듯이 대답하는 막충이었다.

"한데……."

막충이 설희를 바라보았다.

"문파의 이름을 알려주시겠습니까?"

항상 비무가 시작하기 전에 비무에 나서는 무인의 이름과 속한 문파를 부르는 것이 관례였다. 형식상의 문제였기에 막충이 문파의 이름을 물은 것이다.

"풍뢰문(風雷門)이라 합니다."

장천휘가 대답했다.

"풍뢰문이라……."

연해필이 자신의 턱을 만지며 무언가를 생각했다. 그 역시 같은 반응을 보인 것이다. 장천휘가 웃으며 말했다.

"처음으로 강호에 나오는 것이라 모르시는 게 당연하십니다."

그 말에 연해필이 웃으며 고개를 끄덕였다.

"그렇다면 다행이오. 혹시라도 나의 나쁜 기억력으로 실례를 범했나 싶었소."

옆에 앉아 있던 고평복이 슬쩍 말했다.

"천주님, 전 이번 비무대회의 우승자에 대해 한 가지를 예상할 수 있을 것 같습니다."

"그것이 무엇이오, 고 장로."

"그 우승자는 분명 여인일 것입니다."

그 말에 연해필이 웃었다.

"그렇군. 정말 그렇군. 하하하!"

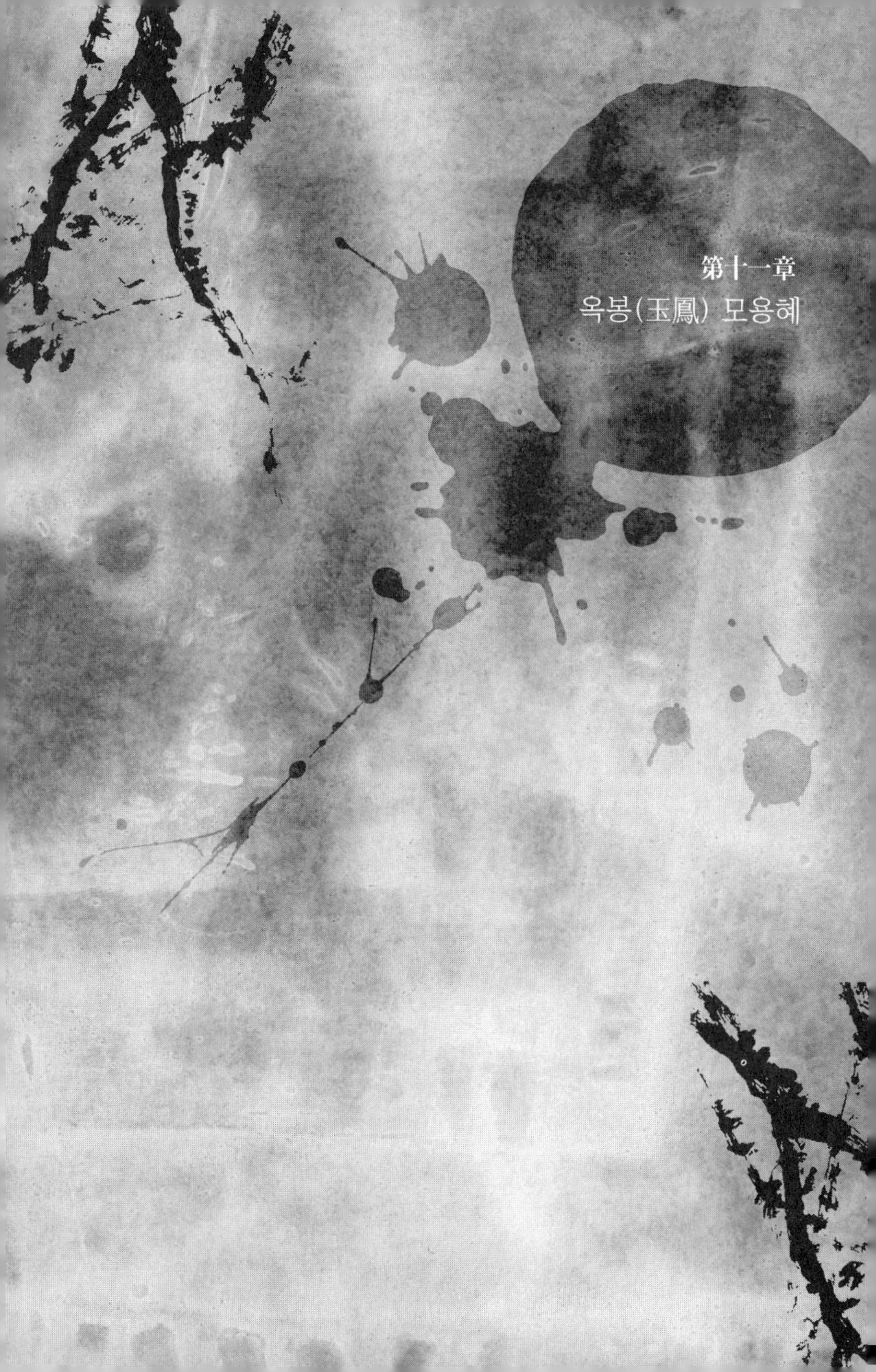
第十一章
옥봉(玉鳳) 모용혜

악마

칠룡이봉(七龍二鳳).

그들에게는 최소 두 가지의 공통점이 있다. 하나는 모두 서른을 넘지 않았다는 것이며, 또 하나는 그들 모두 나이에 맞지 않은 고강한 무공을 가지고 있다는 점이었다.

하지만 여기서 남자와 여자의 차이점이 생겨난다. 남자는 위의 두 조건만으로도 충분히 용이라 불릴 수 있다. 하지만 여자는 그렇지가 못하다. 여자들에게는 미모라는 조건도 중요하게 작용되기 때문이다.

왜 용은 일곱 마리인데 봉황은 두 마리밖에 되지 않는가 하는 문제. 그것은 바로 이것 때문이었다.

옥봉(玉鳳) 모용혜.

수많은 남자들의 가슴을 설레게 하는 이름이다. 근 백 년
동안 모용세가의 무인 중 최고의 기재라고 평가받는 이름이
었다.

십구 세의 어린 나이로 모용세가의 벽옥검법(碧玉劍法)과
벽옥심법(闢玉心法)을 칠성이나 익혔다. 극히 난해하다고 전
해지는 무공이었다.

이후, 강호행을 시작한 그녀는 일 년도 되지 않는 시간 만
에 옥봉이라는 이름을 당당하게 얻었다.

하지만 칠룡일봉에서 모용혜라는 이름이 더해져 칠룡이봉
으로 바뀌게 된 순간, 모용세가는 쉴 새 없이 들어오는 매파
로 곤욕을 치르게 되었다.

“하아!”

모용혜가 나지막한 한숨을 토했다. 문득 바라본 자신의 손
은 이전보다 더욱 맑고 투명했다. 그것이 나타내는 것은 하나
였다. 팔성에 다다른 벽옥심법.

하지만 기뻐할 수만은 없었다. 이것으로 인해 자신이 곤란
해질 일은 더욱 많아질 것이다.

‘어째서 남자들은 외모를 그렇게 중요시하는 걸까?’

어린아이와도 같이 깨끗한 피부와 붉은 입술, 세상에 물들
지 않은 투명한 눈과 유려한 선을 지닌 갸름한 얼굴, 게다가

보통 여인들보다 조금 작은 키와 아담한 체형은 마치 인형 같
았다.

'정말로 모르겠구나.'

세가 안에 있으면 끝없이 찾아오는 남자들로 인해 세가의
업무가 마비가 될 정도였다. 그래서 모용혜는 칠룡이봉이 되
는 순간 원하지도 않는 강호행을 줄곧 이어왔다.

세가에서는 모용혜가 나갔다고 하면 되는 것이고, 자신은
면사만 쓰면 알아볼 사람이 없었다. 하지만…….

'아버님께서는 왜 나에게 북천 비무대회에 참가하라고 하
신 걸까?'

아직까지는 참가자의 이름을 밝히지 않았기에 큰 문제는
없었다. 하지만 내일이 되면 참가자의 이름이 적힌 종이가 수
도 없이 뿌려질 것이다. 그럼 또다시 자신에게 곤욕의 시간이
찾아오는 것이다.

모용혜의 아미가 찡그려졌다. 몇몇 사람을 제외하고 다 똑
같았다. 그녀에게 있어 남자들이란 혐오스럽고 불쾌한 존재
일 뿐이었다.

'그 눈빛.'

자신을 바라보는 눈빛. 불결한 욕망과 탐욕이 겹친 눈은 언
제나 징그러웠다. 그 징그러운 눈빛이 자신을 훑고 지나가면
참기 힘든 감정이 솟구쳤다.

모두가 똑같았다. 단지 차이라고 해봐야 그것을 감추느냐

감추지 않느냐 뿐이었다.

'답답하구나.'

모용혜는 침상 옆에 달린 줄을 세 번 당겼다.

'차라도 한 잔 마셔야겠어.'

하지만 아무리 기다려도 시녀가 오지 않았다.

'왜 오지 않는 거지?'

혹시나 하는 마음에 모용혜가 다시금 줄을 당겨보았다. 하지만 시녀는 오지 않았다.

"무슨 일이 생긴 걸까?"

모용혜는 자리에서 일어났다.

'직접 가서 가져오는 수밖에.'

문을 열고 방에서 나온 모용혜는 옆방에서 들리는 소리에 발걸음을 멈췄다.

'음?'

"꺄아! 사형! 옷 갈아입고 있는데 그렇게 갑자기 들어오시면 어떡해요!"

"문제있는 발언 하지 말라고! 네가 들어와도 된다고 말했잖아! 그리고 옷은 다 입었으면서 무슨 소리를 하는 거야?!"

"…그냥 그런 상황이 되면 재미있을 거 같아서 연습 한번 해본 거예요."

"세상에! 누가 그런 걸 연습한단 말이야?!"

"남들과 다르게 살고 싶다는 나의 신조를 무시하는 건가요?"

“다르게 사는 것과 정신이 나간 것은 엄연한 차이가 있
어.”

“지금 저보고 미쳤다고 말하시는 건가요?!”

“스스로의 행동을 일반적인 사고방식으로 한 번쯤은 돌아
보란 말이야!”

“…풋.”

모용혜는 옆방에서 나는 소리를 듣다 작게 웃었다. 사형제
지간인 듯 느껴지는데, 꽤나 즐거워 보였다.

‘나도 저런 사형제가 있었으면 좋겠구나.’

평생 아버지께 무공을 배워왔다. 아버지는 자신 이외에 그
누구에게도 무공을 가르치지 않았다.

“시끄러우니까 나가서 기다려요!”

“뭐? 아직도 준비할 게 남아 있어? 아니, 그보다 그럴 거면
왜 들어오라고 한 거야?!”

“남자는 그런 거 몰라도 사는 데 저~언혀 지장 없으니 나
가서 기다리라고 하면 나가서 기다려요!”

“아니, 그러니까… 그럼 왜 들어오라고 한 거냐고!”

“그러니까 나가서 기다리란 말이에요!”

“부탁인데, 제발 내가 하는 말을 듣고 잠시라도 생각을 한
후에 대답을 하란 말이야!”

“잘 듣고 대답해 드린 거니까 나가서 기다리라고요!”

“알았으니까 밀지 말라고!”

쿵!

문은 열리는 것과 동시에 닫혔다. 문 앞에 내동댕이쳐진 어색한 표정의 장천휘, 얼떨떨한 상황에 걸맞은 표정을 지은 모용혜. 둘의 시선이 교차했다.

입가를 살짝 움직인 장천휘가 어색한 표정을 어색한 미소로 바꾸었다. 이런 만남은 전혀 반갑지 않았다.

"들으셨나요?"

"조금요."

그리고 곧바로 이어진,

"예상치 못한 상황에 예상치 못한 만남을 인연이라 생각하고 그 인연을 빌어 말씀드리자면 이 사건은 삼 년 전 감정적인 오해로 시작된 피의 복수의 연장으로 지독한 살인과 엽기적인 고문, 입으로 담지 못할 파렴치한 범죄가 숨겨진 이야기로써 어린아이나 여자, 노약자나 임산부에게는 치명적으로 다가올 수 있기에 무덤까지 비밀로 가져가 주셨으면 하고 간절하게 부탁드립니다!"

숨 한 번 쉬지 않고 전부 내뱉었다. 말을 하면서 쉴 수 있는 순간조차 없는 문장이었다. 모용혜는 자신도 모르게 살짝 입이 벌어졌다.

'대단해.'

무엇이 대단한지는 모르겠지만 모용혜는 그렇게 생각했다. 장천휘가 단호하게 다시 말했다.

"다시 말씀드리지만 절대적인 오해입니다, 오해!"

진지한 장천휘의 모습에 모용혜는 손으로 입을 가린 채 웃었다.

"저기 그러니까… 어라?"

모용혜는 진심으로 웃었다. 얼마 만인지 기억도 나지 않는다. 자신이 이렇게 누군가의 앞에서 웃어본 적이 있었던가? 아니, 그보다 이렇게 웃어본 기억도 없다.

한참을 그렇게 웃던 모용혜가 자신의 모습을 깨닫고는 정색을 하며 웃음을 멈췄다.

"죄송해요."

장천휘는 고개를 옆으로 기울였다. 요 근래 자신 앞에서 한참을 웃고는 사과하는 사람이 늘어난 것만 같았다.

"죄송하다는 말씀의 의미가, 제가 말한 오해를 오해로써 인정하지 못하신다는 것입니까, 아니면 무덤까지 비밀로 가져가기 힘드시다는 것입니까?"

"오해라는 건 이미 알고 있었어요. 다만 말씀하시는 게 너무 획기적이고 독창적이셔서……."

대놓고 웃긴 놈이라고 말할 수는 없었다. 그래서 모용혜는 돌려서 말했다.

"……?!"

갑자기 모용혜의 양 어깨를 두 손으로 잡는 장천휘.

"좋은 분이셨군요! 진실을 진실로써 받아들일 수 있다는

건 용기있는 일입니다. 요즘같이 불합리하고 부조리한 세상
에 아직도 이런 사람이 있다는 게 너무나도 기쁩니다!"
　"저기… 이 손은 놓으시고……."
　"……."
　그제야 자신의 손이 어디에 있는지 파악한 장천휘였다. 어
울리지 않는 무표정한 얼굴로 손을 거두었다. 원래의 위치에
도착한 자신의 손을 조금 꾸짖었다.
　"……."
　"……."
　거북한 침묵이 흘렀다. 장천휘가 먼저 입을 열었다.
　"죄송합니다. 실례를 범했습니다."
　"아니에요."
　모용혜는 자신의 볼이 붉어지지는 않았을까 생각했다. 창
백할 정도의 피부라 금세 티가 난다. 항상 쓰고 다니는 면사
에는 그런 효용도 있는 것이……?
　'아앗!'
　모용혜는 순간 자신이 면사를 하고 있지 않음을 깨달았다.
자신의 방에서까지 면사를 하고 있을 이유는 없었다. 또한 차
를 가져오기 위해서는 먼 곳까지 갈 필요가 없었다. 해서 면
사를 하고 나오지 않은 것이다.
　'어떡해… 어?'
　모용혜의 눈에 자신을 빤히 바라보는 장천휘가 들어왔다.

그의 눈동자에 보이는 감정은 자신이 예상한 것과는 달랐다.

미안함과 당혹스러움.

탐욕과 욕망은 그 어디에도 보이지 않았다. 그 결과 다가오는 건 스스로에 대한 당혹감이었다. 모용혜가 처음으로 당황한 목소리를 냈다.

"그… 게 그러니까……."

웬만한 일에는 당황하지 않는 모용혜였다. 평생 당황했던 기억이 손에 꼽을 정도였다. 방금 전만 해도 그렇다. 외간 남자가 자신의 양어깨에 손을 올렸지만 당황하지 않고 태연하게 말하……?

'내 몸에 남자의 손이 닿았단 말이야?'

아니, 그전에,

'왜 거부할 마음이 들지 않았던 거지?'

그것도 전에,

'왜 막지 못했던 거지?'

그것이었다! 자신은 옥봉이었다! 수많은 젊은 무인 중 단연 독보적인 무공을 가지고 있었다. 조금 나은 게 아니다. 그들과는 궤를 달리하는 무공을 가지고 있는 것이다.

모용혜는 자신의 앞에 서 있는 남자를 보았다. 자신과 그리 나이 차가 있어 보이지는 않았다. 그리고 문득 아까 전의 일이 떠올랐다.

'처음부터 그의 손이 움직이는 걸 보지도 못했어!'

당혹!

의문!

불신!

경악!

그 모든 감정이 모용혜의 얼굴에 나타나기 시작했다.

"당신은… 누구죠?"

그녀가 할 수 있는 말은 이것밖에 없었다.

"장천휘라고 합니다."

그는 아무렇지도 않게 웃으며 말했다.

*   *   *

"바!람!둥!이! 장천휘 씨겠죠."

언제 나타났는지 의문이 갈 정도였다. 그만큼 설희는 당연
하게 그곳에 서 있었다. 열린 문 앞에서 아니꼽다는 눈빛을
하고 있는 그녀.

'못살아, 정말.'

설희 스스로도 장천휘에게 그런 기질이 있다고는 생각하
지 않는다. 그런 기질?

다만 이상하리만큼 그에게는 여자들이 얽인다(?). 단순히
그가 여자를 좋아하는 성격이라면 그러려니 하겠지만, 지금
껏 그가 여자에게 관심을 보인 적은 없었다. 그래도 기분이

상하는 건 상하는 것이다.

"하여간 잠시라도 눈을 떼면 순진한 여인들을 희롱하고 계신다니까."

"잠시 있어봐."

"마지막 변명이라고 생각하고 들어줄게요!"

팔짱을 낀 설희가 장천휘를 노려보며 말했다.

"네가 하는 말은 마치 내가 너의 소유인 것 같잖아."

설희가 인상을 찌푸렸다.

"희롱한 건 인정하시는 모양이군요!"

"그건 당연한 오해라서 변명할 이유조차 없어서 그런 거잖아!"

"그럼 마지막 유언은 들은 것이군요."

변명이 유언으로 바뀌는 현장이었다. 그 믿지 못할 모습에 장천휘가 무어라 말을 하려고 했다. 하지만 설희의 눈빛이 변하고 있었다.

급격한 내공의 움직임!

피부로 느껴지는 압박!

불공대천지원수를 마주한 듯한 살기?

음? 뭐지?

"사, 살기라니?! 사매!"

"유언은 아까 들었어요!"

슈앗!

그리고 이어진 섬광 같은 일권. 장천휘는 움직이지 않았다. 미동도 하지 않는 그의 복부를 향해 섬뜩한 속도로 꽂히는 주먹. 모용혜의 눈이 급격하게 커졌다.

'위험해!'

다급하게 나서려는 모용혜였지만 한발 늦었다. 이미 설희의 주먹이 장천휘에게 닿았다. 그리고 그 주먹은 그의 복부에 박혔……. 통과했다?

빠르게 전진하던 설희의 일권은 목표물을 명중시키지 못했다. 허공을 격한 그녀의 주먹은 장천휘의 환영을 갈랐다. 말도 안 돼! 모용혜가 더욱 놀랐다.

'이형환위(移形還位)라니!'

설희의 공격으로 환영이 일그러졌다. 그리고 내질러진 주먹을 회수했을 때, 일그러지던 환영이 다시 제 모습을 찾았다.

소리가 날 정도로 빠르게 고개를 돌린 장천휘가 모용혜를 바라보았다. 그리고는 다급해 보이는 표정으로 말했다.

"오해의 한 축(?)을 맡은 소저에게 뒷일을 부탁드리겠습니다. 이 죄는 내세에서 반드시 갚겠습니다."

말과 동시에 사라지는 장천휘였다.

"무, 무슨!"

몇 가지 의미로 정신을 차리지 못한 모용혜가 말을 하려고 하는 순간, 머릿속이 하얗게 탈색되었다.

'사라졌어! 그냥 사라졌어! 너무 빨라서 그렇게 느낀 거야! 대체 얼마나 빠른 신법이기에!'

모용혜는 연이은 놀람에 평소의 냉철함을 유지시킬 수 없었다. 그녀의 감정이 모두 드러난 얼굴은 몹시 창백했다. 설희가 작게 한숨을 내쉬고는 그녀에게 말했다.

"설희라고 해요!"

그녀가 씩씩하게 말했다. 씩씩한 거, 맞는 거지?

"아! 모용혜라고 해요."

감정을 조절하지 못한 자신을 질책한 모용혜가 대답했다.

"그럼!"

설희가 그렇게까지 말하고 모용혜를 바라보았다. 차라도 한잔할래요? 그 말에 모용혜가 고개를 끄덕였다.

애초에 방에서 나온 이유는 그것이었다. 물론 답답함의 원인이 뒤집듯 바뀌긴 했지만…….

쪼르르.

알 수 없는 긴장감과 어색함이 흘렀다. 찻잔에 차를 따르는 소리가 유난히도 크게 울렸다. 모용혜는 설희의 모습을 조용히 바라보고 있었지만 머릿속은 복잡해서 터질 것만 같았다.

몇 년 동안 놀랄 일을 하루 만에, 정확하게는 일각 만에 겪은 기분이었다.

'설희라고 했던가?'

단 한 수. 그것만으로도 상대의 무공 정도를 가늠할 수 있었다. 그 능력이 모용혜에게는 있었던 것이다.

벽옥심법(碧玉心法).

그것은 도가(道家) 계열의 무공이었다. 모용세가의 역사상 그 누구도 십이성(十二成) 대성하지 못했다는 점이 무공의 난해함을 잘 알려준다.

벽옥심법은 성취가 높아지면 높아질수록 피부가 하얗고 투명하게 변한다. 그리고 사람이나 어떤 기운의 본질을 파악할 수 있는 능력이 주어진다.

상대의 거짓을 분별할 수 있고, 상대의 생각을 어느 정도 예측할 수 있다. 상대의 내공에 담긴 기운 역시 어느 정도 꿰뚫어 볼 수 있다.

그렇기에 모용혜는 주위의 남자들이 자신에게 보내는 눈빛에 숨겨진 이면을 볼 수 있었던 것이다.

추악한 욕망.

질 낮은 소유욕.

더러운 탐욕.

모용혜가 웃음을 잃은 건 당연한 수순이었다. 해가 지날수록, 그녀의 미모가 점점 빛을 낼수록 남자들은 더 진한 눈빛으로 그녀를 바라보았다.

"……."

모용혜는 선명하게 느낄 수 있었다. 지금 자신의 앞에 앉아 있는 여인은 절대로 자신보다 약하지 않다. 그것이 무엇을 의미하는가? 어쩌면 칠룡이봉은 칠룡삼봉이 될지도 모른다.

모든 것은 눈앞의 여인이 마음먹기에 달렸다. 자신의 눈으로, 즉 여인의 눈으로 바라보아도 아름답기 그지없는 설희. 그녀도 이번 비무대회에 나가려는 것일까? 모용혜는 궁금한 것이 많았다.

설희라는 여인도 궁금했지만 장천휘라는 사내…….

궁금한 것으로 따지자면 지금 눈앞의 여인보다 장천휘라는 사람이 더욱 심했다.

'내 능력으로도 장천휘라는 사람의 진실한 무공 수위를 알아차릴 수 없었어!'

그건 놀라움을 넘어 경악에 가까웠다. 자신이 평가 내릴 수 없는 무인, 즉 절정의 경지를 넘어버린 무인이라는 뜻이다.

'믿을 수 없어!'

그 나이에 초절정의 무인이라니……. 그게 말이나 되는 일인가? 그게 있을 수 있는 말인가? 각인각색?

'있을 수 없어!'

자신도 천하에 손꼽히는 천재다. 눈앞의 여인도 분명 자신과 대등한 천재다. 그런 건 있을 수 있다. 많지는 않지만 그 정도의 천재란 이 넓은 천하에서 가끔씩은 일어날 수 있는 일이다.

하지만…….

그 사내,

장천휘라는 사내.

'그건 천재라는 이유로도 이룰 수 없는 경지란 말이야!'

사람에게는 한계치라는 것이 있다. 천재의 능력에도 한계가 있다. 분명 세상에 존재하는 우리 인간에게는 절대 넘을 수 없는 한계라는 것이 있다.

천재? 기연? 깨달음? 영약?

그 모든 것이 받쳐 준다고 해도, 아무리 그렇다고 해도 결론은 하나였다.

'절대 불가능해!'

모용혜가 눈을 질끈 감았다. 이건 꿈이다. 꿈이어야 해. 그런 일은 절대로, 절대로 가능할 리가 없어.

"…소저."

"모용 소저?"

모용혜의 귓가에 자신을 부르는 소리가 들렸다. 눈을 뜨자 자신을 무표정하게 보고 있는 설희가 있었다.

"믿어지지가 않죠?"

무슨 말일까? 모용혜는 대답하지 않았다. 아니, 대답할 수 없었다.

"저도 믿을 수가 없었어요."

잠시 뜸을 들인 설희가 계속해서 말했다.

"처음에는⋯ 처음에는 저도 믿을 수가 없었어요. 그런 건 일어날 수도 없고, 있을 수도 없는 일이니까요."

설희가 식어버린 차를 잠자코 마셨다.

"또 술이 마시고 싶어지네요. 아마도 사람들은 이런 기분으로 술을 마시는 건가 봐요."

그 말을 끝으로 설희는 입을 열지 않았다. 모용혜 역시 식어버린 차를 마셨다. 씁쓸했다.

"사형이라는 분의 나이가 어떻게 되시나요?"

"스물셋이에요."

"정말인가요?"

"틀림없는 사실이에요. 사형과 전 어릴 때부터 함께 자랐으니까요."

어릴 때부터 함께였다. 밥도 함께 먹었고 무공도 함께 배웠다. 즐거운 일과 힘든 일, 그 모든 것들을 함께 겪었던 것이다.

그렇다. 항상 그래 왔다. 하지만 장천휘가 열여덟이 되는 해, '함께'라는 말이 사라졌다. 손후민의 심부름을 하러 간 장천휘는 돌아오지 않았다.

한 달이면 다녀오고도 남을 충분한 시간이었다. 하지만 한 달이 지나고 두 달이 지나도 장천휘는 돌아오지 않았다.

손후민과 설희는 돌아오지 않는 장천휘를 걱정했다. 설희는 매일매일 간절한 소망을 담아 기도했다. 하지만 그는 돌아오지 않았다.

일 년이 지났다. 그래도 그는 오지 않았다. 한없이 울었다. 그가 잘못되지는 않았을까 하는 생각에 잠도 들지 못했다. 그해 겨울은 몹시 추웠다. 세찬 바람은 설희의 가슴까지 얼려버릴 것 같았다.

시간은 계속 흘러갔다. 몇 번의 시린 겨울바람이 지나갔다. 그리고 그가 돌아왔다.

사 년. 짧지만 긴 시간이었다. 그 시간이 지나서야 돌아온 것이다.

전혀 변하지 않은 모습 그대로였다. 하지만 모든 것이 변해버린 상태였다.

"사 년이에요."

모용혜가 의아한 표정을 지었다.

"딱 사 년간 사형을 보지 못했어요."

잠시 뜸을 들인 설희가 말을 이었다.

"하지만 그 시간 동안 사형은 다른 사람이 되어 돌아왔어요."

겉모습은 변하지 않았다. 성격 또한 변하지 않았다. 하지만 그건 어디까지나 '겉' 에 해당하는 부분이었다.

"사형은 그렇게 뛰어난 사람이 아니었어요. 사부님이 항상 저와 비교하시면서 꾸중을 했으니까요."

열여덟 살의 장천휘는 절정은커녕 간신히 일류의 문턱에 발을 올렸을 뿐이다. 물론 그것으로도 뛰어난 기재임은 분명했다. 하지만 그의 곁에는 설희가 있었다.

'백 년의 세월이 만들어낸 천재.'

손후민은 그녀를 그렇게 평가했다. 하지만 돌아온 장천휘는 그 모든 것을 뛰어넘었다.

절정? 초절정? 웃기는 소리. 돌아온 장천휘를 바라본 손후민의 표정을 설희는 잊을 수가 없다. 아마 평생토록 잊지 못할 것이다.

"넌, 넌 도대체 누구란 말이냐?!"

경악과 불신으로 가득 찬 표정. 사부가 제자에게 한 말인지 의심이 가는 말. 설희는 평생토록 손후민의 놀란 모습은 딱 한 번 보았다. 바로 그때,

장천휘가 돌아왔을 때.

"왜 처음 본 사람한테 이런 말을 하는지 제 자신도 모르겠네요."

설희가 쓴웃음을 지었다.

"어쩌면 제 자신에게 하고 싶었던 말일지도 모르지만, 시작한 이상 끝까지 말해야겠네요."

찻잔을 만지작거리던 설희가 손을 무릎 위에 올리고는 모용혜를 응시했다.

"사형은 사 년 만에 괴물이 되어서 돌아왔어요. 그래요. 괴

물이에요.”

“…….”

“사부님이 저에게 이렇게 말씀했어요.”

무언가를 회상하는 듯한 표정의 설희였다.

“절대로, 절대로 천휘 곁에서 떨어지지 말거라. 천휘가 진심으로 화를 내기 시작하면 너를 제외한 그 누구도 막을 수 없다!”

막는다는 것은 무공이 아니었다.

소중한 여동생을 향한 오라비의 마음을 생각한 것이었다.

장천휘가 가장 아끼는 존재.

장천휘가 화를 낼 수 없는 사람.

설희였다.

“천휘는 인간이라고 보기 힘든 경지에 달했다. 만약 도인이었다면 우화등선을 했을지도 모른다. 내가 그 경지에 달한 것이 아니라 정확하게 말해주지는 못하겠지만, 하나만큼은 반드시 명심하거라. 천휘는 악마의 무공을 배워왔다. 악마의 분노를 한낱 인간이 받아낼 수는 없다! 절대로!”

악마의 무공.

그 단어 외의 다른 것으로는 표현할 수가 없었다. 인간이 느끼는 공포를 뛰어넘어 버리는 무언가, 끝없이 이어지는 불안감, 대항할 마음조차 일지 않게 만들어 버리는 거대함.

큰 아가리가 입을 벌리고 거대한 손이 쥐어 잡는다. 아무런 반항도 할 수 없다.

"사형이 진심으로 분노하게 되면 천하는 절대 거역할 수 없는 악마를 만나게 될 거예요."

설희가 수많은 감정이 섞인 표정으로 모용혜를 바라보았다.

'당신은 악마를 본 적이 있나요?'

'악마의 분노를 느껴본 적이 있나요?'

'악마 앞에 선 인간이 할 수 있는 건 악마의 처분을 기다리는 것뿐이랍니다.'

"믿고 안 믿고는 상관없지만 한 가지만큼은 분명히 기억해 두세요."

"……?"

"사형을 화나게 하지 마세요."

그 말을 끝으로 설희가 자리에서 일어났다. 천천히 문으로 걸어가던 설희는 이내 걸음을 멈춰 뒤를 돌아보았다.

"당신의 삶이 그 순간 끝나 버릴 수도 있으니까요."

탁!

문밖으로 나온 설희가 자신의 몸을 힘없이 벽에 기대었다.

'내가 왜 이런 얘기를 저 여자에게 한 것일까?'

설희는 스스로의 행동에 대해 의문을 품었다. 어째서 처음

본 사람에게 이런 소리를 했던 것일까? 왜? 어째서?

그게 이상했다. 분명 처음 만난 여자였다. 이제 그녀도 장천휘의 옆에 있을 것이라 예상했던 것일까? 그것도 아니라면 무엇 때문에?

설희가 세차게 고개를 저었다. 이젠 그런 것 따위, 전혀 중요하지 않게 되어버렸다. 한 번 시작된 과거의 기억은 자신을 점점 감정적으로 변하게 만들었다.

'사형······.'

눈을 감았다. 그녀는 천천히 과거로 돌아가고 있었다.

"오랜만이야. 사 년 만에 하는 인사치고는 너무 평범한가?"

장천휘는 웃었다. 그 웃음에 결국 설희의 눈가에 눈물이 한 방울 맺혔다.

'어째서 이리도 늦게 오신 건가요. 못된 사람.'

하지만 설희는 끝내 그 말을 할 수가 없었다.

"어딜··· 다녀오신 건가요?"

"······."

장천휘는 아무 말도 하지 않았다. 그저 미소 지은 채로 그녀에게 다가갔다. 머리를 한 번 쓰다듬어 주었다. 예전처럼 해준 것이다.

"사부님께 인사드리고 올게."

설희를 지나쳐서 방으로 들어가는 장천휘였다.

"…어."

무언가 장천휘가 중얼거렸다. 설희가 듣지 못했을 거라 생각했지만 그녀는 똑똑하게 들었다.

장천휘가 없는 사 년의 시간 동안 비약적인 무공 성취가 있었다. 절정이라는 벽을 무너뜨린 것이다. 그래서 설희는 분명히 들었다. 장천휘가 했던 말을…….

"지옥에… 다녀왔어."

*　　　*　　　*

모용혜는 설희가 나가고 한참의 시간이 흐른 뒤에도 움직일 수가 없었다.

"사형이 진심으로 분노하게 되면, 천하는 절대 거역할 수 없는 악마를 만나게 될 거예요."

설희의 말은 분명했다. 천하도 그를 막을 수가 없다. 이 얼마나 광오한 말인가.

'말도 안 돼.'

하지만 자꾸만 모용혜의 가슴속에서 스멀스멀 기어오르는

무언가가 있었다.

'하지만 그녀는 진심이었어.'

자신의 눈을 속일 수는 없다. 벽옥심법은 그런 무공이다. 거짓과 진심을 구분할 수 있는 것.

'진실과 진심은 다른 것이야.'

설희가 진심으로 그렇게 생각한다고 하더라도 진실은 다를 수 있다. 분명 그럴 것이다. 하지만…….

'똑똑해 보이는 그녀가 왜 그런 잘못된 생각을 믿고 있는 걸까?'

모용혜의 눈에 비친 설희는 확고했다. '아마' 도 아니었고 '어쩌면' 도 아니었다. 그것은 '반드시' 였다. 단 일말의 불신도 존재하지 않았다. 그런 단호함이라니.

'좀 더 알아봐야겠어.'

처음으로 모용혜의 마음속에서 호기심이라는 감정이 피어올랐다.

"휴우우!"

"……."

"하아아!"

"……."

"에휴우!"

"무슨 일이 있으셨어요?"

한숨만 푹푹 내쉬는 설희를 보다 못한 북궁연란이 물었다.

"북궁 소저."

설희가 나지막하게 불렀다.

"네, 말씀하세요."

"북궁 소저에게 안 좋은 소식이 있어요."

"네? 그게 뭔가요?"

"강력한 연적의 등장이에요."

"……."

잠시 설희의 말뜻을 이해하지 못한 그녀였지만, 이내 볼이 붉어졌다.

"그, 그, 그, 그, 그런 거 아니에요!"

설희가 픽 웃었다. 픽도 아니게 보입니다.

"그럼 별로 궁금하지도 않으시겠네요."

"그, 그럼요. 그런 거 궁금하지 않아요."

얼굴에는 궁금해 죽겠다는 표정이 역력했다. 더듬거리며 말하는 모습에 설희가 장난스럽게 말했다.

"네~ 궁금하지 않으시군요."

"……."

"참 신기하단 말이에요."

"……."

"맞다. 북궁 소저는 별로 궁금하지 않다고 하시니 다른 사람한테 알려주러 가야겠다."

설희가 자리에서 일어나려는 순간, 그녀의 소매 끝자락을 살짝 잡아끄는 북궁연란.

"치사해요."

"안 궁금하다면서요."

"그러니까 그게… 일행으로서 궁금해요."

설희가 웃었다.

"뭐, 우리는 하룻밤을 보낸 사이니까 알려줄게요."

"무, 무, 무슨 말씀을 하시는 거예요?"

설희가 의미 불명의 미묘한 말을 하자 북궁연란이 당황한 목소리를 냈다.

"사실 뭐, 그리 대단한 것도 아니에요."

자리에 앉은 설희가 설명을 하려고 할 때, 문밖에서 소리가 들렸다.

"장 소협 계신가요?"

갑자기 몸에서 힘이 빠진 듯 설희의 어깨가 축 처졌다.

"호랑이 연적 등장이네요."

"네에?"

계속해서 의미 불명의 미묘한 말을 하는 설희를 바라보다가 정신을 차린 북궁연란이 문으로 걸어갔다.

"누구시죠?"

문을 연 북궁연란은 처음으로 모용혜를 보았다.

'가… 강적!'

북궁연란은 까닭 모르게 하늘을 원망하고 싶었다.

“…….”
“…….”
“…….”

세 명의 여자가 모였다. 하지만 수다로 인해 접시가 깨지는 일은 벌어지지 않았다. 그곳에는 묘한 긴장감과 탐색전이 벌어지고 있었다.

숨 막힐 듯한 침묵. 불씨를 기다리고 있는 마른 장작. 피비린내 나는 혈전(血戰)의 서막……? 이건 무슨 뜻이야?

그 순간 문을 열고 들어오는 사람이 있었으니.

“어라?”

세 명의 시선이 장천휘에게 모였다.

“여기서 무얼 하고 계십니까?”

설희가 인상을 쓰며 말했다.

“인기척도 없이 방으로 들어오는 게 어디 있어요! 사형은 예의라는 걸 모르시나요?!”

“아, 미안.”

버럭 외치는 설희의 기세에 장천휘가 자신도 모르게 사과했다. 하지만 이내 어이없다는 표정을 지었다.

“…이 아니지. 내 방에 내가 오는데 그래야 할 이유가 뭔데?”

그랬다. 이곳은 장천휘의 방이었다. 자신의 방에 자신이 들어온 것뿐이었다.

처음 '들어오기만 해봐!' 라고 외치는 설희가 장천휘의 방에 들어왔다. 그 뒤로 장천휘에게 산책이라도 하자고 말하려던 북궁연란이 들어와 설희를 발견하고는 어색하게 자리를 같이했다. 마지막으로 모용혜는 시녀에게 장천휘의 방을 물어서 찾아온 것이었다.

"이상한 변명 늘어놓지 말고 와서 앉아요!"

정당한 자신의 입장을 주장하던 장천휘의 발언이 졸지에 이상한 변명으로 바뀌어 버렸다.

"아니, 생각해 보니 아주 중대하고 위험하고 급한 일을 깜빡했어. 내 금방 다녀올게."

서둘러 자리를 피하려던 장천휘의 행동을 설희가 막았다.

"소변은 좀 참고 빨리 와서 앉아요!"

장천휘의 얼굴이 보기 좋게 일그러졌다.

"아주 중대하고! 위험하고! 급한 일이라니까!"

"좀 참으라고요!"

"아니, 이봐. 사매는 지금 내 말을 전혀 이해하지 못하고 있어."

몸을 돌려 문으로 향하는 장천휘의 귀에 설희의 목소리가 들렸다.

"사형……."

낮게 깔린 목소리에는 짙은 살기가 들어 있었다. 장천휘의 신형이 움찔했다.

"좋은 말로 할 때 와서 앉으시지요?"

다시 몸을 돌린 장천휘가 어색하게 웃었다.

"사매, 지옥의 밑바닥에서 끓어오르는 목소리는 그만 했으면 좋겠는데……."

"그러니까 와서 앉!으!시!라!고!요!"

한 글자, 한 글자를 또박또박 말하는 설희의 눈빛은 지독히도 매서웠다.

"난 이제부터 눈빛으로도 사람을 죽일 수 있다는 말, 믿을 수 있을 거 같아."

장천휘가 자리에 앉으면서 말했다.

*　　*　　*

"저기… 그러니까……."

"으음."

"아니, 사매, 그게 말이야."

"흐음."

"집어치워!"

자신이 무슨 말을 해도 씨알도 안 먹힌다. 의심과 분노가 섞인 눈빛은 바뀔 기미가 보이지 않았다. 결국 포기해 버린 장천휘가 고개를 저었다. 애초에 자신이 변명할 이유가 있었던가?

"왜 나를 취조하는 분위기로 몰고 가는 거야?"

"몰라서 물어요?"

"몰라! 전혀 모르겠어!"

"사실 저도 잘 모르겠네요."

지금까지의 상황이 연극이었다는 듯 설희가 혀를 쏙 내밀며 말했다.

"그럼 전 잠시 빠질 테니 서로 대화들 나누세요."

설희가 북궁연란과 모용혜를 번갈아 바라보았다.

"하실 말씀이 있어서 오신 게 아니셨나요?"

그 말에 장천휘가 혀를 찼다.

"그럼 결국 사매가 여기 온 이유는 나에게 시비를 거는 것이었군."

"제가 이곳에 온 이유는 아직 밝히지도 않았으니 섣부른 예측은 삼가주세요."

장천휘는 못 당하겠다는 표정을 지으며 고개를 저었다.

"북궁 소저?"

"네? 네."

설희가 부르자 화들짝 놀라는 북궁연란이었다.

"전 그냥……."

장천휘가 북궁연란을 바라보았다.

'같이 산책하고 싶었다고 말하는 거야! 북궁연란아, 용기

를 내!'

북궁연란은 스스로에게 용기를 주입했다. 가슴속 한가득 차오르는 자신감에 힘입어 자신있게 말했다.

"방을 잘못 들어왔어요!"

"……."

"……."

"……."

"……."

'이 바보…….'

한심한 자신의 모습이 더욱 초라해 보였다. 푹 고개를 숙인 북궁연란. 오히려 설희가 땀을 흘리며 당황함을 감추지 못했다.

"그, 그렇다고 하시네요."

너무도 예상하지 못한 말이 아닌가. 처음에 이 방에서 장천휘를 기다리고 있을 때, '장 소협 계신가요?' 라고 말하며 들어온 북궁연란이었다. 설희와 비슷한 표정을 지은 장천휘가 어색하게 묘용혜를 바라보았다. 그녀는 무슨 일로 온 것일까.

"실례가 되지 않는다면."

묘용혜는 장천휘의 시선을 피하지 않았다.

"사문을 여쭤봐도 될까요?"

"풍뢰문의 문주입니다."

장천휘는 쉽게 대답했다. 하지만 묘용혜가 고개를 저었다.

자신이 묻고 있는 건 그것이 아니었다.

"당신의 진실한, 그 숨겨진 힘에 대해서 묻고 있는 거예요."

일순간에 장천휘의 표정이 싸악 굳어버렸다. 갑자기 찬물을 뒤집어쓴 사람처럼 순간적으로 바뀌어 버렸다. 심각해진 그의 표정에 설희가 다급하게 외쳤다.

"모, 모용 소저, 지금 무슨 짓을!"

장천휘가 그런 설희에게 질책하는 눈빛을 보냈다.

"무슨 말을 한 거야?"

"사형, 그게 그러니까……."

그녀가 어쩔 줄 모르고 있을 때 장천휘가 나지막하게 말했다.

"쓸데없는 짓을 했어."

차디찬 그의 말투에 설희가 더욱 당황한 몸짓을 했다. 죄송해요. 전 단지……. 그녀가 조그만 입으로 웅얼거렸다. 그가 모용혜에게 말했다.

"어디까지 알고 계신지는 모르겠지만, 모르시는 게 좋습니다."

지금까지 일련의 상황을 지켜보던 모용혜였지만, 그녀는 물러서지 않았다. 오히려 호기심만 더욱 올라가는 꼴이 되었을 뿐이다.

"말하기 힘든 건가요? 말하면 안 되는 건가요? 말하기 싫으신 건가요?"

"모르시는 게 좋습니다."

같은 말을 했다. 싸늘하게 울리는 목소리는 어둡고 무거운 공기를 만들어내고 있었다. 오싹할 정도로 들리는 그의 목소리는 이질감에 물들어 있었다. 설희의 가슴 한편이 이유 모를 고통을 호소했다.

"처음으로 호기심이라는 것이 생겼어요. 그냥 대답해 주시면 안 되나요?"

모용혜는 끈질기게 물고 늘어졌다. 그녀에게 지금의 분위기는 아무런 방해도 되지 못하는 듯했다. 장천휘가 비웃음을 지었다. 호기심? 호기심이라고?

"그건 단순한 호기심으로 끝나지 않습니다."

"제 걱정을 하시는 건가요? 걱정하지 마세요. 제 몸 정도는 제가 지킬……."

'아악!'

순간 모용혜의 동공이 불가능하리만큼 커졌다. 살짝 벌린 입이 덜덜 떨리고 있었다. 거친 숨소리가 들렸다. 북궁연란과 설희가 의아한 표정을 지었다. 무슨 일이 벌어진 거지?

"당신."

장천휘의 손가락이 모용혜를 가리켰다.

"그걸 알게 되면 당신은 반드시 죽습니다. 그래도 듣고 싶으신 겁니까?"

모용혜는 대답하지 않았다. 아니, 대답하지 못했다. 한계까지 커버린 눈동자에서 공포의 빛이 새어 나오고 있었다. 사시나무처럼 떨리는 몸과 손에 의해 탁자까지 부르르 떨렸다.

'어째서?'

설희는 이해할 수 없었다. 방금 전, 무슨 일이 벌어진 거지? 어째서 그녀가 저런 반응을 보이고 있는 거지?

"재미있는 능력을 가지고 계시군요."

장천휘가 여전한 비웃음을 그녀에게 보냈다.

"……."

모용혜는 아무런 말도, 아무런 행동도 할 수 없었다. 아주 잠시였다. 아주 잠시였지만 볼 수 있었다. 벽옥심법의 효능. 그것으로 인해 자신은 '그것'을 보고야 말았다.

아무리 살펴보려 해도 끝내 보이지 않던 장천휘의 진실한 모습이었다. 극히 순간적으로 그녀의 심안으로 파도처럼 몰려 들어온 진실. 그것은 지독했다.

끝이 보이지 않는 무저갱과도 같은 아득한 절망. 빛이라고는 전혀 보이지 않는 공간에서 짙은 어둠이 자신을 삼켜 버릴 듯 날름거리며 죄어왔다. 자신의 존재가 비참해질 정도의 거대하고 엄청난 기운이었다.

암흑, 그리고 어둠.

찬란한 빛조차 사납게 먹어치우는 잔인한 송곳니가 자신을 갈기갈기 찢어발겼다.

저항이나 반항, 그 어느 것도 할 수 없었다. 그저 상대의 손아귀에 올려놓아진 기분이었다. 모든 의지가 꺾여 버렸다. 자신의 모든 것이 그 의미를 잃어버렸다.

그런 모용혜의 모습을 장천휘가 지켜보고 있었다. 싸늘한 눈빛과 조소가 담긴 입매는 날카로운 비수가 되어 설희의 가슴을 찔러대고 있었다. 어째서, 어째서 제가 이리도 아픈 건가요?

"사, 사형."

장천휘가 천천히 설희를 바라보았다.

"일부러 그런 것이 아니다. 그녀에게 그런 능력이 있는 줄 몰랐다."

딱딱한 말투. 설희가 아랫입술을 강하게 깨물었다.

"어, 어떻게 해주세요. 저, 저러다가……."

'죽을지도 몰라요.'

설희는 뒷말을 잇지 못했다.

"왜 내가 그녀를 살려야 하는 거지? 난 분명히 그녀에게 경고를 했다."

마치 다른 사람 같았다. 설희가 알던 장천휘라는 사람이 어디론가 사라져 버린 느낌이었다. 자신이 모르는 '어떤 곳'으로 숨어버린 기분이었다. 메마른 공허함과 상실감이 설희의 몸을 지배했다. 그녀의 눈에 치밀어 오르는 뜨거움을 억눌렀다.

"그녀는 분명 자신의 몸은 스스로 지킬 수 있다고 말했다."

정확하게 말한다면, 그렇게 말을 하는 도중에 보게 된 것이다. '그것'을.

순간 북궁연란이 놀란 표정을 지었다.

'죽, 죽는다고?'

"장, 장 소협, 하지만 사람이 죽는 걸 그냥 내버려 둘 수는……!"

다급하게 외치는 북궁연란을 장천휘가 무심하게 쳐다봤다.

"왜 살려야 하는 겁니까?"

냉소적인 그의 말투에 북궁연란이 할 말을 잃었다. 하지만 이내 고개를 흔들었다.

"죽어가는 사람을 살릴 수 있다면, 살리는 게 옳… 다고 생각해요. 장 소협에게 그런 능력이 있다면 부디 그녀를 살려주세요."

장천휘는 아무런 대답도 하지 않았다. 비릿하게 웃은 그가 고개를 돌렸다. 명백한 거절의 의미였다. 북궁연란이 간절한 눈빛으로 설희를 보았다. 도와달라는 의미다. 설희가 갑자기 자리에서 일어나 천천히 장천휘에게 다가가 부탁하듯 말했다.

"오라버니, 부탁드릴게요. 그녀를 살려주세요."

"……."

"오라버니… 제발요."

장천휘의 신형이 미세하게 떨렸다. 어떤 과거의 기억이 그의 감정을 흔들었다.

"……."

"제발요. 오라버니, 제가 잘못했어요. 모두 제 잘못이에요."

그녀가 끝내 눈물을 흘렸다. 장천휘의 품에 매달린 설희의 몸은 무척이나 작아 보였다.

"……."

안긴 듯한 모습이었다. 장천휘가 천천히 손을 들었다. 그녀의 머리카락을 매만진 그가 나지막한 한숨을 토했다. 그리고는 자신의 품에서 그녀를 떼어냈다. 약간 몸을 숙여 그녀와의 눈높이를 맞추고는 말했다.

"다음부터는 그러지 마렴."

다정한 말투였다. 흠칫 놀란 설희가 고개를 들고 그를 바라보았다. 그의 표정에서 싸늘한 한기가 점차 사라지고 있었다.

천천히, 아주 천천히.

이윽고 장천휘가 모용혜에게 다가갔다. 가볍게 손을 든 그는 그녀의 천주혈(天柱穴) 근처를 툭하고 쳤다.

순간,

모용혜의 몸에서 떨림이 잦아들고 있었다. 서서히 그녀의 동공이 정상으로 돌아오고 있었다.

"아, 아아!"

모용혜의 목에서 알 수 없는 쉰 소리가 새어 나왔다.
"사… 살려주세요."
그리고 그녀는 혼절했다.

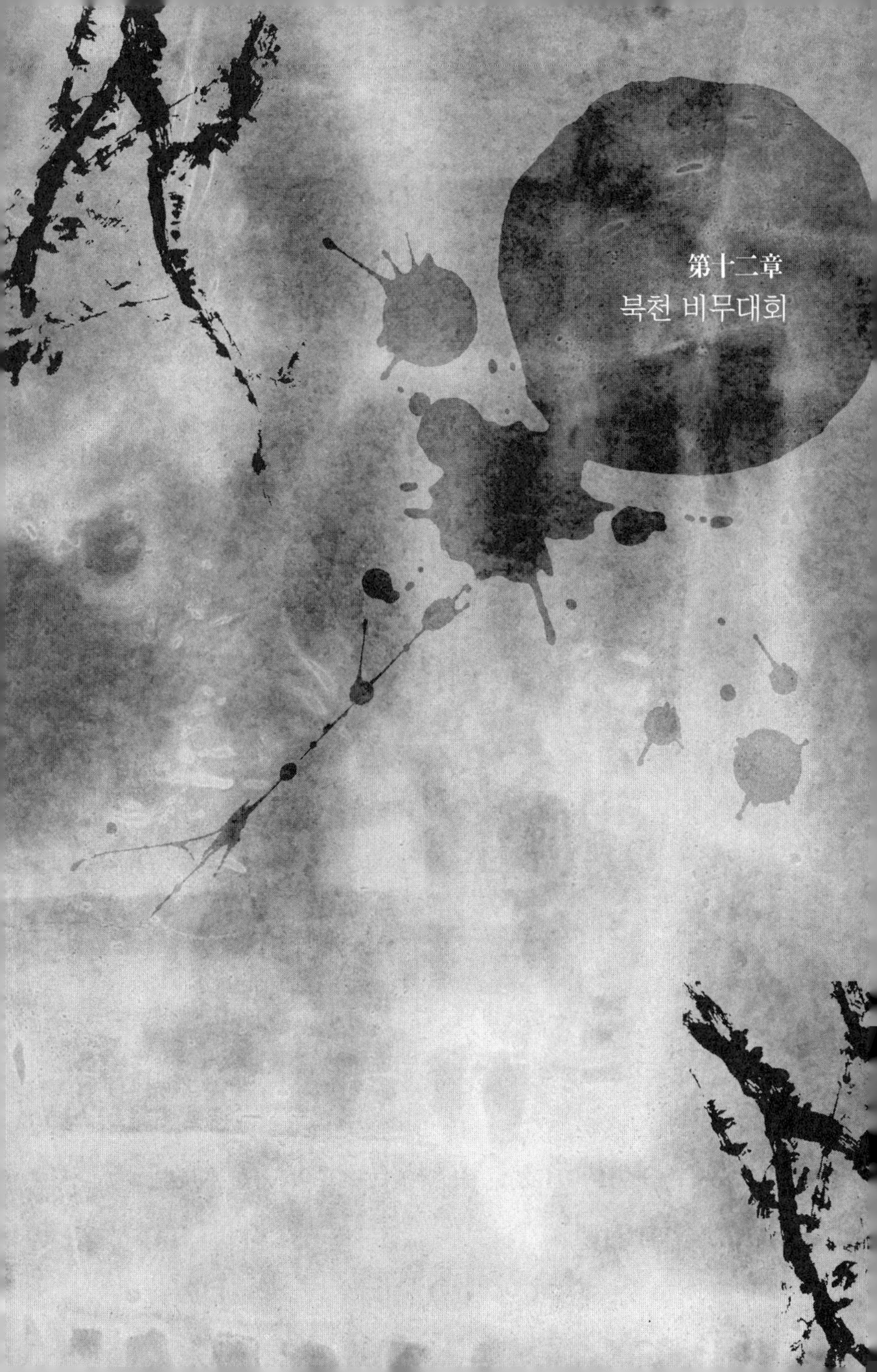
第十二章
북천 비무대회

악마

"으음."

'여긴 어디지?'

몸이 말을 듣지 않는다.

"일어나셨네요."

힘겹게 고개를 돌린 모용혜의 눈에 설희가 들어왔다.

"누워 계세요. 사형 말에 의하면 오늘 하루는 절대 일어나
지 못할 거라고 했으니까요."

'사형? 아, 장천휘.'

잊고 있던 통증이 전신을 찌르르 울렸다.

'악마.'

온몸이 발가벗겨진 채 두려움에 떨던 기억이 떠올랐다. 그의 앞에 서 있는 것만으로 다리가 후들거렸다. 저항할 수 없는 절대적인 공포.

부르르.

자신도 모르게 몸이 살짝 떨렸다. 기억해 내는 것만으로도 지독한 두려움이 전신을 강타했다.

“처음 본 당신에게 그런 소리를 한 저도 이상하긴 하지만, 왜 제 말을 듣지 않으신 거죠? 제가 한 말을 왜 믿지 않은 거죠?”

“…….”

모용혜는 할 말이 없었다. 그녀는 자신에게 분명히 경고했다. 그를 화나게 하지 말라고. 만약 그렇게 되면 그 순간 삶이 끝나 버릴 것이라고.

“그거 알아요?”

설희가 모용혜를 쏘아보았다.

“당신은 죽을 수도 있었어요.”

“…….”

“정확하게 말하면, 사형이 손을 쓰지 않았다면 당신은 죽었을 거예요.”

아아, 이제야 알 것 같다. 겪고 난 지금에야 자신도 믿을 수 있게 된 것이다.

“사형이 진심으로 분노하게 되면, 천하는 절대 거역할 수 없는 악마를 만나게 될 거예요."

　천하? 그래 봐야 한낱 인간들이 모였을 뿐이다. 대체 악마의 손아귀에서 인간이 할 수 있는 게 무엇이 있을까?
　절대적인 공포. 인간의 원천적인 두려움 앞에서 절망하는 것 이외에 무엇을 할 수 있단 말인가.
　하나 이젠 모든 것을 믿을 수 있다. 거역할 수 없는 악마. 저항조차 할 수 없는 악마.
　'절대로 그를 화나게 하지 마라.'
　모용혜가 눈을 감았다. 자신이 이렇게까지 무력하게 느껴진 적이 있었던가.

＊　　　＊　　　＊

　묘진은 북천에서 그리 멀지 않은 곳에 자리한 객잔의 주인이었다. 그는 십오 년간 객잔을 운영하면서 기록한 최고의 매상을 넘어섰다는 결과에 싱글벙글 웃고 있었다.
　근처의 다른 객잔의 주인들도 그리 다르지 않았다. 북천 비무대회. 매년 벌어지는 대회지만 올해는 평년의 수준을 훨씬 넘어섰다.
　바로 어제, 비무대회에 신청한 무인들의 이름이 공개되었다. 게다가 첫 비무의 주인공들도 밝혀졌다.

만검천리 관사우!

근 십 년 동안의 은거를 깨고 나온 강호십객. 단 하루 만에 퍼졌다고 생각하기 어려운 엄청난 인파가 하북으로 몰리고 있었다. 그뿐이랴.

칠룡이봉의 옥봉 모용혜라니!

그녀가 이번 비무대회에 나온다는 소문은 관사우와 맞먹을 정도의 위력을 발휘하며 퍼지고 있었다.

그녀의 얼굴을 먼발치에서나마 보고 싶어하는 사내들은 많았다. 그런 이들이 미칠 듯한 속도로 호북을 향해 달려오고 있었다. 과도한 열기가 대지를 뒤덮고 있었다.

그리고 그런 사람들이 모여들수록 묘진의 얼굴은 더욱더 밝아진다. 팔순에 맞이한 열여덟 살 애첩을 만져 대는 사람마냥 즐거워진다.

"주인장, 다섯 사람이 묵을 방이 있소?"

"네, 네. 있습니다. 있고말고요."

평소라면 젊은 놈이 말투가 고약하다며 인상을 쓸 묘진이었다. 하지만 지금은 자신도 모르게 나오는 웃음을 멈출 수가 없었다. 이런 즐거운 노동이라면 언제든 환영이다.

"이보게, 여기 술 한 병 더 갖다 주게."

점소이 아평은 흘러내리는 땀을 연신 닦으며 뛰어다녔다. 그의 표정도 충분히 밝았다. 아무리 손님이 많아도 자신이 묘진에게 받는 보수는 같다. 그럼에도 그는 즐거워 보였다. 어째서?

관사우와 모용혜의 소식을 믿지 못하는 사람들이 있다. 그런 사람들은 약간의 불신을 가진 채 하북으로 온다. 그런 믿음이 부족한 사람들은 아평에게 묻는다.

사실이냐고. 또한 자세히 설명해 보라고. 그럼 아평은 대답해 준다. 대답을 해주면 아평의 주머니가 두둑해진다. 주머니가 두둑해질수록 아평의 땀방울과 미소는 그에 비례하여 많아진다.

"물어볼 말이 있으니 잠시 이쪽으로 와보거라."

오십대 후반으로 보이는 중년 사내였다. 그의 허리에 차인 한 자루의 도(刀)와 날카로운 안광은 그가 무림인이라는 사실을 설명해 주고 있었다. 아평은 그를 바라봄과 동시에 빠르게 머리 회전을 시작했다. 날카로운 평가, 오차를 줄인 계산. 그 두 가지를 끝마친 그가 밑밥을 던진다.

"손님, 죄송하지만 지금 너무 바빠서……."

쨍그랑.

밑밥을 물어버린 물고기였다. 그런 상대에게 아평은 극진한 대우를 해준다.

점소이 아평. 그것이 그의 삶이었다.

"무슨 일이신지요, 손님? 헤헤."

표정 역시 중요하다. 간사해 보여서는 절대 안 된다. 그렇다고 비굴해 보이는 것도 안 된다. 한 치의 칼날 위를 걷듯 긴장감을 늦춰서는 안 된다. 중도(中道)라고 할까? 적당하게 낮추고, 적당하게 상대를 띄운다.

'적당히' 나 '적절히' 는 생각보다 어렵다. 하지만 아평은 어렵지 않게 할 수 있다. 이것이 그가 점소이를 하면서 배운 삶의 비법이었다.

"이번 비무대회에 대해서 아는 것을 전부 말해보거라."

아평은 내심 짐작했던 질문에 입을 열기 시작한다.

"에… 이번 북천에서 열리는 비무대회는 평년보다 훨씬 수준 높은 무인들이……."

말을 하면서 상대의 표정을, 눈빛을 놓쳐서는 안 된다. 이미 돈을 받았다고 대충대충 설명한다는 건 하나만 알고 둘을 모르는 행동이다.

한데 설명을 하는 아평이 중년사내의 표정에 짜증이 묻어나오는 것을 발견했다. 눈치. 그것은 밑바닥 인생들에게는 가장 중요한 필수 조건 중에 하나이다. 그는 단숨에 요점을 짚어 말했다.

"첫 비무에서는 강호십객 만검천리 관사우 대협님께서 나오신다고 합니다. 또한 칠룡이봉의 옥봉 모용혜 여협께서 이번 비무대회에 참가하셨다고 합니다."

상대가 원하는 정보. 그 정보를 빠르고 정확하게 전달하는 것. 그것으로 상대의 기분을 좋게 만드는 것. 아평이 스스로의 대견함에 고개를 끄덕였다. 한데…….

'어라, 이게 아닌가?'

여전히 중년사내의 표정은 만족스럽지 못했다. 아평은 자신이 무엇을 잊고 있지는 않은가 심각하게 고민했다. 무엇인가? 저 사내가 원하는 정보가 무엇인가?

"그건 알고 있다. 내가 궁금한 건 관사우 형님의 상대가 누구냐는 것이다."

'허허헉!'

아평의 눈이 급속도로 커졌다. 관사우가 누구인가! 강호십객이 아닌가! 그런 관사우를 형님이라고 불렀다.

둘 중 하나였다. 사기꾼이거나 거물.

아평의 눈이 사내의 모습을 다시 한 번 세밀하게 살폈다. 눈과 머리가 연기를 뿜을 듯 엄청나게 움직였다.

일(一).

오십대의 사내.

이(二).

관사우를 형님이라고 부를 수 있는 사람.

삼(三).

그리고 한 자루의 도……?

아평의 눈이 도집으로 향했다. 호랑이. 호랑이였다. 그저 그런 호랑이가 아닌, 등에 날개가 돋친 호랑이.

'도제(刀帝) 하후태!'

아평의 눈이 기하학적인 왜곡을 보이며 크게 떠졌다.

하후태가 인상을 썼다. 그 순간 아평의 머리에 섬전 같은 경고음이 울려 퍼졌다.

'정신 차려라!'

스스로에게 외친 아평이 극도의 공손함이 담긴 목소리로 말했다. 실수하면 죽는다! 그는 자신의 몸에게 경고했다.

"풍뢰문의 문주님이라고만 알려져 있습니다."

"풍뢰문?"

하후태가 무심하게 말했다.

"그, 그렇습니다."

고개를 들지 못하는 아평의 모습에 하후태가 혀를 찼다.

"내가 잡아먹기라도 한다더냐. 어쨌든 알려줘서 고맙다."

쨍그랑.

"가, 감사합니다."

이것 때문이었다. 이렇게 마지막에 돈을 받을 수 있기 때문에 처음 돈을 받고도 상대의 눈치를 보면서 자세하게 설명하는 것이다.

하지만 기쁜 마음을 가질 여유가 없었다. 도제(刀帝) 하후태! 도의 세계에서 일인자로 군림하는 무인이다. 도에 관하여는 적수가 없다고 평가받고 있는 그였다.

강호칠대세가(江湖七代世家).

그 하나의 기둥을 지탱하는 하후세가의 가주 하후장민의 친동생. 이제는 그를 상징하는 표식이 되어버린 날개 달린 호랑이.

평생 무공만을 익히고 싶다고 했다. 그리하여 일찍이 가주의 자리를 자신의 형에게 양보한 무인이었다. 그 역시 강호십객의 한 사람.

"내가 누군지 눈치 챘느냐?"

아평의 고개가 심하게 끄덕거렸다.

"모른 체하거라. 소란스러운 건 질색이니."

또다시 끄덕거리는 아평의 고개.

"알겠습니다. 절대로! 누구에게도! 발설하지 않겠습니다."

하후태가 아평에게서 시선을 돌렸다.

"그만 가보아라."

*　　　*　　　*

어둠을 품은 바람이 불어오기 시작한다. 황혼으로 물들기 시작할 무렵, 장천휘가 관사우를 찾아갔다. 자신을 찾아온 그에게 차를 대접하며 이야기를 나누던 관사우가 조용히 말을 건넸다.

"내일이군."

"그렇군요."

도대체 무슨 맛으로 차를 마시는 건지 모르겠군. 속으로 중얼거린 장천휘가 대답했다.

"그런데 자네는 검을 쓸 건가?"

"아닙니다. 풍뢰문의 무공을 사용할까 합니다."

이전에 설희가 보여준 무공. 관사우가 기분 좋게 고개를 끄덕였다. 꼭 한 번 마주하고 싶었던 무공인데, 의외로 빨리 기회가 왔다.

"한데, 내 자랑으로 말하려는 게 아니라 그게… 괜찮겠는가?"

그 기운을 쓰지 않고 내 검을 막을 수 있겠는가? 관사우는 그런 뜻으로 물었다. 쓰게 웃은 장천휘가 고개를 끄덕였다.

"그때는 어쩔 수 없이 쓴 것입니다. 이번 비무에서는 그러지 않아도 될 듯합니다."

"어쩔 수가 없었다?"

관사우가 의아한 눈빛으로 장천휘를 바라보았다.

"사매는 아직 쌍룡승천(雙龍昇天)을 완벽하게 익히지 못했습니다. 내공 또한 그 초식을 사용하기에 부족하지요. 매우 불완전하게 펼쳤던 것입니다. 게다가 그 무공을 펼침으로써 사매의 몸 상태가 위험했습니다."

관사우가 고개를 끄덕였다. 완벽하게 익히지 못한 강력한 초식은 위험하다는 걸 그 역시 알고 있었다.

"제가 그것을 막거나 피했다면 사매가 위험해졌을 겁니다."

그런 것이었다. 장천휘가 그 힘을 맞받아쳤다면 분명 설희는 피를 토하며 뒤로 날아갔을 것이다. 피했다면 기혈이 뒤엉킬 수도 있었던 상황.

방법은 하나밖에 없었다. 그 기운을 자신의 몸으로 받아들이는 것. 막는 것도 피하는 것도 아닌…….

"쉽게 표현하자면 몸으로 때웠다는 건가?"

"뭐, 비슷합니다."

관사우는 내심 놀랐다. 말이 쉽지 그게 진짜 쉬운 일인가. 절정무인이 혼신의 힘을 다한 일격을 몸으로 때웠다? 어디 가서 말한다면 정신 나간 취급을 받아도 몇 번을 받을 수 있는 행동이었다.

"허허. 참, 분명 나도 보긴 했지만 여전히 믿을 수가 없네. 내가 가지고 있는 관념들이 나이를 먹으며 굳어버렸기에 그런 것이겠지. 허허허."

세월이 만들어낸 고집과도 같은 굳은 생각은 좀처럼 바뀌지 않는다. 젊은 사람과 나이를 먹은 사람이 서로 새로운 것을 받아들일 때 차이가 있는 건 그런 것인가 보다.

관사우와 장천휘는 그리 나쁘지 않은 분위기에서 대화를 나누었다. 대부분이 내일 있을 비무에 대한 것이었다. 어떤 초식을 사용할 건지, 그 초식은 대충 어떤 것인지에 대함이었다.

보여주기 위한 비무일 뿐이었다. 서로를 상하게 할 이유는 없었다. 그동안 북천에 받은 호의에 대한 답례. 그 보답으로 잠시 광대 짓과도 비슷한 걸 하는 것이다. 단지 그뿐이었다.

"그럼 내일 뵙겠습니다."

"알겠네. 마중 나가지는 않겠네."

관사우의 방에서 나온 장천휘가 자신의 방으로 가려다 고개를 흔들고 어디론가 걸어갔다.

'잠시 맑은 공기를 느끼고 싶구나.'

문득 하늘을 바라본 장천휘의 눈에 수많은 별이 들어왔다. 어느 것 하나 똑같은 형태의 별은 없었다. 저마다 자신만의 독특한 형태와 빛을 발하고 있었다.

스스로를 뽐낸다. 때로는 서로가 서로를 더욱더 빛나게 해 주기도 한다. 그 모습은 세상의 이치와 조금 닮은 부분이 있었다.

'아름답다.'

장천휘는 그 자세로 한참을 그러고 있었다. 아름다운 빛의 결정체가 세상에서 빛나고 있었다. 슬프고도 고고한 달이 사람들의 기억 속에서 서서히 잠겨가고 있는 것 같았다. 밤에 달이 뜬다는 것을 알고 있지만, 그것에 대해서 존재감을 느끼는 사람이 과연 얼마나 있을까?

존재감이 없어지는 달. 그 모습이 장천휘에게 까닭 없는 슬픔으로 다가오고 있었다. 존재하지만 존재하지 않는…….

문득 술이 마시고 싶어졌다. 고뇌가 담긴 술잔은 인생의 쓰디쓴 단비처럼 그가 잃어버린 망각이라는 이름의 행복을 담아준다.

　장천휘가 몸을 돌렸다. 그만 숙소로 돌아갈 시간이다.

　"……?"

　늦은 밤이었다. 그때 연무장에서 느껴지는 기운이 있었다. 그것은 너무나 익숙한 기운. 너무나 증오스러운 기운. 그것은 바로…….

　"설마?"

　장천휘의 신형이 순간 꺼지듯이 사라졌다.

　'분명, 분명 그 기운이었다!'

　마음이 다급해졌다. 점점 그 기운이 미약해지고 있었다. 서둘러. 서두르란 말이다! 장천휘가 더욱 내공을 실어 대지를 박찼다.

　'어디?'

　연무장에 도착한 그의 눈에는 아무도 없었다. 적적함이 돌고 있는 연무장에는 아무도 없었던 것이다.

　'잘못 느꼈을 리가 없다!'

　그는 연무장 구석구석을 살폈다. 하지만 끝내 아무도 찾을 수 없었다.

　암흑의 기운. 자신의 몸속에서도 움츠리고 있는 그 기운. 바로 그것이었다. 너무나 미약해서 다른 사람은 느낄 수 없을 것이다. 그 누구도 그 기운이 자신의 것과 같은 것이라 생각지 못할 것이다.

하지만.

'난 분명 느낄 수 있었다!'

자신과 같은 기운이었다. 자신과 같았단 말이다.

"누구란 말이냐?"

북천의 무인? 아니면 비무대회의 참가자? 그것도 아니라면…….

'하지만 그 누구라도 상관없다.'

장천휘의 표정이 싸늘하게 굳었다.

'반드시 죽인다.'

그토록 찾아 헤맸다. 하지만 끝내 꼬리조차 잡을 수 없었다. 그들이라면 반드시 강호에 나올 것이라 생각했다. 그래서 그들을 쫓는 것을 포기했다.

그런 그들이었다. 아무리 찾아도 흔적조차 보이지 않던 그들이 드디어 모습을 드러냈다. 자신의 섣부른 판단일지도 몰랐다. 하지만 왠지 확신이 들었다.

'드디어 나오려는 것인가?'

*　　　*　　　*

아침이 밝았다. 그리고 수많은 사람들이 기다리던 비무대회가 시작되었다. 기대와 희망이 섞인 사람들에게서 기이한 열기가 뿜어졌다.

"그럼 이것으로 북천 비무대회의 시작을 알리겠습니다."

잔뜩 내공이 담긴 여진목의 목소리가 울렸다. 그 뒤로 울리는 사람들의 환호는 뜨겁고 강렬했다.

"와아아아아아아아아아!"

헤아릴 수 없을 만큼의 사람들이 북천에 몰렸다. 그들의 환호 소리를 듣던 여진목이 한쪽 손을 들어 올렸다. 하지만 그들의 함성 소리는 전혀 줄어들지 않았다. 그가 인상을 찌푸렸다.

"잠시 조용히 해주십시오!"

내공을 담아 외쳤다. 그럼에도 쉽사리 진정되지 않았다. 한참의 시간이 흐르고서야 조용해진 주위의 모습에 여진목이 말을 이었다.

"그럼 첫 번째 비무를 시작하겠습니다. 대부분 알고 계시겠지만 오늘 북천 비무대회를 빛나게 만들어주실 귀한 분들께서 오셨습니다."

사람들의 눈빛이 변했다.

"그럼 소개해 드리겠습니다."

진행자의 눈이 한쪽으로 향했다. 수많은 사람들도 덩달아 그쪽을 바라보았다.

"설명이 필요하겠습니까? 강호십객(江湖十客)! 천 리(千里) 밖까지 만(萬) 개의 검이 달한다! 만검천리(萬劍千里) 관사우 대협이십니다!"

"우와아아아아아아아!"

이전의 함성보다 더욱 큰 함성이 대지를 울렸다.

부러움!

시기!

질투!

경외!

그 모든 것이 아울러진 함성 소리가 하늘이라도 뚫을 듯 거대하게 울렸다. 관사우가 쓴웃음을 지었다. 생각보다 얼굴이 화끈거린다.

'그래도 이왕 시작한 거, 제대로 해야겠지?

자리에서 일어난 그가 미끄러지듯이 비무대의 위로 올라섰다. 발이 땅에 닿는 모습조차 보이지 않는다. 사람들의 눈이 경악으로 물들어갔다.

"등평도수(等平渡水)였나?"

"저건 답설무흔(踏雪無痕)의 신법이야!"

결론 내릴 수 없는 웅성거림이 이어졌다. 애초에 비무대 위에는 눈(雪)도 없고 물(水)도 없지 않은가.

여진목이 눈살을 찌푸렸다. 아까 상황을 진정시키느라 얼마나 힘들었던가. 한데 이번에는 더욱 심해 보인다. 그가 손을 들며 무어라 외치려 했다. 하지만 그 순간,

"관사우라고 하오!"

쩌르르릉.

조금이라도 내공이 있는 사람이라면 느꼈을 것이다. 자신

이 꿈도 꾸지 못할 내공의 움직임이 있었다는 걸. 전신이 찌르르 울렸다.

그 넓은 공간이 관사우의 목소리로 쩌렁쩌렁 울렸다. 단 한 사람이 만들었다고는 믿기 어려운 진동이었다. 땅과 공기가 동시에 자르르거리며 울음을 토했다.

갑자기 숨소리가 들릴 정도의 침묵이 찾아왔다. 이건가? 강호십객이 이런 것이었나? 수많은 무인들의 눈에 거대한 벽이 보였다. 관사우라는 거대한 벽 앞에서 그들의 숨이 막혀 버렸다.

자신들이 넘기에는 끝도 보이지 않을 정도의 거대한 벽.

"그렇게 있을 건가?"

갑자기 여진목의 귀에 관사우의 목소리가 울렸다. 화들짝 놀란 여진목이 정신을 차렸다.

'에… 그러니까.'

여진목은 아침에 찾아온 막충을 생각했다. 장천휘를 소개할 때, 이렇게 말하려고 알려준 내용이 있었다. 그 내용을 한번 상기한 그가 내공을 모아 입을 열었다.

"들어보셨습니까? 강호십객! 적안검마 사철홍 대협과의 비무에서 무승부를 이끈 무인의 이야기를?"

마지막에 여운을 살짝 남긴 목소리였다. 그간 침묵했던 사람들에게서 작은 웅성거림이 들렸다. 곳곳에서 옆 사람과 대화를 나눈다. 그 모습을 잠자코 지켜보던 여진목이 다시금 말했다.

"그 무인의 문파에 대해서 아십니까?"

여전한 웅성거림. 아무도 모른다. 결국 사람들은 짙은 호기심이 담긴 눈빛으로 여진목을 바라보았다. 그는 살짝 웃고 있는 듯했다.

"그 문파의 이름은 풍뢰문(風雷門)이라고 합니다."

웅성거림이 커졌다. 전혀 들어본 적이 없다는 사람들의 소리가 비무대까지 들렸다. 그것을 노리고 있던 여진목이 힘껏 내공을 모았다. 그리고 외쳤다.

"소개해 드리겠습니다! 풍뢰문의 문주이신 장천휘 대협이십니다!"

여진목의 시선이 장천휘에 닿았다. 모든 사람들이 그를 바라보았다. 장천휘가 무표정하게 자리에서 일어나자 설희가 조용히 말했다.

"사형, 우리 풍뢰문이 공식적으로 처음 강호에 나오는 것이에요. 말 안 해도 알죠?"

한쪽 눈을 찡긋거리며 웃는 모습. 방금 전까지의 서먹함을 찾아볼 수 없었다. 그녀의 모습에 미안한 마음을 갖고 있던 장천휘가 이내 웃었다.

"알았어."

그의 신형이 꺼지듯이 사라졌다.

"헉!"

"아, 아니!"

"저런!"

자리에 앉아 장천휘를 보고 있던 연해필이 자신도 모르게 입을 열었다. 그 양옆에 자리한 사대장로의 표정도 놀람으로 물들어갔다.

여진목의 시선을 따라 장천휘를 보며 너무 어리지 않은가 하는 생각을 하던 사람들이 기겁을 했다.

경악과 불신.

그리고 갑자기 들려오는 목소리.

"풍뢰문의 문주 장천휘라고 합니다."

방금 전 관사우의 목소리가 대지를 진동시켰다면, 장천휘의 목소리는 모든 사람들의 머릿속을 울렸다.

그리 큰 목소리가 아니었지만, 가공할 내공이 담긴 그 소리가 모두의 머리를 파고들었다. 경악이 물든 사람들의 시선이 비무대의 중앙으로 옮겨졌다.

언제?

빙그레 웃고 있는 관사우의 삼 장 앞에 자리한 장천휘. 그가 사람들을 향해 포권을 하고 있었다.

장천휘가 세상에 나오는 순간이었다.

그리고 마침내 시작되었다. 단 하나의 문파가 세상에 우뚝 서게 되는 전설이 비로소 시작된 것이다. 이전에도 없었고 이후에도 없었다. 유구한 강호 역사상 처음이자 마지막이었다.
천하제일문(天下第一門).
수많은 무인들의 가슴속에 자리한, 뜨거운 혼을 깨우는 이름. 그 영광스러운 칭호를 받을 풍뢰문이 세상을 향해 거센 포효를 외치는 순간이었다.

천하제일(天下第一)! 풍권뇌각(風拳雷脚)!

거대한 바람이 세상을 울리는 순간,
뇌전이 천하를 뒤덮으리라!

『악마』2권에 계속…

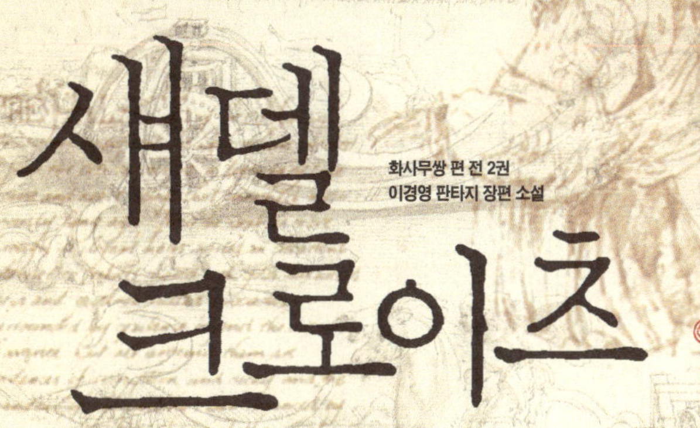

섀델 크로이츠

화사무쌍 편 전 2권
이경영 판타지 장편 소설

『가즈나이트』의 명성과 신화를 넘어설
이경영의 판타지의 새로운 상상력!

자신만의 독특한 세계관을 창조한 작가
이경영의 새로운 도전과 신선한 충격.

바란투로스의 특수부대 섀델 크로이츠의 리더 파렌 콘스탄.
야만족을 돕는 안개술사를 물리치기 위해 아시엔 대륙에서 온
불을 뿜는 요괴 소녀 카샤.
너무나 다른 두 사람이 운명의 길에서 만나다.
친구란 이름으로 시작된 모험, 그 앞에 놓인 난관과 운명의 끈은
어떻게 될 것인지……

"질투가 날 만도 하지.
요괴가 산신령을 엄마로 두는 건 흔한 일이 아니거든.
괜찮다, 파렌. 본좌가 아는 요괴들 전부 본좌를 질투하고 부러워하니까."
소녀는 손에 잔뜩 받은 빗물을 훌짝 마셨다.
파렌은 그 순수함에 웃음을 흘렸다.
그는 지금까지 자신이 봤던 그녀의 기이한 행동들을 어렴풋이나마 이해할 수 있을 것 같았다.
그렇게 친구가 된 둘은 그 길로 긴 여행을 떠나게 된다.

본문 중에-

세상을 보는 또 하나의 창 - inthebook.net
유행이 아닌 자유추구 - chungeoram.net

Book Publishing CHUNGEORAM

학교에서는 가르쳐주지 않는

10대들을 위한 인생수업

작가 : 이빙 ｜ 역자 : 김락준

10대들을 위한 나침반 같은 인생 교과서!
사회 초입에 들어서게 될 청소년들에게 들려주는
100가지 인생 이야기

내 인생의 방향잡기!
여행길에 오르기 전에 접해보자!

100가지 이야기, 100가지 명언

사람은 태어나면서부터 각기 다른 모습으로, 각기 다른 사고로 "인생" 이라는
여행길에 오르게 된다. 내가 지금 서 있는 이 위치에서 그리고 사회라는 공간에서
한 사람의 몫을 당당하게 해낼 수 있는 역량을 키워나가기 위해서는 어떠한 생각을
가지고 있어야 하는 걸까.

늦지 않게 준비하자! 스스로의 마음가짐이 자신의 미래를 결정한다!

설레는 마음으로 떠난 길일지라도 기존에 생각하고 있던 것과는 다르게 흘러가는
사회의 모습에 당혹스럽기도 할 것이다.
그러한 곳에 발을 들여놓기 위해 첫 발걸음을 막 뗀 청소년이라면 학교에서는
미처 배우지 못한 상황에 더욱이 큰 혼란스러움을 느낄 수밖에 없다.
시간이 흐를수록 사회가 한 인간에게 요구하는 것은 다양하고 세밀해지고 있다.
그러한 사회 속에서 자신만이 앞으로 나아가지 못해 제자리걸음을 하게 된다면 어떠할까.
미리 대비를 하지 않는다면 당신 역시 그러한 현상에 빠지는 또 한 명의 사람이 되고 말 것이다.

책장을 넘기는 순간, 책과 당신의 공감대가 형성된다!

적응을 위해 도움이 될 만한
인생의 지혜와 경험, 깨달음이 한가득 담겨있다.
그 속에 담긴 100가지 이야기 그리고 그와 관련된 100가지의 명언은
가슴 깊이 새겨 놓고 되뇌여 보기에 충분하다.

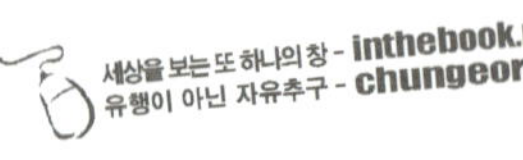

Book Publishing CHUNGEORAM

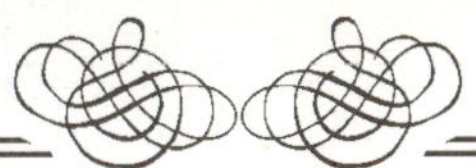

공부하는 감각의 차이가 자녀의 미래를 결정한다.
이 시대가 필요로 하는 명품 인재 만들기!

❋ 똑소리 나는 부모의 똑소리 나는 자녀 교육법!

어린 시절의 습관은 평생을 결정한다.
제대로 바로잡지 못한 나쁜 습관은 자녀의 미래에 검은 그림자를 드리울 수도 있다.
대부분의 부모들은 아이의 잘못된 습관을 발견하면 언성을 높이는 경향이 있다.
하지만 그것이 문제 해결의 방법이 아님을 당신은 이미 알고 있을 것이다.
지금 당신은 적절한 대안을 찾지 못해 힘겨워 하고 있지는 않은가.
내 아이가 명품 인생으로 살아가길 희망하는 부모라면 이 책에 귀를 기울여 보자.

❋ 내 아이가 세상의 중심에 우뚝 설 수 있게 하는 방법!

이 책은 잘못된 공부습관과 대인관계 형성 등의 문제 등을
87가지 이야기를 통해 알아보고 그에 걸맞는 올바른 해결책을 제시해주고 있다.
이 한 권의 책을 통해 똑소리 나는 부모가 되어보자.
그리고 내 아이가 최고의 명품으로 거듭날 수 있도록 노력해보자.
이 책은 분명 당신에게 꼭 맞는 효과적인 자녀교육서가 될 것이다.

Book Publishing CHUNGEORAM

Rhapsody Of Cardinal

카디날 랩소디

송현우 판타지 장편 소설

놀라운 경험(the enormous experience)!
He created a completely new world.
It is a place who have never known and where never been able to imagine.
This splendid world will introduce the enormous experience for the
person only who reads.
그 누구에게도 알려진 것이 없으며 상상조차 할 수 없었던 새로운 세계를
작가는 완벽하게 창조해내었다.
이 멋진 세계는 독자들만이 체험할 수 있는 놀라운 경험으로 인도할 것이다.

판타지는 허구다? 아니다. 판타지는 일상이다.
우리의 삶은 연속된 판타지의 연장선상에 놓여 있고,
상상은 우리의 일상을 더욱 살찌운다.
『카디날 랩소디(Rhapsody of Cardinal)』를 경험하는 독자들은
더욱 풍부한 일상 속에서 새로운 삶을 경험할 것이다.
멋진 만남! 홍미로운 경험! 이것이 『카디날 랩소디』가 가진 장점이며,
작가 송현우가 독자들에게 바라는 꿈이다.

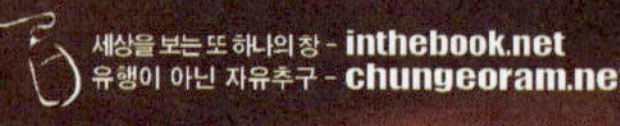
세상을 보는 또 하나의 창 - inthebook.net
유행이 아닌 자유추구 - chungeoram.net
Book Publishing CHUNGEORAM